유령
생활
기록부

유령
생활
기록부

나 혁 진 장편소설

MONGSIL
BOOKS

어머니 심재현 여사님께 바칩니다

프롤로그

앗, 하는 사이에 자빠져버렸다. 나는 거꾸로 뒤집힌 거북이
마냥 발버둥을 치며 일어나보려 했지만 두 다리에 영 힘이
들어가지 않았다. 일어서려는 노력을 깔끔히 포기하고 뒤쪽
의 벽에 등을 붙여 허리만 세웠다. 하루 종일 내린 비로 진
창이 되어버린 땅바닥에서 축축한 물기가 엉덩이를 적시고
있었다. 평소 같으면 꽁지에 불붙은 사람처럼 튕겨 일어났겠
지만 만취한 지금은 왠지 바지 입고 오줌을 싼 것 같은 기묘
한 해방감에 쿡쿡 웃음이 나왔다. 흠뻑 취한 눈으로 둘러보
는 밤의 더러운 뒷골목도 평소와는 달리 아늑하고 포근한 느
낌이었다.

그때 내가 들어온 뒷골목 입구 쪽에서 발소리가 들렸다.

고개를 돌려보니 네이비색 비옷의 후드를 머리끝까지 눌러쓴 남자가 걸어오고 있었다. 바닥에 골목 옆 선술집에서 내놓은 쓰레기봉투와 소주 박스, 개똥, 전단지 등이 널려 있었지만 남자는 미끄러지듯 부드럽게 장애물들을 피해가며 내 쪽으로 다가오고 있었다.

혼자라면 몰라도 누군가에게 이런 추태를 보이는 건 달갑지 않았다. 나는 왼손으로 바로 옆에 있던 대형 플라스틱 쓰레기통을 붙잡고 훌쩍 엉덩이를 뗐다. 하지만 거의 비어 있던 쓰레기통은 내가 가하는 힘을 이기지 못해 오히려 내 쪽으로 쓰러지고 말았다.

"괜찮으세요?"

비옷 남자가 다시 한 번 우당탕 자빠진 나를 향해 다가오며 말했다. 후드에 가려져 얼굴이 보이지 않는 남자가 불길하게 느껴져 일어나려 했던 건데 예상외로 호인이었다. 나는 취객 특유의 헤벌레한 웃음을 지으며 나를 도와주려고 두 손을 뻗는 남자에게 입을 벌렸다.

"어휴, 고맙습⋯."

말을 끝마치기도 전에 어마어마한 통증이 명치 근처에서 폭발했다. 만취한 상태에서는 보도블록에 넘어지거나 가로수에 부딪히는 일 따위는 아픈 느낌조차 없다. 그러나 지금은 그 정도 통증이 아니었다. 서른다섯 해를 살아오면서 단 한 번도 겪어본 적 없는 강렬한 아픔에 나는 근원지인 명치를 내려다보았다. 골목 너머의 수은등 말고 다른 조명이 없어 몹시 깜깜한 가운데서도 내 명치에 꽂힌 시퍼런 칼날이 또렷하게 보였다.

"으으으…"

막상 칼을 보자 통증과 함께 공포까지 더해져 온몸이 부들부들 떨리고 신음밖에 안 나왔다. 한쪽 무릎을 꿇고 나를 말없이 지켜보던 비옷 남자는 왼손을 움직여 내 명치에 꽂힌 칼을 시계 방향으로 천천히 돌리기 시작했다. 또다시 시작된 무지막지한 고통에 손 써볼 여지도 없었다. 나는 두 눈을 크게 부릅뜬 채 내 뱃속을 온통 휘저어놓는 칼의 움직임을 그저 쳐다볼 수밖에 없었다.

차 례

내 친구의 집은 어디인가

Where Is The Friend's Home?

정신을 차렸을 때는 아무런 고통도 느껴지지 않았다. 여전히 벽에 등을 기대고 앉아 있던 나는 어리둥절해 칼에 찔린 배 부근을 어루만져보았다. 역시 멀쩡하다. 그럼 칼에 찔린 일 자체가 없었던 걸까. 아직 주변이 깜깜한 걸 보니 술에 취해 넘어진 김에 잠깐 졸다가 꿈이라도 꿨나 보다.

"헉!"

한결 안심하고 배를 내려다보았다가 기겁을 했다. 아랫배에서 흐른 시뻘건 피가 후드티를 붉게 물들이고 있었던 것이다.

"뭐야, 이거!"

당황해서 다시 배를 만져봤지만 동증은 전혀 느껴지지 않았다. 어쩌면 칼에 찔린 것까지는 사실이나 상처 깊이는 보이는 것보다 경미한 것일지도 모르겠다. 조심스레 아랫배를 쓰다듬었다. 아픔은커녕 몸이 날아갈 듯 개운하기까지 했다. 아무래도 정체불명 남자의 칼은 피부를 살짝 벤 정도에 그쳤던 것 같다. 나는 길게 안도의 한숨을 내쉬었다.

'그래도 혹시 모르니 병원에 가보자.'

두 손으로 땅을 짚고 사뿐히 일어났다. 여느 때와 달리 숙취도 전혀 없었고 몸놀림도 가볍기 그지없었다. 뜻밖의 상쾌한 기분으로 집에 돌아가기 전, 혹시 지갑이라도 떨어뜨리지 않았는지 확인해보기 위해 아래를 내려다보았다.

방금 전까지 내가 기대 앉아 있었던 그곳에는, 내가 앉아 있었다. 아직도 꿈속에 있나 싶어 두 눈을 질끈 감았다 뜨고 다시 쳐다봤지만 틀림없었다. 끔찍한 고통으로 잔뜩 일그러진 얼굴에 두 눈을 부릅뜬 내가 앉아 있었다. 칼에 찔리고 제법 시간이 흘렀는지 실낱같이 가는 한 줄기 피가 추적추적 내리는 비에 씻겨 다소 엷어진 색으로 하수구를 향해 흐르고 있었다. 반사적으로 대량의 피를 흘려 색소결핍증 환자처럼 창백해진 내 얼굴을 향해 손이 나갔다.

놀랍게도 일어서 있던 내 손이 앉아 있던 내 뺨을 그대로 통과했다. 단순히 미끄러졌다거나 하는 게 아니라 마치 허공을 움켜잡은 것처럼 어떤 물질감도 느껴지지 않았다. 몹시 당혹스러워 따귀를 때리듯 몇 번이고 손을 휘둘러봤지만 손끝에 걸리는 건 아무것도 없었다. 홀로그램이나 3D 영화를 볼 때처럼 분명히 눈에는 보이는데 만져지는 게 없었다.

평생 처음 겪은 사태에 완전히 얼어 있는데 뒤에서 발소리가 들려왔다. 고개를 돌려보니 비닐우산을 쓴 삼십 대 여자가 골목 안으로 들어오고 있었다. 발걸음이 갈지자인 여자는 취한 가운데서도 본능적인 경계심을 발휘해 재빨리 주변을 둘러보았다. 그러다 벽에 등을 기댄 채 꼼짝 않고 앉아 있는 나를 발견한 여자가 펄쩍 뒤로 뛰었다. 기묘하게도 앉아 있는 나 바로 앞에 서 있는 나는 전혀 보지 못한 눈치였다. 그냥 갈지, 깨워줄지 잠시 고민하는 듯하던 여자가 서서히 이쪽으로 다가왔다.

"저기, 아저씨…."

조심스레 접근해온 여자가 갑자기 어마어마한 크기의 비명을 질러댔다. 마침 그녀에게서 팔만 뻗으면 닿을 거리에 서 있던 나는 뾰족한 비명에 귀청이 떨어지는 줄 알았다. 나는 손을 내저으며 여자를 말렸다.

"아이, 사람 바로 옆에서 뭐하는 겁니까!"

"피, 칼! 사람이, 사람이 죽었어…."

혼비백산한 여자는 우산도 던져버리고 골목 밖으로 달려나갔다. 그녀를 쫓아 골목을 나서자마자 친구로 보이는 두 남자에게 달려들어 저기서 사람이 죽었다고 외치는 모습이 보였다. 나는 그들에게 다가가서 말했다.

"좀 이상한 일이긴 합니다만, 난 멀쩡합니다. 저기 쓰러져 있는 사람은 나랑 똑같이 생기긴 했는데 진짜는 여기 있어요."

그러나 두 남자는 내 말을 들은 척도 하지 않고 골목으로 달려갔고, 나 또한 부들부들 떠는 여자를 남겨두고 골목으로 돌아갔다. 나는 심각한 표정으로 배에 칼을 맞은 나를 내려다보는 둘 중 왼쪽 남자의 어깨에 손을 올리며 다시 말을 붙였다.

"일단 내 말 좀…."

도저히 말을 끝맺을 수 없었다. 이번에도 내 손은 아무런 질량이 없는 것처럼 남자의 어깨를 고스란히 통과했던 것이다. 그제야 받아들일 수밖에 없었다. 아까부터 내 머리를 지배하고 있는 단 한 단어를, 차마 인정할 수 없었던 '유령'이라는 그 한 단어를.

애써 눈을 감고 있었지만 처음부터 모든 게 유리처럼 투명했다. 나를 복사한 듯 똑같이 생긴 피 흘리는 남자, 누구에게도 전달되지 않는 내 목소리, 그리고 어떤 사물도 만져지지 않는 허망한 손. 그렇다. 나는 괴한에게 칼로 배를 찔리고 비참하게 죽어서 유령 신세가 되어버린 것이다.

밤새도록 내리던 비가 그치고 아침이 밝아올 때까지 그 자리에 서 있었다. 몇 시간 전과는 달리 형사와 제복 경찰, 과학수사팀 등으로 가득한 골목은 명절을 앞둔 근처 재래시장처럼 활기로 들썩였다. 그 많은 사람 중에서 아무도 나를 알아보지 못한다는 쓸쓸함과 참담함에 눈물이 나올 것 같은 기분이었지만 유령에게 눈물 따위가 허락될 리 없었다. 한순간에 육체를 잃고 외톨이가 되고 나니 그저 막막할 따름이라 다음에 뭘 해야 할지도 알지 못했다.

그렇게 멍하니 경찰들의 부산을 지켜보고 있을 때 문득 내 시체가 시체 운반용 자루에 들어가는 광경을 보았다. 나도 모르게 그쪽으로 달려가 과학수사팀 중 한 명이 자루의 지퍼를 끝까지 올리는 걸 막아보려 했지만 역시 물리적인 힘을 발휘할 수 없었다. 할 수 있는 일이라곤 단지 마지막으로 보는 내 실물에 그동안 수고했고, 영원히 잘 가라는 인사를 남기는 것뿐이었다.

시체를 내감과 동시에 수사진의 활기도 급속도로 빠져 대목 후의 철시를 방불케 했다. 뒷정리를 맡은 두 순경마저 범죄 현장을 표시하는 노란 테이프로 양쪽 입구를 막고 자리를 뜨자 두 상가 사이의 좁은 골목은 익숙한 정적을 되찾았다. 내 시체도 없는 이곳에 더 이상 머물 필요는 없었다. 나는 빗물과 상가 사람들이 뿌린 물로 흔적만 남은 핏자국을 연신 뒤돌아보며 골목을 나왔다.

이제 나의 길을 갈 차례였지만 원래의 목적지인 집 말고 달리 갈 곳이 떠오르지 않았다. 기계적으로 발을 놀리며 터덜터덜 걷는 동안 두 가지 사실이 눈에 띄었다. 하나는 발소리가 전혀 나지 않는다는 것, 나머지 하나는 그림자가 보이지 않는다는 것이었다. 이쯤 되니 빼도 박도 못하게 귀신이 됐다는 생각과 함께 새삼 나를 이 꼴로 만든 비옷 남자에 대한 원망이 샘솟았다. 그러고 보니 문제의 원흉인 그 남자를 까맣게 잊고 있었다.

'대체 누구였을까. 정체가 뭐기에 아무 원한도 없는 나를 그렇게 잔인하게….'

불현듯 최근 인터넷을 뜨겁게 달구는 뉴스가 떠올랐다. 이름하여 '인천 서구 연쇄살인 사건.' 지금으로부터 대략 석 달 전인 6월부터 내가 사는 인천 서구 일대에서 모두 네 명이 나이프로 살해당한 끔찍한 사건이다. 아니, 영광스럽게도 내가 포함됐으니 이제 다섯 명인가.

'뉴스랑 인터넷에서 도배를 하다시피 해서 세상사에 관심이 없는 나조차도 범인이 비 오는 날만 사람을 죽이고, 왼손잡이에다 군용 서바이벌 나이프를 애용한다는 걸 줄줄이 외울 정도였는데 그걸 까먹고 있었다니.'

지금까지 서른다섯 해를 그냥저냥 버텨오면서 늘 했던 생각이 다시금 들었다. 이 세상에 나처럼 대책 없고 변변찮은 놈이 또 있을까. 살인마가 횡행하는 동네에 사는 놈이 나 죽여주쇼 하고 길가에 뻗어 있었으니 범행이 언론을 자주 타는 바람에 먹잇감 물색이 점점 힘들어진 그놈 입장에선 외려 황당했을 터였다. 길가에 1등 당첨된 로또 용지가 굴러다닌 셈이었겠지.

'에라, 이 똥멍청이야. 넌 죽어도 싸다. 죽어도 싸.'

굳이 변명을 하자면 연쇄살인이라는 게 으레 여자들이 당하는 거라고 믿어 의심치 않았다. 하지만 이놈은 분명, 그래 분명히 남자도 한 명 죽였었다. 아마 나처럼 만취해서 공원 벤치에 누워 있던 사십 대 노가다 아저씨 한 명을 죽였을 거다. 요즘은 남자도 연쇄살인을 당하는구나 하면서 놀랐지 않았던가. 그걸 뻔히 알면서도 두 번째 남자 희생자가 된 나라는 놈의 한심함이 새삼 뼈아프게 다가왔다. 나는 격심한 후회로 몸서리를 치며 딱 하루만 시간을 되돌릴 수 있다면 전 재산을 주어도 아깝지 않을 거라고 생각했다.

그 후로도 암만 불어봐야 공기의 움직임이 전혀 없는 한숨을 연방 내쉬며 3분쯤 걷자 익숙한 3층짜리 단독주택이 시야에 들어왔다. 문제의 골목을 지나서 딱 한 블록만 더 오면 내 집인데 코앞에서 객사했다니 곱씹을수록 기가 막혔다.

무심코 청바지 주머니를 뒤져 대문 열쇠를 꺼내려다가 아까처럼 허공만 쓰다듬었다. 설마 집에 들어가지도 못하는 건가 당황하며 손을 뻗었더니 대문을 쑥 통과해버렸다. 나는 팔뚝과 손이 대문 안으로 들어가 이쪽에서는 반만 보이는 팔을 황당하게 쳐다보았다. 눈을 질끈 감고 그대로 대문을 향해 돌진한 후 다시 눈을 떠보자 어느새 대문을 지나 3층집을 마주 보고 서 있었다.

'열쇠 놓고 나올 때마다 주인 할아버지한테 문 열어달라고 전화해서 욕먹었는데 이제 그럴 일은 없겠네.'

내 집이라곤 했지만 3층집 전체가 내 집이라고 하지는 않았다. 나는 오직 3층의 반을 월세로 쓰고 있을 뿐이었다. 집 오른편의 계단으로 향하며 1층 통창을 들여다보았다. 집주인 노부부는 화초를 광적으로 좋아해 1층은 전부 온실로 꾸며놓았다. 평소에는 보라색, 분홍색, 노란색, 연녹색 등 온갖 색채의 향연을 펼치는 화초들에게서 작은 위안을 받았지만 유령이 된 오늘은 정신이 산란하기만 했다. 노부부의 살림집인 2층을 지나 3층으로 올라오면 문 두 개가 나란히 나 있는데, 그중 왼쪽이 내가 사는 곳이다. 오른쪽은 지난달까지 여중생과 그 아이 어머니가 쓰다가 지금은 비어 있다.

아직 유령으로서의 삶에 적응되지 않았는지 도어락을 누르려다가 실패하고 문을 통과해 들어갔다. 손바닥만 한 거실과 네 평 남짓한 방 하나가 전부였지만 그래도 내 공간에 도착하니 한없이 무겁고 답답했던 마음이 조금 진정되는 듯했다. 거실을 지나 문을 열어놓은 안방으로 향했다. 어제 오후 술 마시러 나가기 전에 몸소 어질러놓은 꼴을 목도하고 나도 모르게 이맛살을 찌푸렸다.

'9회 말에 끝내기 홈런 맞고 어찌나 열불이 뻗치던지 냅다 집어던졌지.'

몇 년 전부터 유일하게 돈벌이 삼아 하던 게 사설 토토였다. 메이저리그 결과를 예상하며 돈을 거는 것인데, 몇 달 전까지만 해도 곧잘 맞더니 지난달부터는 다섯 판에 한 판 딸 정도였다. 모처럼 되나 했던 어제도 막판에 결과가 뒤집혀 홧김에 재떨이로 쓰던 캔디 상자를 벽에 집어던졌다. 그 바람에 벽지에는 시커먼 담뱃재가 묻었고, 바닥에는 수십 개의 꽁초가 여기저기 흩어져 흡사 폭탄이 떨어진 꼴이었다. 꽁초들을 주워 담다가 내가 지금 뭐하는 짓인가 자괴감도 들고, 내 인생이 꼭 이 빌어먹을 담배꽁초와 닮은 것 같아 쌍욕을 내뱉고 무작정 집을 나섰다. 나와 봐야 갈 데도 마땅찮아 동네 단골 바에서 한잔 걸치고 돌아오다 불귀의 객이 되었으니 누굴 탓할 것도 없는 자업자득이었다.

혼자 사는 마당에 내가 안 치우면 누가 치우랴. 주저앉아 꽁초를 한 움큼 집어 재떨이에 담으려다가 이번에도 빈손만 확인했다. 뻔히 눈에 보이는 걸 만질 수 없는 이 상태는 몇

23

번을 겪어도 역시 익숙해지지가 않는다. 앞으로 영영 이 지저분한 방에서 벗어나지 못할 팔자를 한탄하며 침대에 벌렁 드러누웠다. 담뱃진으로 누렇게 변색된 천장을 망연히 올려다보다 문득 한 가지 의문이 떠올랐다.

'문은 그냥 통과하면서 왜 침대에는 쑥 빠지지 않고 가만히 누워 있을 수 있지?'

그러고 보니 아까도 내 시체의 얼굴, 발견자의 어깨, 대문 등을 만지지 못하고 통과해버리지 않았는가. 침대 매트에 손을 한번 집어 넣어보았더니 이번에도 팔 반절이 침대 안쪽으로 깊숙이 들어갔다. 정확히는 몰라도 대강의 원리는 알 것 같았다. 유령은 벽이나 문, 침대 등 막힌 곳을 만지면 기본적으로 통과한다. 하지만 지금처럼 통과할 의사가 전혀 없으면 그 상태로 머무를 수도 있는 모양이었다.

'한마디로 사물을 통과할지 말지는 내 의지에 달린 거네.'

유령에게도 이 정도 재량은 허용해줘서 고맙다고 해야 할까. 안 그랬으면 2층 주인집을 지나 1층 온실까지 그대로 추락할 뻔했다.

마침내 혼자서 차분히 생각할 시간이 생겼다. 나는 침대에 누운 채 앞으로의 삶(?)을 어떻게 살아야 할지 생각했다. 뭔가를 만질 수도, 누군가와 얘기를 나눌 수도, 컴퓨터를 켤 수도, 먹을 수도 마실 수도 없는 유령으로서의 삶은 처음이라 그저 막막할 따름이었다. 한 시간쯤 멍하니 천장 벽지만 바라보다가 진력이 나서 딱 다섯 걸음 만에 벽을 만나는 방 안을 거닐었다. 고작 이까짓 방 한 칸과 통장의 50만 원도 안 되는 돈이 전 재산인데 이걸 가지고 하루를 되돌려달라고 빌었다는 게 어이없었다.

문득 벽에 붙은 거울이 눈에 들어와 멈춰 섰다. 나는 지문과 먼지가 잔뜩 묻은 거울을 몇 번이고 들여다봤다. 거울 면이 지저분해서일까, 아니면 유령은 원래 거울에 비추지 않는 것일까. 나를 통과해 뒤쪽의 벽만 보이는 거울을 한참 동안 노려보았다. 사력을 다해 정신을 집중해도 내 모습이 보이지 않아 끝내 포기하려던 순간 흐릿한 형체가 서서히 거울을 덮었다.

"오, 보인다!"

거울 속에는 후드티 복부가 피로 물들었을 뿐 낯빛이며 혈색이며 일반인과 똑같은 삼십 대 남자가 멍청하게 서 있었다.

'암만 봐도 살아 있는 사람 같은데….'

차라리 골목에서 시체 운반용 자루에 실려나간 내 핏기 없는 시체가 더 유령다웠다. 지금 거울에 비치는 나는 내가 봐도 살아 있는 사람처럼 보이는데 존재를 주장할 수 없다니 딱 죽고 싶은(?) 심정이었다.

그 뒤로 쉰 번쯤 방을 더 왕복해도 별 뾰족한 수가 나올 리 없었다. 온 세상에 나 같은 존재가 하나뿐이라는 게 외롭기도 하고, 뉴스도 보고 싶어서 아래층에 가 볼 마음을 먹었다. 계단을 통해 2층 주인집으로 내려가자 TV 뉴스 소리가 들려왔다. 출타 중이었던 노부부가 돌아온 모양이었다. 두 분이 집에 계시면 노상 TV 볼륨을 3층 집 전체가 떠르르 울릴 만큼 크게 틀어놓기에 바로 알 수 있다. 노크를 하려도 할 방법이 없어 염치 불고하고 문을 통과해 노부부의 집으로 쓱 들어갔다.

메리야스 차림의 할아버지와 꽃무늬 카디건을 걸친 할머니가 소파에 나란히 앉아 TV에 시선을 고정하고 있었다.

"시청자 여러분, 17일 만에 인천 서구에서 살인사건이 또다시 발생했습니다. 오늘 새벽 3시경에 일어난 일인데요. 인천 시민 여러분, 부디 조심하셔야겠습니다. 자세한 소식은 현장에 나가 있는 오수경 리포터를 통해 들어보겠습니다."

긴장한 표정으로 긴급 뉴스를 전하던 중년의 남성 앵커에게서 몇 시간 전까지 내가 있었던 골목으로 화면이 전환되었다. 마이크를 든 여성 기자가 골목 입구에서 자세한 소식을 전하기 시작했다.

"저는 지금 인천 서구 가정동 주택가에 나와 있습니다. 오늘 새벽 3시, 제 뒤로 보이는 저 골목 안에서 삼십 대 남성이 흉기에 찔려 살해당하는 사건이 벌어졌습니다."

TV 속으로 들어갈 듯 몸을 구부리고 있던 할아버지가 급히 고개를 돌려 할머니를 찾았다.

"저, 저기 골목에서 봤던 여자다! 우리가 저 바로 옆에 있었잖아. 똑바로 봐. 우리 나올 수도 있어."

노인네들이 아침 일찍 어딜 갔나 했더니 살해현장 구경에 나섰던 모양이다.

"아이, 시끄러워. 조용히 좀 해봐요. 소리 좀 듣게."

할아버지의 호들갑을 단번에 제압하는 할머니의 호통이 딱 내 마음이었다.

"경찰은 아직 자세한 신원을 공개하지 않았지만 피해자는 인근에 거주하는 것으로 밝혀졌습니다. 이로써 지난 6월 2일 인천 석남동에서 시작된 인천 서구 연쇄살인은 모두 다섯 명째를 맞게 되었습니다. 하지만 경찰은 이번 사건을 연쇄살인의 일부라고 단정하기에는 이르다며 신중한 모습을 보이고 있습니다."

할아버지가 혀를 끌끌 차며 말했다.

"세금을 그렇게 거둬가 놓고서는 이 좁은 동네에서 다섯 명이나 죽인 범인 한 놈을 못 잡아. 내가 너무 이 동네에서 오래 살았나, 50년을 넘게 살았더니 별의별 꼴을 다 보는구만. 이사를 가든지 해야지 원. 귀신은 뭐 하나 몰라. 저런 흉악한 놈 안 잡아가고."

그 귀신 여기 있습니다. 저도 참 유감스럽지만 귀신이 되어봤자 흉악한 놈 잡을 수 있는 특별한 능력은 안 생기네요.

"한편 인천 시민들은 석 달 동안 다섯 명이나 되는 희생자가 발생했는데도 사건을 해결하지 못한 경찰의 무능에…."

내 입장에서 경찰의 무능을 질타하는 얘기라면 석 달을 늘어놓아도 부족하다. 다른 사람들은 어찌 말할까 궁금해 집중하려는데 할머니가 먼저 입을 열었다.

"참, 윗집 총각 어제 들어오는 소리 들었어요? 낮에 우편물 전해줄 때 잠깐 보고 그림자도 못 봤네."

"나도 못 들었는데. 그놈은 맨날 술 마시고 새벽에나 들어오는 놈이고, 우리 늙은이들은 9시면 자는데 소리를 어떻게 들어."

"대문 소리 쾅쾅 내니까 한 번씩 깨잖아요."

"글쎄, 그렇기는 한데 어젠 못 들었는데."

"지금도 너무 조용한데. 한 번 가볼까요?"

"새벽에 들어와서 자고 있겠지. 괜히 깨웠다가 무슨 소리 들으려고 그래."

"아니, 근처 사는 삼십 대 남자라니까 불안해서…."

"설마, 그런 흉사가 우리 집에서 벌어졌으려고."

너털웃음을 지으면서도 할아버지의 얼굴에 일말의 불안감

이 스쳤다. 갑자기 입을 다문 할아버지는 할머니와 편치 않은 눈빛을 교환했다.

젠장, 저도 믿어지지 않지만 이번엔 그 설마가 맞았습니다.

차마 믿어지지 않던 나의 죽음이 공인된 다음 날이었다. 내 방은 오전부터 전쟁터를 방불케 했다.

"야, 박순호. 꼼꼼히 좀 봐. 신참이 빠져가지고."

"죄송합니다. 근데 방에 뭐 특별한 게 없어서요. 침대랑 옷장, 컴퓨터가 다인데요."

"컴퓨터 안을 꼼꼼히 보라고. 범인이랑 무슨 접점 같은 게 있을지 어떻게 알아."

대여섯 명의 형사들이 찾아와 내 방을 난도질 중이었다. 인천 서구에서만 석 달에 다섯 명이 살해당했다. 보통 사건이 아니므로 광역수사대 형사들의 기합이 빡 들어간 것도 당연했다. 물리적으로 부딪칠 리도 없건만 왠지 좁은 공간에서 부대끼기 싫었던 나는 한구석으로 물러나 그들의 동태를 감시했다.

"어휴, 맨 야동밖에 없는데요. 이게 다 몇 기가야? 이렇게 많이 모아놓은 놈은 처음 봅니다."

죽기 전에 미리 컴퓨터를 정리했어야 했다.

"아이고, 영풍아! 우리 아들이 왜!"

오후에는 소식을 들은 부모님도 시골에서 상경했다. 아들의 죽음으로 인해 가슴속은 물론 얼굴까지 새까맣게 타버린 아버지와 주름진 얼굴에 눈물이 줄줄 흘러내리다 혼절까지 하는 엄마를 차마 볼 수 없어 밖으로 나갔다.

하릴없이 동네를 거닐다 한밤중에 돌아오자 썰물이 빠진 듯 공허한 방이었다. 나는 침대에 몸을 던지고 멍하니 누워 우울에 젖었다. 갑자기 멈춰버린 시계처럼 삼십 대 중반의 나이에 인생이 중단되어 버렸다. 거대한 허무에 온몸에 힘이 쭉 빠지다가도 왜 하필 이런 일이 나에게 벌어졌는지 너무도 억울해 밤새 몸서리치다 보니 무심한 태양이 떠올랐다.

다시 사흘이 지나자 형사들의 방문도 뚝 끊겼다. 별다른 단서도 없는 골방에서 시간을 보내봐야 헛수고라는 걸 드디어 깨달은 모양이겠거니 했는데 아래층에서 뉴스를 보고 진짜 이유를 알았다.

"인천 시민 여러분, 큰일입니다! 여섯 번째 살인사건이 발생했습니다!"

이번에도 가정동 근처 천마산 어귀였다. 새벽 등산객이 발견한 중년 여성의 시체는 나처럼 칼에 배를 찔리고 시계 방향으로 한 바퀴 돌린 상태였다. 아무래도 이 독특한 살인 방식이 연쇄살인마의 시그니처인 모양이었다.

"살인 간격이 점차 짧아지고 있다는 게 우려됩니다. 다섯

번째인 허영풍 씨가 9월 5일에 살해당했는데, 여섯 번째 희
생자는 불과 나흘 만인 9월 9일에 살해됐어요."

"그렇습니다. 무엇보다 안전이 우선이니 인천 시민 여러분
께서는 해가 지면 절대 외출하지 마시고, 거동이 수상한 자
나 의심이 가는 이웃이 있으면 적극적으로 신고해주시길 당
부드립니다."

취재기자와 앵커의 대화를 귓등으로 들으며 생각했다. 새
로운 희생자가 나타났으니 경찰의 관심이 온통 그쪽으로 쏠
린 것이다. 하긴 열 평도 안 되는 월셋집에 야동만 잔뜩 보
유한 백수보다야 가족 및 지인과 정상적인 관계를 쌓고 제대
로 된 삶을 살고 있는 보험설계사가 훨씬 조사할 가치가 있
을 테니까.

경찰의 발길이 완전히 끊기고, 그새 10년은 더 늙어버린
부모님이 내 짐을 전부 빼가고, 2층 노부부의 지휘 아래 도
배가 새로 이뤄진 10월 초에 방을 나올 결심을 했다. 더 이
상 법적으로도 내 방이 아닌 곳에서, 내가 전혀 알지 못하는
새 입주인과 방을 나눠 쓸 마음은 전혀 들지 않았다.

'호기롭게 나오기는 했는데 어디로 가지.'

이사 오기로 한 젊은 베트남 부부가 어찌나 부지런한지 8
시도 안 돼서 도착했다. 금세 부산스러워진 방을 나와 발길

닿는 대로 걷고 있었지만 목적지는 없었다. 그저 터벅터벅 걷다가 근처 백화점 사거리에 닿았다. 네 방면의 거리마다 상가가 즐비하게 늘어선 곳이라 살아 있을 때 보통 이 근처에서 식사와 술을 해결하곤 했다. 참새가 방앗간을 그냥 지나치지 못하듯 자연스레 이곳으로 온 것이다.

유령이 된 것도 모자라 살던 곳에서 쫓겨나기까지 한 참담한 상황인데도 가을 하늘은 맑기만 했다. 나는 멍하니 푸르른 하늘을 올려다보며 백화점으로 이어지는 횡단보도 앞에서 신호등을 기다렸다. 여느 때처럼 한참을 기다려도 파란 불이 켜지지 않는 신호등을 지켜보며 끌탕을 하다가 무심코 코웃음을 쳤다.

'이래서 습관이 무서운 거야. 지금 내가 파란 불 기다릴 필요가 뭐가 있어. 어차피 유령인데. 자동차가 치고 가기라도 하면 다행이지.'

떳떳하게 무단횡단을 할 마음을 먹고 막 한 발을 내디뎠을 때였다. 차바퀴가 미끄러지는 끼익 소리가 가을날 아침의 거리를 날카롭게 찢었다. 그러고는 곧바로 사람과 자동차가 충돌하는 둔중한 소리가 이어졌다.

"악!"

여기저기서 쏟아지는 비명에 정신이 번쩍 들었다. 고개를 두리번거리며 충돌 현장을 찾았다. 네거리 곳곳에서 사람들이 몰려가고 있는 곳이 현장이었다. 내가 서 있는 사거리 동쪽은 왕복 4차로였지만 서쪽 방면은 왕복 2차로였다. 그 좁은 도로를 마구 달려오던 1톤 트럭이 도로 한복판에 정차해 있었고, 그 앞에는 누군가가 쓰러져 있었다.

"큰일 났어요! 여기 사람 쳤어요!"

삽시간에 아수라장이 된 네거리였다. 근처의 모든 상가에서 구경꾼들이 쏟아져 나왔고, 신호를 기다리던 사람들도 교통이 멎어버린 사고 현장으로 몰려갔다. 나도 예외는 아니었다. 현장으로 달려가는 내 가슴은 콩닥콩닥 뛰었다. 그동안 살아 있는 사람만 접했지만 어쩌면 처음으로 나와 같은 유령을 만날 수도 있었던 것이다.

"아이, 이 할아버지가 갑자기 뛰어나왔어요. 죽겠네, 진짜."

트럭 운전석에서 나와 있던 중년의 운전사는 울 것 같은 표정으로 연신 손을 내저었다. 주머니가 다닥다닥 달린 붉은 조끼를 입은 걸 보니 트럭 뒤에 실은 야채를 배달하며 돈을 버는 사람인 듯했다. 한편 트럭에서 10미터쯤 떨어진 곳에 남루한 국방색 점퍼를 입은 할아버지가 팔다리를 이쪽저쪽 기묘하게 뻗은 상태로 누워 있었다. 정황상 신호를 받고 길을 지나가던 트럭 운전사가 무단횡단을 한 할아버지를 미처 발견하지 못한 게 분명해 보였나.

"빨리 119 불러요!"

"이걸 어째. 이 할아버지 큰일 나게 생겼네."

내가 현장에 도착하기 전에 더 가까운 곳에서 몰려든 사람들로 도로는 인산인해였다. 뒤에 있는 구경꾼들은 까치발을 들고 손으로 차양을 만들며 법석을 떨었지만 앞선 구경꾼들이 이미 선점한 좋은 자리를 내어줄 리 없었다.

'물론 나한테는 상관없지.'

수많은 사람들을 스르르 통과해 곧장 할아버지 근처로 나갔다. 한눈에 봐도 할아버지는 구급차가 올 때까지 목숨을 부지하지 못할 것 같았다. 피거품이 쏟아지는 입에서 숨이 깔딱깔딱 넘어가기 직전이었다.

솔직히 할아버지가 살았으면 하는 마음이 반, 그렇지 않았으면 하는 마음이 반이었다. 이 넓은 세상에서 현재까지 나 혼자만이 유령이었다. 나와 비슷한 유령을 딱 한 사람만 만날 수 있다면 소원이 없을 것 같았다.

할아버지의 입에서 끄윽끄윽 단말마가 새어 나왔다. 그렇게 몇 초를 더 고통 속에서 헐떡이던 할아버지의 가슴 움직임이 툭 멎었다. 조금만 더 목숨을 부지하게 해달라고 하늘에 호소하는 듯 들고 있던 두 손도 힘없이 도로로 떨어졌다. 할아버지의 죽음을 기원했던 죄책감으로 살짝 입맛이 썼지만 기대감이 더 컸다. 나는 두 주먹을 불끈 쥐며 할아버지의 두 번째 삶이 시작되기를 기다렸다.

"무슨 구경났습니까! 다들 물러나세요!"

그러나 119 구급차가 도착해 할아버지를 실어 나를 때까지 아무런 일도 일어나지 않았다. 당혹스러운 나머지 구급차까지 따라가 무전 내용을 엿들었다.

"현장 출동 완료했습니다. 피해자는 이미 사망했습니다. 네, 지금 병원으로 호송하겠습니다."

구급대원마저 할아버지의 죽음을 공식 인정했다. 그런데 왜?

'왜 할아버지는 유령이 되지 않은 거지?'

감나무에서 막 떨어지려는 감을 향해 입을 벌리고 있다가 훌쩍 까마귀가 채 가는 걸 발만 동동 구르며 지켜보는 기분이었다. 당연히 얻을 거라 생각했던 유령 친구가 영영 사라졌다. 나는 말로 표현 못할 상실감을 느끼며 이른 아침의 교통사고 현장을 벗어났다.

백화점 뒤편에는 다소 낙후된 서구에서 보기 드문 최고급 아파트 단지가 있었고, 아파트 단지 안에는 자그마한 놀이터가 있었다. 등나무로 장식한 놀이터 출입구에 부착한 시계가 8시 10분을 가리키고 있었다. 나는 놀이터 벤치에 앉아 출근 및 등교를 서두르는 사람들을 멍청하게 쳐다봤다. 머릿속에서는 여러 생각이 바쁘게 돌아가고 있었다.

'할아버지는 내 눈앞에서 곧바로 돌아가셨지. 난 유령이 탄

생하는 장면을 라이브로 볼 생각에 들떠 있었지만 아무 일도
일어나지 않았단 말이야.'

사람이 죽으면 나처럼 유령이 되는 게 아닌가? 그동안 내
가 본 영화나 드라마, 책에서는 틀림없이 그랬다. 하지만 정
작 유령이 된 사람과 그렇지 않은 사람은 따로 있지 않은가.

'무슨 왕후장상의 씨앗이 따로 있는 것도 아니고. 아니, 근
데 유령이 뭐 좋은 거라고 왕후장상씩이나 돼?'

어쩌면 이승에 미련이 많이 남은 사람이 유령이 돼서 현세
를 떠도는 걸 수도 있었다. 대부분의 대중매체에서 유령의
기원을 그런 식으로 설명하지 않는가. 곰곰이 생각해봤지만
이번에도 고개를 절레절레 저었다.

'어쩌면 살만큼 산 그 할아버지가 이승에 미련이 없었는지
도 모르지. 근데 그건 나도 마찬가지야. 어차피 직장도 없이
인생 포기한 백수였고, 도박에 미쳐서 그나마 모아둔 돈도
다 까먹었지. 그 살인마 새끼한테 당하지 않았더라도 얼마
못 가 굶어 죽을 팔자였는데 며칠 앞당겨준 것에 불과해. 나
또한 이 세상에 별다른 미련 따위는 없었다고.'

그러나 비슷한 상황에서 나와 할아버지의 결과는 판이하게
달랐다. 도대체 이유가 뭘까? 직장인이나 교복을 입은 학생
들이 돌아다니지 않는 8시 50분까지 한참을 고심해도 이렇
다 할 해답은 떠오르지 않았다. 애당초 유령이 실존하는 불

가해한 세계의 원리를 나 같은 평범, 아니 평범만도 못한 잡놈이 알아차릴 수 있을 리 만무했다.

"안녕하세요."

때마침 벤치 앞을 지나치던 뚱뚱한 초등학생과 눈이 마주치자 녀석이 꾸벅 인사했다. 생각에 잠겨 있던 나는 고개만 까닥거려 인사를 받아주었다. 요즘 애들이 싸가지 없다고 난리인데 드물게 인사성이 바른 아이다. 다소 흐뭇한 기분으로 멀어져 가는 남자아이의 터질 듯한 뒷모습을 보았다. 그리고 그 순간, 나는 거대한 사실을 깨달았다.

"애, 잠깐만!"

"네?"

뒤돌아보는 남자애에게 묻기 직전, 긴장감으로 손바닥이 땀에 젖는 듯했다. 물론 실제 그렇다는 건 아니고 그냥 느낌일 뿐이다.

"너 혹시 유령이니?"

나와 시선을 교환한 남자애가 슬픈 얼굴로 고개를 끄덕였다. 마침내 단 하나의 유령 친구를 찾아내고 말았다.

생각해보면 너무도 당연했다. 이 시간에 등교하는 초등학생의 뒷모습에 가방이 보이지 않았던 것이다. 그뿐이랴. 이 남자애는 흰색 강아지가 위아래 가득 박혀 있는 파란색 파자마를 입고 있었고, 왼뺨에는 아주 작은 마름모꼴의 베개 자국이 가득했다. 누가 봐도 학교에 가는 차림새가 아니라 막 침대에서 일어난 직후의 모습이었다.

'가장 중요한 증거는 따로 있지.'

바로 어떤 사람도 보지 못한 나를 똑바로 보고 인사를 건네지 않았는가. 나는 이 세상에서 나를 볼 수 있고, 말을 걸 수 있는 유일한 존재, 다시 말해 유령 소년에게 다가갔다.

"아저씨랑 얘기 좀 하자."

"네?"

"아저씨가 유령된 지가 얼마 안 됐어. 그래서 궁금한 게 많아."

"저 학교 가야 하는데요."

눈을 동그랗게 뜬 아이의 천연덕스러운 답에 어이가 없었다. 이미 유령이 된 초등학생이 학교에 갈 필요가 어디 있겠는가.

"이렇게 된 마당에 학교에는 뭐 하러 가?"

"그래도…."

소년은 난처한 얼굴로 고개를 내저었다. 답답한 마음에 설득을 더 하려다가 문득 내 어린 시절을 떠올리게 되었다. 나도 초등학교 다닐 때 이 소년처럼 하루라도 학교에 못 가면 하늘이 무너질 것 같은 기분을 느꼈고, 10분이라도 지각하면 아랫배가 당기고 식은땀을 줄줄 쏟지 않았는가. 비록 파자마를 갈아입을 수도, 책가방을 멜 수도 없는 유령이 됐지만 어린 학생 특유의 관성으로 반드시 학교에 가야만 한다고 여기는 듯했다.

"좋아. 그럼 아저씨랑 같이 가자. 가는 동안 얘기하는 건 괜찮지?"

"네!"

그제야 안심이 된 소년이 한껏 목소리를 높였다. 우리는 나란히 단지 서쪽 신현남 초등학교로 향했다. 내가 붙잡는 바람에 지각이 확정된 소년이 걸음을 서둘러 나 역시 마음이 급해졌다.

"넌 언제 유령이 된 거니?"

"개학하기 며칠 전이었으니까 한 달 좀 지났어요."

"그랬구나. 개학이 며칠이었지?"

"8월 26일이요."

내가 9월 5일에 유령 명부에 이름을 올렸으니 나보다 열흘 정도 선배였다. 고개를 끄덕이고 다른 질문을 하려는데 벌써 저만치 앞서갔다. 그동안의 경험상 물리적인 법칙에 좌우되지 않는 유령이 된다고 한들, 생전의 체력이나 건강에 영향을 받지 않는 건 아니었다. 딱 죽기 식전의 몸 상태와 일치하는 속력만 낼 수 있었다.

'술과 담배에 얼마나 절어 있었으면 저 뚱땡이 꼬마 하나 못 따라잡나. 이래서 사람들이 금연, 금연⋯.'

그 순간, 소년이 우뚝 멎었다. 웬일인가 싶었는데 횡단보도 앞이었다. 한 시간 전의 나처럼 본능적으로 파란 불이 켜지기를 기다리는 모양이었다. 어른인 나도 무의식중에 멈췄을 정도인데 매일같이 엄마에게 신호등에 대한 주의사항을 들었을 녀석은 오죽 하겠는가. 그 틈에 소년의 옆에 도착해 물었다.

"이렇게 된 것도 인연인데 이름이나 좀 알자. 아저씨 이름은 허영풍이야."

"저는 신현남 초등학교 3학년 1반 박철우입니다."

초등학교 저학년에게 물어보면 으레 그렇듯 자기소개에 가락을 붙인다. 3학년이면 열 살인가.

"철우였구나. 열 살 맞지?"

"네."

때마침 신호등이 바뀌어 급히 횡단보도를 건너는 철우를 뒤따랐다. 다시 말 붙일 틈을 보려는데 눈앞에 목적지가 떡하니 모습을 드러냈다. 원래 아파트 단지를 빠져나와 큰길 하나만 건너면 바로 초등학교인 모양이었다.

9시가 넘어 정문과 운동장에는 개미 새끼 한 마리 보이지 않았다. 우리는 외벽을 빨간색과 파란색 알루미늄 패널로 알록달록하게 장식한 초등학교 본관을 향해 나아갔다.

"저기가 네 자리구나?"

철우는 대답 없이 고개만 끄덕였다. 실은 물어볼 필요도 없었다. 국화 꽃다발이 올려져 있는 빈자리는 교실 전체에 딱 하나뿐이었으니까. 철우가 얼른 자리를 찾아가자 나는 홀로 남겨졌다. 어쩔 수 없이 교실 뒷벽에 등을 기대고 20여 년 만에 와보는 초등학교 풍경을 심드렁하게 감상했다.

'인구가 줄어서 나라의 앞날에 심각한 문제라고 하더니 과연 그러네. 내가 다니던 국민학교 때보다 반은 준 것 같아.'

콩나물 대가리처럼 툭툭 튀어나온 머리들을 세어보니 딱 스물여섯 개⋯ 아니, 그중 하나는 유령의 것이니 한 반에 스물다섯 명이 전부였다. 본의 아니게 인구 감소에 기여한 철우는 1교시 국어 수업에 귀를 기울이고 있었다.

"이선달 일행이 해적을 만나서 짐을 홀랑 뺏기고 몇 달간 바다를 표류하다 도착한 곳은 청나라예요. 청나라는 지금 중국의 옛날 이름이에요. 우리나라가 옛날에 조선이었던 것처럼."

이십 대 후반쯤으로 보이는 남교사의 설명을 아이들은 바쁘게 필기했다. 하지만 연필을 쥘 수 없고, 공책도 펼칠 수 없는 철우에겐 딴 세상 얘기였다. 아무리 칠판에 시선을 고

정해도 녀석의 집중력이 흩어지는 게 뻔히 보였다.

"괜찮냐?"

"네?"

"그렇게 듣기만 해선 이해가 잘 안 될 것 같은데. 그러지 말고 나가자."

슬쩍 철우에게 다가가 꼬드겨보았다. 녀석만 데리고 나가면 나 또한 아무 흥미도, 관심도 없는 초등학교 3학년 수업에서 해방이었다.

"안 돼요!"

득달같이 도리도리를 하는 철우였다. 중학생 정도만 되어도 땡땡이치는 재미를 알 텐데 아쉽게도 너무 어린 나이였다. 단호한 거절에 더 말 붙여볼 여지도 없어 창턱에 걸터앉은 채로 무료한 시간을 보냈다.

2교시 사회, 3교시 과학 등 매 수업이 끝날 때마다 철우를 쳐다보는 게 괴로웠다. 아무리 최근에 친구가 죽었어도 아이들은 아이들. 매일같이 밀려오고 밀려가는 화제에 이미 철우의 존재는 저 멀리 떠내려간 듯했다. 단지 국화꽃 한 다발로 이따금 환기될 뿐 아이들은 철우 따위는 아랑곳없이 울고 웃고 떠들고 장난쳤다. 철우는 자기가 없어도 친구들의 세상이 아무 지장 없이 즐겁게 돌아간다는 것에 상처받은 표정으로 물끄러미 지켜볼 따름이었다. 녀석보다 세 배 반이나 나이

먹은 나도 담배가 당겨 견딜 수 없는데 의연하게 버티는 철우가 대견스러웠다. 또한 저렇게 착하고 의젓한 아이가 너무 일찍 갔다는 생각에 가슴이 저릿했다.

"5교시 다 끝났다. 이제 가자."

"급식 먹고 집에 가야 해요."

"응?"

이제야 스물다섯 개의 입에서 쏟아지는 무시무시한 소음에서 해방되나 싶었는데 급식실까지 쫓아가야 하게 생겼다. 어차피 먹지도 못하니 그냥 가자는 말이 입에서 맴돌았지만 우리 박철우 씨 고집을 익히 아는 마당이라 졸래졸래 쫓아가는 수밖에 없었다.

"이야, 급식 잘 나오네."

오늘의 메뉴는 짜장밥에 닭날개 튀김이었다. 냄새도 맡지 못하건만 익히 아는 맛이라 애들이 먹는 걸 구경만 하는 게 괴로웠다. 물론 그 괴로움은 또래에 비해 두 배 덩치인 철우도 마찬가지였다. 철우는 친구들이 테이블을 온통 짜장 범벅으로 만들면서 조막만 한 입을 한껏 벌려 한 숟가락 가득 떠 넣는 모습을 넋을 잃고 쳐다봤다.

"입 좀 다물어라. 침 나오겠다."

"침 안 나와요."

"알아, 인마."

결국 아이들이 급식까지 다 마친 이후에야 운동장에서 둘만의 시간을 가질 수 있었다.

"드디어 끝났네. 와, 내가 초등학교 다닐 때도 이렇게 괴롭진 않았다. 너, 내일도 나올 거냐?"

"그럼요."

졸지에 초등학교를 다시 다니게 될 판이다.

"그래. 그건 됐고 이제 궁금한 것 좀 해결하자. 넌 대체 어쩌다 죽… 유령이 된 거냐?"

"몰라요. 그냥 자다 일어났더니 이렇게 됐어요."

"자다 일어났더니 죽… 유령이 됐다고?"

나는 연쇄살인마에게 살해당했다는 분명한 사인이 있는데 철우는 원인 불명이었다. 열 살 꼬마가 수면 중에 사망하는 일도 있나, 고개를 갸웃하며 다시 물었다.

"정확한 이유는 몰라? 엄마나 아빠가 말하는 거 들었을 거 아냐?"

"들었는데, 말이 어려워서 잘 모르겠어요."

아무래도 사인에 전문적인 의학용어가 들어가 철우 수준에서 이해가 어려웠던 것 같다.

"어쩐지 파자마만 입고 돌아다니는 게 좀 이상하긴 했다."

"자다 일어났는데 내 목소리를 아무도 못 듣고, 아무것도 만질 수 없어서 엄청 놀랐어요."

똑같은 경험을 한 터라 철우의 당혹감을 절절히 이해할 수 있었다. 성인인 나도 적응하느라 한 달이 넘게 걸렸는데 이제 열 살인 철우야 오죽 했겠는가. 짧은 삶 동안 보고 듣고 겪었던 모든 세계가 완전히 달라진 것이다.

'이 어린 나이에 미치지 않은 게 다행이지.'

그 순간, 미치지 않기 위해 끝끝내 기존의 삶을 고수하는 게 아닌가라는 생각이 들었다. 들어봐야 소용도 없는 수업과 먹지도 못하는 급식을 굳이 따라다니며 예전에 알던 아이들과 같은 생활을 해야만 익숙함과 편안함을 느꼈을 철우의 심정이 손에 잡힐 듯 다가왔다.

'남 말할 것 있나. 유령이 되고 답답한 마음에 하루 종일 길거리를 싸돌아다니며 고래고래 소리를 지르다가도 밤이 되면 꼬박꼬박 그 골방에 기어 들어갔지. 아무 데서나 널브러져 있어도 상관없었는데 말이야.'

새삼 철우의 처지가 가여웠다. 나 같은 인생 포기자야 이런 대접을 받아도 싸지만 무한한 꿈과 가능성이 있는 철우 같은 아이가 의미 없는 쳇바퀴를 언제까지고 돌아야 한다니.

"앞으로도 계속… 야, 너 어디 가!"

철우에 대한 연민에 잠겨 있느라 녀석이 저만치 앞으로 가고 있는 것도 몰랐다. 철우는 좁은 운동장 오른편의 병설 유치원과 그 아래의 체육관 쪽으로 걸음을 서두르고 있었다.

"체육관이요."

"거긴 또 왜 가?"

"연습 있어요."

철우와 나란히 체육관 정문을 통과하자 서른 명 조금 넘는 아이들이 중앙에 모여 있었다. 3분의 2정도로 여자애들이 더 많았다.

"수업도 다 끝났는데 무슨 연습을 한다는 거야?"

실내 체육관인 걸 보면 농구나 배구일 텐데 그렇기엔 인원이 너무 많았다. 축구라면 운동장일 테고.

"합창이요!"

철우는 지금까지 들어보지 못한 밝은 목소리로 외쳤다.

"합창? 너도 멤버야?"

"네."

"그럼 저기 합류해야지."

철우는 금세 쓸쓸해진 얼굴로 고개를 저었다. 잠시 후, 체육관에 합창 지도교사로 보이는 내 또래의 여교사가 들어왔다.

"대회가 며칠 안 남았지?"

"네!"

"순위가 중요한 건 아니지만 다들 열심히 했으니까 1등하면 더 좋겠지?"

"네!"

"자, 시작해보자."

그녀가 녹음해놓은 반주를 틀고 두 손으로 지휘를 하자 아이들은 일제히 '아아아' 하며 허밍을 시작했다. 처음 듣는 곡이지만 아름다운 멜로디에 오래 연습한 듯 화음도 일품이어서 순식간에 몰입했다.

"동산 위에 올라서서 파란 하늘 바라보며 천사 얼굴, 선녀 얼굴 마음속에 그려봅니다."

이 세상 것 같지 않은 아름다움을 접할 때면 으레 그렇듯이 눈물이 핑 도는 것 같았다. 2절에서 아이들이 좌우로 절반씩 나눠 돌림노래로 부를 때는 말 그대로 천상의 하모니였다. 초등학교 시절에도 동요보다는 가요를 주로 듣던 나였다. 유치하다고만 생각했던 동요에 유령이 되고 나서 처음으로 깊은 위안을 얻었다. 아이들의 청아한 목소리가 절망과 고통으로 말라붙은 내 가슴을 어루만져주는 것 같아 2분 남짓한 노래가 끝났을 때는 나도 모르게 눈가를 닦고 있었다. 어떠한 물기도 느끼지 못하는 주제에.

"합창반이라면서 너는 왜 안 해?"

이이 앞에서 감동받은 걸 들킨 게 겸연쩍어 화제를 바꿨다. 하지만 철우는 고개를 저을 뿐 대답을 하지 않았다. 약한 시간가량의 연습 내내 철우는 내 곁을 지키면서 고집스레 한 소절도 따라 부르지 않았다.

어쩐지 철우의 마음을 알 것 같았다. 그토록 좋아하는 노래를 친구들과 함께 부르지 못하게 된 자기 신세가 뼈에 사무치겠지.

"너 합창반 아니지?"

연습이 끝나고 다시 운동장으로 나온 우리였다. 내 말에 철우는 발끈하는 기색을 보였다.

"맞거든요."

"근데 왜 노래 안 해?"

"하기 싫어서요."

"못하니까 안 하는 거잖아."

"내가 왜 못해요. 합창반에서 제일 잘한다고 칭찬 받았거든요."

"그럼 해봐."

철우에게 그토록 좋아하는 노래를 마음껏 불러보게 하고 싶어 슬슬 긁은 것인데 역시나 애들한테는 직방으로 통한다. 철우는 두 팔을 허리에 딱 붙이고 노래를 시작했다.

"하늘 끝까지 올라 실바람을 끌어안고 날개 달린 천사들과 속삭이고 싶어라."

나는 충격을 받았다. 과연 합창반에서 최고라고 해도 과언이 아니었다. 아직 변성기가 오지 않은 터라 소프라노인 녀석의 목소리는 웬만한 여자아이보다 훨씬 고왔다. 노래를 마치고 조심스럽게 나를 쳐다보는 철우에게 열광적인 박수를 쳐주었다.

"와, 아저씨가 사과할게."

"봤죠?"

"그래. 너 정말 노래 잘한다."

"거 보세요."

"앞으로도 자주 들려줘. 부르고 싶으면 애들이랑 같이 목청껏 따라 부르고. 너 같은 노래 실력을 썩히면 국가적인 낭비야. 알았지?"

"네!"

칭찬을 받자 조금 전까지의 우울함은 싹 날아가 버린 듯했다. 철우는 한껏 기분 좋은 표정으로 고개를 꾸벅 숙였다.

"왜?"

"안녕히 가시라고요."

"응?"

"이제 집에 가야죠."

"집에 간다고?"

철우는 방과 후 연습까지 끝났으면 당연히 집에 가야지 뭐가 더 있냐는 듯 의아한 얼굴로 나를 쳐다보았다. 한편 유령이 되고 나서 처음으로 사귄 친구와 벌써 헤어질 줄 몰랐던 나는 당황해 어쩔 줄 몰랐다.

"왜 벌써 가?"

"가야 돼요. 늦으면 엄마한테 혼나요."

"그 엄마는 너를 보지도…."

"안녕히 가세요."

바쁘게 걸음을 옮기는 철우의 등에 대고 소리쳐 이름을 불렀다. 철우는 고개만 돌려 나를 보았다. 바쁜 사람 왜 자꾸 붙잡냐는 양 살짝 인상을 쓰면서. 나는 또박또박 말했다.

"너 집이 어디니?"

철우를 따라가면서 어린 시절 친구네 집에 놀러가던 기억을 떠올렸다. 그리 유복했던 편이 아니라 늘 갖고 놀던 장난감은 몇 가지가 전부였다. 친구네 집에 놀러 가면 새로운 장난감, 새로운 책, 새로운 게임을 접할 수 있었다. 늘 비좁게만 느껴졌던 세상이 한 뼘쯤 넓어지는 기쁨에 어찌나 설렜던지!

"여기예요. 130동 701호."

이번에 확장된 세계는 하늘 높이 뻗은 아파트였다. 지척에 살면서도 와볼 기회가 없었던 하늘정원 아파트를 유령 친구 덕에 와본다. 나는 주변을 둘러보았다. 청라국제도시를 제외하곤 이렇다 할 고층 아파트가 별로 없는 서구에서 제법 살 만한 단지라고 정평이 난 곳이었다. 근처를 지날 때마다 25 평부터 62평까지, 16층부터 32층까지 3천 세대 수천 명이 생활하는 이 아파트를 부러운 눈으로 쳐다보곤 했었다.

'로또만 맞으면 여기 살 거라고 다짐했었지.'

당시만 해도 로또에 맞지 않아도 당당히 입성할 수 있을 줄은 꿈에도 몰랐다. 물론 로또보다 더 어려운 유령이 되는 확률을 통과해야 하지만.

"들어가자."

우습게도 유령 신세가 돼서도 하릴없이 엘리베이터를 기다려야 했다. 버튼을 누를 물리력이 없었기 때문이다. 사람 때처럼 꼭대기 25층에서 내려올 생각이 없는 엘리베이터 표시 화면을 보며 답답해 하다가 철우에게 물었다.

"맨날 이렇게 집에 가니?"

"네. 운 좋게 엄마나 옆집 사람을 만나면 편하게 가고요. 6층이나 8층 사람이면 같이 타고 갔다가 한 계단 걸어가요."

"사람이 안 오면?"

"기다리면 언젠간 와요."

"어휴, 마냥 언제까지 기다리고 있어. 이리 와. 걸어가자."

"아, 왜요!"

"넌 너무 살 쪘어. 운동 좀 할 필요가 있어."

내가 앞장서자 철우도 툴툴 대며 따라왔다. 죽음을 맞던 순간의 체력으로 영구 고정이라 살찐 철우에겐 등산이나 마찬가지일 터였다. 다만 1층부터 꼭대기까지 하루에 백 번 왕복을 해도 1그램도 빠질 수 없긴 하지만, 자꾸 걸어 버릇하면 걷는 게 익숙해질 수는 있다.

숨을 헐떡이며 간신히 7층에 도착한 철우에게 혀를 차며 물었다.

"너 몇 킬로그램이나 나가냐?"

"49.5킬로요."

왠지 50을 줄이는 느낌이 들었지만 굳이 지적하지는 않았다. 열 살 남아의 평균 체중은 모르지만 분명 심각한 과체중일 듯했다.

"숨은 왜 그렇게 헐떡거려?"

"숨… 차니까요."

"그거 기분 탓이야."

"네?"

어리둥절한 철우에게 설명했다. 우리 같은 유령은 심장이나 폐가 없어서 숨이 찰 리가 없다고. 철우는 조금의 들썩임도 없는 자기 가슴을 만져보며 내 말에 공감하듯 고개를 끄덕였다.

"들어가세요."

그래도 주인이라고 손짓을 하며 나를 먼저 들여보내려 한다. 나는 고개를 끄덕이며 현관문을 통과했다.

"다녀왔습니다."

곧바로 따라 들어온 철우가 들릴 리 없는 인사를 했다. 아무런 대답이 없는 철우의 엄마는 초록색 아동용 놀이 매트가 깔린 거실에 앉아서 서너 살쯤 되어 보이는 여자애와 놀아주고 있었다.

"우리 연희 또 뭐 그릴 거야?"

"토끼!"

"얼른 그려봐."

파마를 해서 곱슬곱슬한 머리의 여자애는 바닥에 배를 깔고 도화지에 크레용으로 그림을 그렸다. 철우의 엄마는 그런 딸을 흐뭇하게 바라봤고, 철우는 그런 엄마를 서글프게 바라봤다. 이젠 동생 연희가 받는 따스한 시선, 머리를 쓰다듬는 부드러운 손길과 영영 이별하게 된 철우의 질투가 생생하게 다가왔다.

'나야 나이를 먹을 만큼 먹었지만 이제 3학년인 철우한테는 얘기가 다르지. 안 그래도 생전에 나이 차이가 제법 나는 동생에게 관심을 뺏겨서 속상했을 텐데.'

죽은 제갈공명이 산 사마의를 이겼다는 고사가 있지만, 이 경우에는 얘기가 다르다. 죽은 철우는 살아 있는 연희를 절

대 따라잡을 수 없고, 영원토록 동생이 사랑받는 모습만을
지켜봐야 하는 것이다.

"어디가 네 방이냐?"

거실 TV 위에 걸어놓은 가족사진이 철우가 한때 이 세상
에 존재했다는, 이 가족의 일원이었다는 유일한 증거였다. 가
족사진을 망연히 쳐다보고 있는 철우의 주의를 돌리기 위해
말을 걸었다.

전형적인 25평형대 방 세 개짜리 아파트였다. 철우의 방은
현관 맞은편의 작은 방이었다. 나는 차마 거실을 떠나지 못
하는 철우를 재촉해 녀석의 방으로 들어갔다.

"와, 방 깔끔하네."

아직 철우가 떠난 지 한 달여밖에 되지 않았다. 부모 입장
에서도 차마 짐을 뺄 수 없었는지 침대와 책상, 수십 권의
동화책들이 꽂혀 있는 책장은 전부 그대로였다.

"드디어 쉴 곳을 찾았구나."

짐짓 밝은 척을 하며 침대에 걸터앉았다. 자취방을 나오면
서 외톨이 신세로 세상을 떠돌 거라 생각했는데 쉴 곳도 찾
고, 말이 통하는 친구도 찾았으니 불행 중 다행이었다. 하지
만 철우는 자기 방에서도 이방인의 기분을 느끼는지 우울해
보였다. 나는 침대를 탕탕 치는 시늉을 하며 철우를 불렀다.

"땅 꺼지겠다. 다리 아프게 서 있지 말고 아저씨 옆으로 와."

"다리 안 아파요."

그러면서도 철우는 내 옆에 와서 앉았다.

작은 머릿속에서 내가 알 수 없는 여러 생각이 바쁘게 돌아다니는 것 같았다. 나도 그렇지만 철우에게도 역시 너무 가혹하다. 무한히 주어지는 시간 속에서 할 수 있는 게 아무것도 없다는 건….

'책이 암만 많으면 뭐 해. 펼쳐보지도 못하는데.'

새삼스레 결심을 굳혔다. 이 압도적인 공허에서 탈출해야 한다. 반드시 방법을 찾아서 나, 그리고 철우를 해방시켜 주리라.

당분간은 철우와 함께 이 집에서 기거하면서 유령 세계의 원리를 연구할 계획을 짜다 보니 어느덧 7시였다. 현관에서 들리는 초인종 소리에 철우의 몸이 흠칫했다. 철우는 얼른 침대에서 일어나 거실로 나갔다.

"다녀오셨어요."

허공으로 사라지는 메아리를 더하는 철우의 곁에서 아빠를 관찰했다. 나보다 서너 살 많아 보이는데, 철우와 달리 그 나이치고 배도 안 나온 데다가 객관적으로 무척 잘생겼다.

"왔어? 연희야, 아빠한테 인사해야지."

"아빠, 안녕."

"그래, 연희야. 잘 있었어?"

"연희가 토끼 그렸어요. 강아지랑 고양이도."

연희는 다짜고짜 도화지를 내밀었다. 얼핏 보이는 그림은 동물이라곤 믿어지지 않는 알록달록한 무언가였다.

"이야, 잘 그렸네. 토끼가 그림에서 뛰어나오면 어떡하지."

동의할 수 없는 칭찬을 던지며 연희의 머리를 쓰다듬는 아빠에게 엄마가 물었다.

"씻고 먹을 거야?"

"음… 귀찮다. 밥부터 먹자."

"알았어."

잠시 후, 철우를 포함한 온 가족이 주방 옆 4인용 식탁에 둘러앉았다. 나는 철우의 등 뒤에 서서 김이 모락모락 나는 꽃게 찌개를 노려보고 있었다.

"자, 기도하자."

아빠의 기도가 끝나자 식사가 시작되었지만 식탁에서 자꾸 탈주해 거실에 벌려놓은 인형 무도회에 돌아가려는 연희를 붙잡고 밥을 먹이느라 엄마는 밥이 입으로 들어가는지 코로 들어가는지 모를 지경이었다. 한편 아빠 역시 앞접시에 담은 살이 꽉 찬 꽃게를 젓가락으로 뒤적이기만 할 뿐이었다.

'표면적으로는 평범한 가족의 모습을 유지하려는 것 같지만 아직 철우의 죽음이 남긴 슬픔이 가시지 않았나 보다.'

비슷한 생각을 엄마도 한 것 같다.

"왜 그렇게 밥을 못 먹어?"

"응? 아냐."

"아니긴 뭐가 아냐. 얼굴에 수심이 가득한데."

자신에게 관심이 끊긴 틈을 타서 연희가 식탁을 벗어났다. 엄마가 다시 깨작거리는 이유를 물었다.

"그 김 상무가 자꾸 뭐라고 하잖아. 오늘은 심지어 이런 식이면 오래 못 볼지도 모르겠다고 그러더라."

"아주 협박을 하네."

"그러니까."

엄마는 아이처럼 볼을 부풀리는 아빠의 손에 자기 손을 가져갔다. 남편의 손을 꼭 쥔 아내가 말했다.

"너무 걱정하지 마. 그 회사 잘린다고 우리 집이 망하냐. 정 안 되면 내가 다시 아빠 회사 나가면 돼. 설마 우리 세 식구 입에 풀칠 하나 못하겠어."

엄마의 호언장담에 아빠는 환하게 미소 지었다.

"역시 내가 장가 하나는 잘 갔다니까. 그나저나 우린 남녀가 바뀐 것 같아. 내 성에 여자가 있고, 자기 성에 남자가 있

어서 그런가. 나는 배포가 좁쌀만 한데 당신은 수박만 하잖
아."

"당신도 참외 정도는 돼."

두 손을 맞잡고 사랑이 듬뿍 담긴 얼굴로 엄마를 보던 아
빠가 이내 뭔가를 깨달은 듯 얼굴을 붉혔다. 그는 거실 쪽의
연희를 보며 목소리를 낮췄다.

"미안. 철우 그렇게 된 지 얼마 되지도 않았는데 남편이랍
시고 한심한 소리만 했네. 정작 힘든 사람은 자기인데."

엄마는 고개를 푹 수그린 채 대꾸하지 않았다. 철우는 오
늘 처음으로 자기 이름이 거론되자 눈에 띄게 기뻐하는 얼굴
이었다.

저녁 식사를 마치고는 평범한 가족의 평범한 일상이었다.
샤워를 하고 돌아온 아빠가 뉴스를 틀려 하자 연희가 만화를
보겠다고 떼를 썼을 때만 제법 큰 소리가 났을 뿐이었다.

"그래, 연희 보고 싶은 거 보자."

떼쓴다고 엄마에게 혼이 나서 울음을 터뜨린 연희를 달래
는 아빠였다. 아빠는 로봇으로 변신하는 경찰차와 소방차 등
각종 특수차량이 나오는 만화 주제가를 목청껏 따라하면서
어깨를 으쓱으쓱 하는 율동까지 더해 끝내 연희를 다시 웃음
짓게 하는 데 성공했다. 음정이라곤 하나도 맞지 않는 아빠
의 노래 솜씨가 너무 끔찍하고 율동도 박자가 전혀 맞지 않

아 어린애가 보기에도 우스웠던 것 같다.

10시에 거실 소등이 이뤄졌다. 더 놀겠다고 떼를 쓰지 않을까 했지만 선선히 고개를 끄덕인 연희를 데리고 부부는 안방으로 이동했다.

"우리도 갈까?"

"네."

다시 불이 꺼져 있는 철우 방으로 돌아와 기나긴 하루를 마감할 준비를 했다.

"나란히 눕자."

나는 침대에 벌렁 누웠다. 철우가 스르륵 내 옆으로 누웠다.

"피곤하지?"

"별로요."

몸은 그러지 않을지 몰라도 하루 종일 시달린 마음은 그렇지 못할 터였다. 나는 철우를 보는 쪽으로 몸을 돌렸다. 똑바로 누워서 캄캄한 천장을 보는 철우의 눈은 말똥말똥했다. 평범한 인간들의 삶에서 벗어난 우리에겐 잠도 허락되지 않는 것이다.

문득 엄마와 아빠가 연희에게 했던 것처럼 철우의 머리를 쓰다듬어주고 싶어졌다. 부모에게 받는 게 아니라 감흥은 덜하겠지만 너도 누군가에게 충분히 사랑받고 있다는 걸 보여주고 싶었다.

"뭐하세요?"

젠장, 실패했다. 유령끼린 서로의 몸을 휙 통과할 뿐 만지거나 쓰다듬을 수 없었다. 나는 허공에 머문 손을 하릴없이 내렸다.

"왜 안 와요?"

다음 날 아침 철우가 나를 돌아보며 말했다. 말이 통하는 유일한 친구인 데다가 하룻밤을 같이 보내기까지 했으니 어제보다 훨씬 가까워진 느낌이었다. 나는 고개를 절레절레 저었다.

"오늘은 따로 움직이자."

"왜요?"

"아저씨는 초등학교 벌써 졸업했어. 다 아는 내용을 또 들을 필요가 없지."

"그럼 아저씨 집에 가시는 거예요?"

"집이 있어야 가지. 그리고 이 꼴을 해서 가긴 어딜 가냐. 이따 너희 집에서 보자."

그제야 철우의 얼굴에서 불안감이 가셨다. 철우는 꾸벅 인사하고 몸을 돌려 학교로 떠나갔다. 씰룩거리는 철우의 엉덩이가 멀어져 가는 모습을 지켜보고 있으려니 아파트 로비 문이 열리고 연희를 포함한 세 아이가 우르르 쏟아져 나왔다.

"넘어진다!"

"이석원, 뛰지 말랬지!"

노란색 반팔 티셔츠에 회색 반바지를 입은 아이들에 이어 세 명의 엄마 수행단이 뒤따랐다. 아침부터 연희를 씻기느라 부산을 떠는 걸 보니 어린이집에 보내는 모양이라고 추측했는데, 정답이었다.

막 도착한 노란색 어린이집 버스에 아이들을 태우는 모습을 지켜보며 헛웃음을 흘렸다. 버스 옆에 쓰여 있는 이름이 '신현남 초등학교 병설유치원'이었던 것이다. 엄마의 아무런 도움도 받지 못하는 철우와 하나부터 열까지 보살핌을 받는 연희가 가는 곳이 같았을 줄이야. 물론 연희의 잘못은 조금도 없었지만 심정적으로 철우의 편인 내가 다 속이 상했다.

"아침마다 전쟁이네요."

"그러게 말이에요. 석원이는 막상 가면 재미있어하면서 가기 전에는 내 등에 껌딱지처럼 달라붙어서 안 가면 안 되냐고 눈물 콧물 다 흘려요."

자녀 연령대가 비슷하니 자연히 엄마들의 나이도 비슷해 보였다. 수다를 떨던 엄마들 중 하나가 철우 엄마에게 말했다.

"애들 오기 전까지 해방이네요. 저희 집 올라가서 커피 한 잔 해요."

철우 엄마는 애매한 미소를 띠고 살짝 고개를 흔들었다. 다른 엄마가 가세했다.

"그래요. 혼자 있으면 더 힘들어요. 저희들하고 편안하게 수다라도 떨면 마음이 좀 나아지지 않겠어요?"

"다음에요."

이번에도 사양한 철우 엄마가 먼저 자리를 떴다. 나는 얼마 후 엘리베이터로 향한 두 엄마를 쫓았다. 제안이 거절당한 마당에 철우 엄마와 함께 엘리베이터 타고 올라가기가 뭐해 잠시 기다린 모양이었다. 철우네 집에서는 철우에 관한 언급은 금기시되는 듯해 얻은 정보가 거의 없었다. 차라리 수다라면 어디서도 떨어지지 않아 보이는 이 여자들을 쫓아가는 게 나을 듯했다.

"연희 엄마도 참 힘들겠어요. 나도 석원이가 그렇게 됐으면 어떨까 상상만 해도 가슴이 찢어지는데."

"가슴만 찢어지겠어요. 미치지. 어린 자식 앞세우고 어떻게 제정신으로 살 수 있겠어."

"연희 엄마가 깨우려고 갔더니 숨을 안 쉬고 있더래잖아요. 아빠도 출장 가서 없고, 혼자서 얼마나 놀랐을지."

아니나 다를까, 커피 물이 채 끓기도 전에 흥겨운 수다 잔치가 열렸다.

"그래도 연희라도 있으니까 다행이죠. 둘 중에 하나라도 남은 거 보살피려면 엄마가 딱 정신을 붙잡고 있어야 하니까요."

"그러게 말이에요. 그나저나 석원이도 요즘 부쩍 살찌는 것 같은데."

"내 말이요. 맨날 초콜릿이랑 아이스크림을 달고 사니까 걱정이에요. 철우처럼 아동수면무호흡증 걸릴까 봐."

"철우가 많이 뚱뚱하긴 했지."

"그러니까요. 난 어른들이 수면무호흡증으로 죽었다는 뉴스는 봤어도 열 살짜리가 그렇게 됐다는 건 처음 들었네요."

"엄마보다 덩치가 더 컸잖아."

"방송 보니까 비만이 수면무호흡증 원인이더라고요. 살이 너무 찌면 기도가 막힌다나."

"근데 난 우리 소은이가 철우 반의 반 만이라도 좀 먹었으면 좋겠어. 걘 누굴 닮아서 먹는 걸 그렇게 싫어하는지. 너무 말라서 뼈만 남은 생선 같아. 어떨 때 보면 비린내도 나는 것 같더라니까."

"호호, 언니는 참 말도 재미나게 잘해요."

곧 철우는 메뉴에서 빠지고 필연적인 코스인 남편과 시댁 흉보기로 이어졌다.

소은 엄마 집을 나서며 고개를 갸우뚱했다. 철우가 얘기한 어려운 말이라는 건 '수면무호흡증'을 가리키는 듯했다. 나도 종종 뉴스에서 비만이 원인으로 작용한 수면무호흡증 때문에 사망한 사람 얘기를 듣곤 했다. 하지만 대개 성인이었는데 초등학교 3학년에게 그런 일이 있을 수 있을까?

'아예 불가능한 일은 아니겠지. 요즘은 불규칙한 생활 습관과 음식 과다섭취로 성인병이 애들한테도 나타난다고 하니까.'

자고 일어나보니 유령이 되어 있었다는 철우의 기억과 파자마 차림으로 고정된 현재의 모습을 보면 아동 급성 수면무호흡증으로 인한 변사가 틀림없어 보였다.

'그런데 왜 명쾌하게 모든 걸 알아냈다는 기분이 들지 않지?'

어젯밤, 잠도 못 자는 김에 여러 사정상 하루 만에 급속도로 가까워진 철우에 대한 생각에 골몰했었다. 내가 죽은 것도, 죽지 않은 것도 아닌 이 끔찍한 상태에서 벗어나려면 무엇보다 유령 세계가 어떻게 돌아가는지 그 원리를 알 필요가 있었다. 중이 제 머리 못 깎는다고 내 상황에 대해서는 딱히 떠오르는 게 없으니 철우를 들이파는 수밖에···.

'원래 머리가 빠릿빠릿한 편도 아니고 집중력도 쓰레기지만 다른 일을 아무것도 못 하니 어쩔 수 있나. 몇 시간이고 집중할 수 있더군.'

64

동이 터 오를 때까지 천장을 똑바로 보고 누워 있는 철우를 의미심장하게 바라보며 확신했다. 이 아이와 함께한 고작 하루 남짓한 시간 속에서도 내가 보고 듣고 겪고 느꼈던 것들과 맞지 않는 뭔가가 너무 많이 출몰했다고.

'단서들은 제법 쌓였어. 거기만 다녀오면 모든 게 확실해지겠지.'

1층으로 내려간 나는 기세 좋게 로비 문을 통과했다.

저녁 7시가 다 돼서야 철우네에 도착했다.

"왜 이제 와요?"

"좀 바빴거든. 별일 없어?"

"네."

고개를 끄덕인 철우의 시선이 거실 한복판으로 돌아갔다. 연희의 재롱에 박수를 치는 엄마, 아빠의 모습을 물끄러미 쳐다보는 철우에게 괜히 화가 났다.

"나가자."

"안 돼요."

"왜?"

"이 시간에 나가면 엄마한테 혼나요."

"뭐 하러 그런 규칙을 지켜!"

답답하게 구는 철우에게 나도 모르게 소리를 빽 질렀다.

철우가 놀란 눈으로 나를 올려다봤다. 아이와는 인연이 없어서일까, 아직 어린 나이니까 이해를 해야지 싶다가도 한 번씩 도저히 참지 못하게 된다.

"미안. 아저씨가 꼭 할 얘기가 있어서 그래."

"안 되는데…."

"여기서 연희한테 푹 빠진 엄마, 아빠 보는 것보단 훨씬 나을 텐데도."

연희를 거론하자 철우의 눈빛이 살짝 흔들렸다. 이윽고 철우는 미세하게 고개를 끄덕였다. 바야흐로 열 살 인생 최초로 엄마가 정해놓은 규칙을 깨는 순간이었다.

우리가 처음 만난 놀이터 벤치로 데려갔다. 7시 반만 되도 웃고 떠들던 아이들은 종적을 감췄고, 달빛 아래 텅 빈 놀이터는 을씨년스러운 분위기를 풍겼다.

"무슨 얘기인데요?"

막상 불러놓고도 철우의 얼굴에 시선을 못 박을 뿐 쉽사리 말이 나오지 않았다. 이 아이가 이해하기엔 너무도 거대하고 끔찍한 얘기를 해야 했기 때문이었다.

"음. 어려울 수도 있는 얘기니까 집중해서 잘 들어봐."

"알았어요."

"먼저 네가 유령이 된 이유. 네가 학교 간 사이에 같은 동아줌마들한테 들었다. 넌 수면무호흡증으로… 사망했다고 하더라."

"그 얘긴 저도 들었어요. 뜻은 몰랐지만."

"그건 자다가 숨이 끊어졌다는 뜻이야. 사람이 숨 못 쉬면 죽는 건 알지?"

"그럼요."

아는 얘기가 나오자 당당히 고개를 끄덕이는 철우였다.

"수면무호흡증은 보통 나이 많은 사람들이 걸려. 최소한 내 정도 되는 아저씨들이."

"근데 왜 제가 걸렸어요?"

"대개 살 찐 사람이 많이 걸리거든. 살이 많이 찌면 목에도 살이 찌게 되잖아. 그럼 목을 지나가는 숨구멍을 막을 수밖에 없어서 자연스레 숨이 막히지."

"엄청 답답하겠네요."

최대한 눈높이에 맞춘 설명이 어렵지 않은지 철우가 고개를 주억거렸다.

"평상시에는 입도 더 크게 벌리고, 숨도 한 번 쉴 걸 두 번 쉬면서 답답함을 해소하겠지. 근데 잘 때는 자기가 자기 몸을 통제할 수 없잖아. 잠결에 숨을 못 쉬어서 답답한 상태로…."

"꼴까닥."

"응."

"제가 그렇게 된 거예요?"

"그렇다더구나. 보통은 어른들이 걸리지만 넌 또래보다 살이 훨씬 많이 쪘으니까."

철우의 얼굴에 착잡한 표정이 감돌았다.

"엄마가 밥 한 그릇만 먹으라고 할 때 들었어야 했는데. 친구들이 놀릴 때도 싸우지 말고 걔네 말을 들었어야 했어요."

여기서부터가 제일 중요하니 아이가 이해할 수 있도록 신중하게 말을 골라야 했다.

"일단 말은 된다고 생각했지. 하지만 곱씹을수록 과연 그럴까 싶더라. 아무리 또래보다 비만이라고 해도 아동수면무호흡증으로 사망한 예는 거의 들어본 적이 없어."

"정말이요?"

"그래. 게다가 이상한 게 또 있었지."

"뭐가요?"

나는 오른손 검지로 철우를 가리켰다.

"네 아빠, 친아빠 아니지?"

당황한 철우의 얼굴이 조금 붉어지는 것 같았다. 물론 실제로 유령의 피부색이 변할 리 없으니 기분 탓이었을 게다.

"아, 아니에요."

"아니, 내 말이 맞을 것 같은데. 어제 네 아빠가 노래 부르는 걸 들어봤잖아. 너랑 다르게 끔찍하게 못 부르더라. 완전 음치에 가깝던데."

재빨리 입을 열어 항변하려는 철우의 말을 막았다.

"나도 알아. 그건 별 증거가 못 되지. 아빠는 노래를 못하지만 엄마가 잘할 수도 있지. 넌 유독 엄마를 닮아서 노래를 잘하는 것일 수도 있고."

"그럼 상관없잖아요."

"아니, 다른 증거가 있어."

철우의 눈이 휘둥그레졌다.

"어제 아빠는 자기 성에 여자가 있고, 엄마 성에 남자가 있다고 했어. 너도 들었을 테지만."

"그게 무슨 뜻인데요?"

"나도 몰랐지. 둘만 아는 얘기인가 싶기도 했어. 어젯밤에 밤새도록 생각하면서 겨우 어렴풋이 깨달았다."

"저한테도 알려줘요."

열 살의 지식수준을 알 길이 없어 조심스레 물었다.

"너 한자라는 거 아니? 중국 글자인데 우리나라 사람 이름은 순 한글 말고는 다 한자로 되어 있거든."

"알아요!"

뜻밖으로 한 손을 들고 당차게 외친다.

"어떻게 알아?"

"손오공 나오는 한자 공부하는 만화책 있어요. 열 권 넘게 봤어요."

"그렇구나. 그럼 이해가 빠르겠네. 아빠 성에 여자가 있다는 건 아마 성에 한자로 '여자 여女'자가 들어간다는 얘기일 거야."

"네."

"6시까지 서구청에 있다 왔다. 거기 가면 사람들이 서류 같은 걸 떼거든. 주민등록등본 같은 거."

"그게 뭐예요?"

"어떤 집에 누가 사는지 확인해주는 서류 같은 거야. 중요한 건 그게 아니고, 그 서류를 달라고 신청할 때 자기 이름을 한자로 써야 하거든. 거기서 몇 시간 동안 지켜봤다. '女'자가 들어가는 성이 뭐가 있는지."

오전에 소은 엄마 집을 나서자마자 향했던 곳이 바로 서구청이었다. 그곳 민원실에서 몇 시간 동안 민원인이 작성하는 서류를 어깨 너머로 관찰하느라 이 시간에 돌아왔던 것이다.

"거의 일곱 시간 이상 지켜봤지만 성에 '女'자가 들어가는 건 딱 두 개 봤다. '강姜 씨'랑 '안安 씨'. 네 아빠 성이 이 둘 중에 하나 맞니?"

나는 허공에 강과 안을 한자로 그리면서 철우의 이해를 도왔다.

"네. 안 지자 훈자예요."

철우가 힘없이 말했다.

"아빠 성함이 안지훈 씨였구나. 그런데 너는 왜 박철우지?"

내 머릿속에서는 어제 아침 '저는 신현남 초등학교 3학년 1반 박철우입니다'라고 가락을 붙여 말하던 철우의 목소리가 재생되고 있었다.

"아."

그제야 실수를 깨달았는지 멍한 표정을 짓는 철우였다.

"성이 다르니 안지훈 씨는 네 친아빠가 아닐 거야. 좋아, 그럼 엄마를 볼까? 엄마 성에 남자가 있다는 건 '사내 남男'이나 '아들 자子'가 들어간다는 뜻이겠지. 그런데 내가 무식해서 그런지는 몰라도 '남男'자가 들어가는 성은 모르겠어. 구청에서도 못 봤고. 근데 아들 '자子'가 들어가는 성은 있지. 이李 씨 말이야. 혹시 엄마 성이 이 씨냐?"

"이 영자 주자예요."

"이영주 씨. 그럼 박철우의 박이 엄마 성을 딴 것도 아니네. 그럼 확실해졌지. 네 친아빠 성이 박 씨인 거야. 친아빠랑 엄마랑은 이혼을 한 거니?"

"…맞아요."

내 추리가 하나씩 맞아가는 쾌감에 온몸이 저릿저릿했다. 철우가 두 손으로 머리를 쥐어뜯는 시늉을 했다.

"아, 엄마가 절대 틀리지 말라고 했는데. 꼭 안철우라고 하라고 했어요."

"아마 엄마는 재혼하고 새로 이사 온 이곳에서 예전에 이혼했었고 지금은 새로운 가정을 꾸렸다는 걸 들키기 싫었던 것 같구나. 그래서 안철우라는 이름을 그토록 강조했던 거야."

하지만 철우는 말하고 쓰고 읽는 걸 익히면서 몇 년간 써 왔던 박철우라는 이름을 쉬 떨쳐버리지 못한 것이다.

"거기까지 확실해지자 무서운 생각이 들더구나."

"무슨 무서운 생각이요?"

애한테 자세히 설명하기가 너무 끔찍했지만 여기까지 온 마당에 어쩔 수 없었다. 나는 눈을 질끈 감고 내처 쏟아냈다.

"어쩌면 새 남편이랑 새로 낳은 딸 연희와의 행복한 생활에 철우, 네가 방해가 되는 게 아닌가 하는 생각. 미안해, 이런 말을 해서."

"그, 그렇지 않아요."

"그래. 내 말이 틀릴 수도 있어. 우린 유령이야. 책장을 넘길 수도, 컴퓨터를 칠 수도 없는 유령. 그래서 여러 가지 정보를 얻을 길이 없어. 어디까지나 아저씨 추측이니까 틀릴 수도 있다. 계속해도 되겠니?"

"네."

"전남편과는 이혼을 했지만 철우는 계속 키워야 했지. 재혼하기 전까지는 문제가 없었는데, 막상 다시 가정을 이루고 연희까지 새로 낳자 엄마는 무서워진 거야. 철우 때문에 내가 남편한테 미움을 받지 않을까 하고서."

"저 때문에 왜 미움을 받아요?"

철우는 억울한 표정으로 허리에 양손을 가져다 댔다.

"넌 아직 잘 모르겠지만 어른들의 생각은 그럴 수도 있단다. 아주 비뚤어지고 일그러진 생각이지만."

나는 일반인치고 꽤나 잘생긴 안지훈을 떠올렸다. 그 준수한 남편의 사랑을 잃지 않을까 노심초사했을 이영주의 심정을 알 것도 같았다.

"그런 무서움은 쉽게 사라지지 않아. 나날이 계속되고, 점점 커지게 마련이지. 결국 네 엄마는 앞으로의 생활에 방해가 될 너를… 죽일 마음을 품게 됐다."

"말도 안 돼요! 엄마가 나를 죽일 리 없어요!"

"아니, 내 말이 맞을 거다. 네가 죽은 날 새 아빠는 출장 중이었다고 들었다. 그럼 집에는 엄마밖에 없었잖니."

"엄마가 왜 나를 죽여요! 나는 자다가 숨을 못 쉬는 병으로…."

"넌 엄마한테 살해당한 거다. 난 우리가 처음 만났을 때부터 그걸 알고 있었지."

"어떻게?"

"네 얼굴의 베개 자국."

나는 철우의 왼뺨에 가득한 작은 마름모꼴의 베개 자국을 가리켰다. 그건 누가 봐도 베개로 얼굴을 짓누른 흔적이었던 것이다.

유령은 숨이 딱 끊어질 때의 순간으로 모습이 고정된다. 죽음 이후에도 몸에 난 구멍으로 피를 대량으로 쏟아내 색소 결핍증 환자처럼 창백해진 내 시체의 얼굴과 달리 거울에 비친 내 현재의 모습은 혈색도 그렇고 제법 사람 꼴이다. 마찬가지로 철우 얼굴에 생생하게 남은 베개 자국도 철우가 숨이 끊어지던 바로 그 당시의 것이리라.

"그 자국을 보고 네가 누군가에게 베개로 얼굴이 짓눌리는 바람에 숨을 못 쉬어서 죽은 거라는 걸 알았지. 다만 네가 전혀 모르는 눈치기에 굳이 말하지 않은 것뿐이야."

겉으로는 부인하지만 속으로는 인정하는지 철우의 눈빛이 점점 암담해졌다. 몹시 마음이 아팠지만 기왕 시작한 얘기니 끝을 봐야 했다.

"수면무호흡증으로 외부 자극 없이 사망한 애 얼굴에 또렷한 베개 자국은 말이 안 되지. 그리고 어젯밤 같이 잘 때 보니까 너는 밤새도록 똑바로 누워 자더구나. 물론 유령들은 잠을 못 자니까 자는 시늉만 한 거지만 살아 있을 때도 분명 그랬겠지? 그럼 엎드려 자는 바람에 베개에 입과 코 같은 호흡기가 눌린 것 같지도 않고."

"맞아요. 천장 보고 똑바로 누워서 잤어요."

"내 생각에 엄마는 한밤중에 네가 잠이 들자마자 범행을 저지른 것 같다. 아침에 사고가 일어났다고 거짓말로 신고했을 때는 이미 몇 시간이 훌쩍 지나 있었지. 시간이 많이 지난 덕분에 그 베개 자국이 자연스럽게 거의 다 사라져서 경찰도 눈치 못 챈 게 아닐까? 난 그렇게 생각한다."

모든 설명을 들은 철우가 떠듬떠듬 말했다. 어린 소년이 듣기에는 너무도 충격적인 얘기에 일시적인 퇴행이 온 듯했다.

"엄마가… 날 얼마나… 사랑하는데… 우리 엄마는… 그런 나쁜… 사람이 아니에요."

"물론 아저씨 말이 틀릴 수도…."

그 순간이었다. 철우의 몸이 환하게 빛나기 시작한 것은.

"뭐, 뭐야!"

빛에 휩싸인 철우의 몸이 점차 투명해져 갔다. 나는 두 손을 뻗어 철우를 붙잡으려 했지만 허공만을 갈랐다.

"야, 철우야!"

"아저씨…."

철우의 입에서 힘겹게 한마디가 새어 나왔다. 상상도 못했던 상황에 완전히 얼이 빠져버린 나는 멍하니 빛 속의 철우를 바라볼 따름이었다. 잠시 후, 철우를 휘감은 빛이 마지막으로 강렬하게 번쩍였다. 반사적으로 눈을 감고 말았다.

눈을 떴을 때는 철우의 모습이 사라지고 없었다.

"이게 어떻게 된 거지?"

홀로 남겨진 나는 주변을 두리번거렸다. 역시나 근처에서 철우를 찾을 수는 없었다. 철우가 유령 생활을 청산하고 승천이라도 한 건가?

한동안 놀이터를 찾아다니다 결국 철우가 영영 이 세상에서 사라졌다는 걸 받아들일 수밖에 없었다.

'왜지? 자기 죽음에 관한 비밀이 죄다 풀린 탓에 이승에 남은 한까지 풀린 걸까?'

잠시 생각해보고 고개를 저었다. 친엄마에게 살해당한 걸 새로 알게 되면 없던 한도 생길 판이다. 그럼 한이 풀렸다고 보기는 어려운데.

몇 시간 동안 놀이터에서 생각에 골몰한 끝에 어렴풋한 해답을 찾았다.

'납득. 바로 그게 정답이 아닐까?'

요는 자신의 죽음에 스스로도 고개를 끄덕일 만큼 '납득'하는 것이다. 예컨대 백화점 사거리에서 교통사고로 사망한 노인은 자기 죽음에 한 점만큼의 의혹도 없었다. 그저 전국에서 하루에도 수십 건씩 발생하는 흔한 교통사고로 사망했으니 거기에 무슨 의혹이 있겠는가.

'이승에 무슨 미련이나 한이 남아서 유령이 되는 게 아니었어. 자신이 납득할 수 있느냐, 없느냐가 열쇠였던 거야.'

나는 고개를 주억거리며 예전 기억을 떠올렸다. 대학교 1학년 때 소개팅으로 사귄 여자친구가 석 달 후 일방적으로 이별을 통보했었다. 이유도 알려주지 않고 연락을 끊은 그녀 때문에 얼마나 힘들었던가.

'그때도 차라리 무슨 잘못을 했다고 알려주기라도 했으면 그렇게 힘들진 않았을 거라고 생각했었지. 이유를 알 수 없는 이별을 납득할 수 없어서 매일이 술타령이었어.'

어린아이가 감당하기엔 끔찍한 진실이었지만 철우는 결국 자신의 죽음에 대한 내 설명을 받아들였고, 그 설명에 완전히 납득했다. 그래서 유령 신세를 탈출하고 승천한 게 아닐까 생각하면 논리적으로 말이 됐다. 그렇다면?

'난 내 죽음에서 도대체 무엇을 납득하지 못했기에 이런 신세일까. 잘못된 장소에서, 잘못된 시간에, 잘못된 연쇄살인마에게 운수 사납게 걸려든 것뿐인데.'

계속 고심해봤지만 답은 떠오르지 않았다. 밤새도록 이러고 있을 수도 없어 결국 아무런 해답 없이 놀이터를 뜨고 말았다.

'오늘 밤은 어디서 때운다?'

　어쨌거나 나는 유령이 되고 나서 처음 사귄 단 하나의 친구를 잃었던 것이다.

사랑과 영혼

Ghost

'오늘 밤은 어디서 때운다?'

늦가을에는 금세 해가 진다. 나는 진작 어둑어둑해진 하늘을 바라보며 한숨을 흘렸다. 더위도, 추위도 느끼지 못하는 몸인 데다가 잠을 잘 수도 없었지만 사람 시절의 영향이 남아 있는지 길에서 밤을 보내는 건 꺼려졌다. 왠지 들개나 버려진 고양이 같은 기분이 들기 때문이다. 그러나 해가 떠 있는 동안 하룻밤을 의탁할 만한 집을 찾지 못했다. 결국 어제 갔던 신혼부부의 집에 다시 방문해야 할 것 같았다.

"오늘도?"

"아이, 회사에서 하루 종일 그 생각만 했어."

"나 허리 아픈데."

"살살 할게."

철우와 헤어지고 한 달 남짓 지난 동안 아무 집에나 가지는 않았다. 나름대로 눈요기가 될 법한 집을 신중하게 골랐다. 유령이 된 뒤에도 성욕을 비롯한 오욕칠정은 조금도 사라지지 않았기에 남들 눈에 띄지 않는 신세를 최대한 활용했다. 맨 처음에는 여자 목욕탕을 찾았다.

'거긴 지나치게 일상적인 공간이었지. 내가 원하는 느낌은 조금도 받을 수 없었어.'

그래서 젊은 부부나 눈에 띄게 아름다운 여성의 집을 주로 찾게 됐다. 죽어서도 색(色)의 굴레에서 벗어나지 못하는 스스로가 한심스러웠지만 한참 일을 치르는 걸 구경할 때는 그저 짜릿하기만 했다.

"야, 오늘따라 평소보다 몇 배는 더 예뻐 보이네."

"참 나, 안 해줄까 봐 아부하는 거 아니야?"

"아냐. 이렇게 비스듬히 누워서 보는 건 처음이잖아. 각도가 달라서 그런가 엄청 예쁘네."

"앞으로 오빠 퇴근할 때마다 맨날 이렇게 누워 있어야겠네."

나는 신혼부부의 침대 옆에 서서 그들이 주고받는 말을 듣고 있었다. 오늘따라 시작하기 전에 사설이 길어 짜증이 났지만 젊은 부부의 정겨운 침실 대화에 점차 빠져들어 갔다.

"허리 아프면 안 해도 돼."

"정말?"

"그냥 이렇게 바라보기만 해도 좋네. 따뜻한 느낌이 좋아."

"치. 그 정도로 아프지는 않아."

막 일이 시작되기 전에 안방을 빠져나왔다. 자기보다 서로를 먼저 생각해주는 예쁜 부부 곁에 내가 남아 있으면 방해가 될 것 같아서였다. 서재로 쓰이는 작은 방에 들어가서 벽에 허리를 기댔다. 뭐라 말할 수 없는 기분에 가슴이 쓰라렸다. 나도 누군가에게 저런 사랑을 받고, 저런 사랑을 해줄 수만 있다면 소원이 없으리라.

'어쩌면… 나도 가능했을 수도 있어. 일이 조금만 더 잘 풀렸더라면.'

새삼 대충대충 살아온 서른다섯 해의 인생에 대한 후회가 몰려왔다. 그리고 그 볼품없는 시간들을 조금이나마 빛나게 해준 누군가의 얼굴이 떠올랐다.

'어차피 다 지나간 일인데 떠올려봐야 뭐해. 마음만 아프지.'

나는 고개를 세차게 흔들어 끈질기게 뇌리 한 구석에 남아 있는 한 여자의 얼굴을 지워버렸다.

다음 날은 점심때쯤 서울로 향했다. 유령도 시 경계를 넘으려면 용빼는 재주가 없다. 평범한 사람들이랑 똑같이 지하철이나 버스를 타야 했다. 다만 예전처럼 1호선 지하철을 타자마자 빈자리를 찾기 위해 눈을 희번덕거릴 필요가 없을 뿐이었다. 자리가 없으면 아무 사람이나 골라 무릎에 앉으면 그만이니까. 물론 그 사람은 무릎 위에 유령을 앉히고 가고 있는 줄은 꿈에도 모르겠지만.

신도림으로 향하는 지하철 안에는 유니폼을 맞춰 입은 사람들이 간간이 눈에 띄었다. 인천 연고의 야구팀은 따로 있지만 대한민국의 수도는 서울 아닌가. 나처럼 인천에 살면서도 서울 야구팀을 응원하는 사람도 적지 않은 것이다. 종합운동장역에서 흰색 바탕에 검은색 스트라이프 무늬가 들어간 야구복 차림의 수백 명과 함께 내렸다. 잠실야구장으로 향하는 그들은 몇 시간 뒤에 열릴 플레이오프 1차전에 대한 기대감으로 하나같이 상기된 얼굴이었다.

'크, 이래야 가을 야구지. 모처럼 살아 있을 때 기분 나네.'

죽기 전에는, 아니 죽은 후에도 내로라하는 야구광이다. 돌이켜보면 야구부가 있는 고등학교를 나온 게 문제였다. 고1 때 청룡기 고교야구 대회 단체응원으로 처음 야구 구경을 갔던 기억이 지금도 생생하다. 탁 트인 운동장에 푸르른 잔디는 학업 및 나름의 스트레스에 찌들었던 내게 이루 말할 수 없는 청량감과 해방감을 주었다. 목청이 터져라 응원가를 부르던 그날 이래로 나의 야구사랑은 지금까지 현재 진행 중이었다.

'유령이 되고 처음으로 좋은 것도 있네.'

플레이오프 입장권은 구하기가 하늘의 별 따기였다. 거의 1초 만에 끝나는 인터넷 예매에 단 한 번도 성공해본 적이 없다. 결국 털레털레 경기장에 와서 정가의 세 배에서 다섯 배에 육박하는 암표를 사곤 했다. 그러나 그건 어디까지나 사바세계의 얘기. 지금은 포수 바로 뒤쪽 프리미엄 석에서 얼마든지 공짜로 관람할 수 있다.

"와, 자리 좋다!"

빨간색 응원 막대풍선을 들고 온 커플 중 모자 대신 쌍둥이 헬로키티 머리띠를 한 여자가 경기장이 부채꼴로 훤히 들여다보이는 좋은 자리에 반색했다.

"힘 좀 썼지."

남자친구는 어깨를 으쓱하며 이미 내가 앉아 있는 자리에 착석했다. 물론 물리적인 존재감이 전혀 없는 나와 부딪치는 일은 없었다. 내 몸과 정확하게 포개져서 앉은 셈인데 서로의 시야에는 지장이 없었다. 같은 자리에 겹쳐 앉으며 각자 야구를 보는 셈이랄까.

"오, 오빠!"

"봤어, 봤어?"

"홈런이야!"

"와, 죽인다. 대포알처럼 날아가네."

3회 초에 짜릿한 선제 투런 홈런으로 나와 나를 더부살이 시켜주고 있는 커플이 응원하는 팀이 앞서갔다. 나는 자리에서 벌떡 일어나 두 손을 맞잡고 방방 뜨는 커플을 흐뭇하게 지켜보았다.

'나도 민영이랑 야구장 데이트 무지하게 많이 했는데. 아니, 거의 열 번에 여덟 번은 야구장만 갔었지.'

어제 밤새 그렸던 여자의 얼굴이 또다시 떠올랐다. 그녀, 홍민영과 이 야구장 시멘트 바닥이 닳도록 왔었다. 하필 인천 팀이 아니라 서울 팀을 응원하는 나를 따라 왕복 네다섯 시간씩 걸리는 이곳에 말이다. 다만 남자친구와 똑같이 즐거워하는 이 머리띠 여자와 달리 민영은 야구에 별 흥미가 없었다. 규칙도 잘 몰라서 내가 기뻐할 때만 눈치껏 따라 했었다. 내가 바로 옆의 여자친구는 아랑곳하지 않고 운동장만 뚫어지게 바라볼 때 그녀는 내 얼굴만 빤히 보곤 했다. 나는 민영이 경기를 보는 척하면서 딴생각을 하고 있을 때마다 대부분 그 사실을 알고 있었다.

'나는 알고 있었지. 하지만 무시했어. 민영이 실은 야구에 관심 없다는 얘기를 진지하게 토로할까 봐 애써 모른 척했지.'

둑이 터지듯 민영의 기억이 쏟아지자 그 재미있던 야구에도 심드렁해졌다. 야구보다 내 인생에서 가장 빛났던 시기에 항상 내 곁에 있어준 민영이 더 보고 싶었다.

"쳤어, 쳤어!"

"오빠, 나 죽을 것 같아!"

"죽긴 왜 죽어, 이겼는데!"

5회에 뒤집힌 경기를 9회 말 끝내기 안타로 도로 뒤집었다. 커플은 눈물을 줄줄 흘리며 서로를 얼싸 안았다. 이제 광란의 도가니 속에서 앉아 있는 유일한 이는 나뿐이었다. 모든 관중이 일어서서 어깨춤을 추는 동안에도 나는 가만히 앉아 민영을 그리워하고 있었다.

'잘 살고 있을까. 벌써 못 본 지 5년이 넘었네. 결혼은 했으려나.'

여전히 극적인 승부의 여운이 남은 커플이 구름길을 걷듯이 사뿐사뿐 경기장을 빠져나가 호프집으로 향하는 동안에도 나는 의자에 못 박힌 듯 앉아 있었다. 아까의 흥분과 함성이 거짓말처럼 조용해진 경기장에 모든 불이 꺼질 때까지 자리를 뜰 수 없었다.

'안 되겠어. 역시 그녀를 찾아가서 꼭 한 번은 봐야겠다.'

어제 마음먹은 대로 오늘은 아침 일찍 인천의 남동공단으로 향했다. 딱히 소식을 들을 통로가 없어서 정확하지는 않지만 특별한 일이 없다면 여기서 계속 일하고 있을 터였다.

5년 만에 와보는 남동공단이었다. 남동인더스파크역 주변은 내 기억보다 꽤나 깔끔해진 모습이었다. 출근시간인데도 이용객은 별로 많지 않았다. 원래 남동공단은 부지가 너무 넓은 탓에 직원들이 주로 자가용이나 공단 구석구석을 다니는 버스를 이용한다.

'완전 처음 와봤던 10년 전에는 지하철이 없었지. 그때는 버스로 왔었는데.'

10년 전, 대학 졸업반 시절이었다. 5월 축제 때 취업한 선배가 술 한 잔 사준다고 놀러 와서 룸살롱에 데려갔었다. 난 생처음 가본 유흥업소는 어찌나 화려하고 퇴폐적인지 마치 별천지에 온 것 같았다. 파트너로 앉은 아가씨는 당시 스물다섯 살이었던 나보다 두 살 많았는데, 다양한 분야에서 일하는 아저씨들을 줄곧 상대해온 덕분에 아는 것도 많고 왠지 어른스러운 여유가 느껴졌다. 게다가 어찌나 나긋나긋하고 부드러운지 학교에서 만났던 퉁명스럽고 뚱한 여자애들과는 차원이 달랐다. 한 잔 들이킬 때마다 공손하게 과일 안주를 먹여주는 임금님 대접에, 찰싹 달라붙은 그 살결의 보드라움에 결국 선배 몰래 다음에 또 오겠다고 귓속말을 하는 지경에 이르렀다. 한마디로 촌놈이 닳고 닳은 화류계 여자한테 홀딱 빠져버린 셈이었다.

바로 다음 날 약속을 지켰다. 그리고 그날 2차를 나가 업소에서 갈고닦은 테크닉에 완전히 함락되어버린 나는 사흘 연속 출근도장을 찍었다.

'집안이 넉넉한 것도 아닌 대학생 주제에 내가 미쳤었지.'

말 그대로 그때는 눈이 뒤집혀 있었다. 제대하고 과외나 학원 강사 아르바이트 하면서 모아두었던 몇 백이 열흘 만에 사라졌다. 다시는 죽어도 가지 않겠다는 다짐은 밤이 내리고 '이따 올 거지?'라는 문자 한 통에 온데간데없이 휘발되었다. 신용카드 대출은 당연한 수순이고, 친구들에게도 급한 사정을 지어내서 돈을 빌렸다.

'나중에 겨우 다 갚긴 했지만 그때 이후로 안 보는 친구가 셋이나 되지.'

여기저기서 돌려 막아도 눈덩이처럼 늘어나는 지출에는 별 소용이 없었다. 한 번 가면 최소 30만 원 이상은 족히 깨지는데, 돈 나오는 화수분이 없는 이상 내 주제에 감당할 수 있을 리가 없었다.

"이제 그만 오는 게 좋겠어. 다 자기 생각해서 그러는 거야. 아직 졸업도 안 했는데 자꾸 이런 데 오면 나처럼 인생 망쳐."

눈에 띄게 오는 날이 줄어들고, 가뭄에 콩 나듯 와서도 최소비용만 지불하는 내게 그 곰살맞은 아가씨가 해준 말이었다. 상냥함도, 배려도 전부 가식이었다. 유흥의 필연적인 종말은 후회라는 것을 조금 이른 나이에 배운 셈이었다. 달콤한 꿈에서 깨어났을 때 날아든 청구서는 더 큰 후회에 불을 붙였다.

'영혼까지 끌어 모은 돈으로도 빚 갚을 돈 300만 원이 모자랐지.'

마침 여름방학이 시작됐고, 내 고민을 들은 한 친구가 벼랑 끝에 매달린 내 손을 잡아주었다.

"우리 삼촌이 여기서 부장으로 계셔. 두 달 동안 나 죽었다고 복창하면 그 정도 돈은 마련할 수 있을 거야."

나는 감개에 찬 시선으로 막 도착한 '남동 타이어' 간판을 올려다보았다. 10년 전 여름, 두 달 동안 매일 이곳에서 땀을 흘렸다. 이곳 덕분에 빚도 갚을 수 있었고, 내 인생에서 가장 찬란한 5년을 함께해 준 홍민영도 만날 수 있었다.

남동 타이어는 정직한 사명에서 알 수 있듯이 타이어 공장이다. 만약 유령도 냄새를 맡을 수 있었다면 정문 밖까지 코를 찌르는 타이어 특유의 고무 냄새에 인상을 찌푸렸을 텐데 다행인지 불행인지 그건 걱정할 필요가 없었다.

'한 번 화재에 매출 100% 날아간다.'

정문 위에 매단 플래카드 밑을 통과해 공장부지 안으로 들어갔다. 오랜만에 들렀지만 예전과 별반 달라진 게 없는 풍경이었다. 너른 마당에 일렬로 주차된 여러 대의 버스에 공장 직원들이 매달려 타이어들을 벗겨내고 있었다.

'나도 여름 내내 저 짓을 했었지.'

남동 타이어는 일반 타이어가 아니라 재생 타이어를 생산하는 공장이다. 재생 타이어란 기존에 사용됐던 타이어의 마모된 부분을 깎아내고 기능을 재생시켜 시중에 재판매하는 타이어를 말한다. 버려진 타이어를 사용하는 것이니만큼 새 타이어를 만들 때보다 자원 절감도 되고 친환경적이라 할 수 있는데, 일반 승용차는 수지타산이 맞지 않는데다가 법적으로도 허용되지 않아 주로 트럭이나 버스에 들어가는 대형 타이어만 재활용한다. 그래서 공장 안마당에 지금처럼 수시로 버스가 드나드는 것이다.

나는 정면에서 옆으로 길쭉한 작업동을 바라보았다. 모처럼 한 번 구경이나 가볼까 생각했다가 이내 고개를 저었다. 아르바이트 주제에 대단한 기술이 있을 리 없어 무거운 대형 타이어를 짊어지는 일이나 그때그때 시키는 허드렛일이 다였다. 저기에는 이렇다 할 추억이 없다. 내가 가야 할 곳은 오른쪽에 위치한 2층짜리 사무동이었다.

사무동에 들어서기 직전, 가슴이 콩닥콩닥 뛰는 것 같았다. 지난 5년간 우연히라도 민영을 본 적이 없었기에 내가 기억하는 그녀의 모습이 아닐까 봐 두려웠다.

'설마 나랑 헤어진 슬픔을 먹을 거로 풀어서 엄청 뚱뚱해진 건 아니겠지? 그게 아니더라도 이제 서른둘이니까 이십 대 때처럼 뽀송뽀송하진 않을 거야.'

많이 변했을 그녀의 현재를 목도해야 하는 걱정 반, 5년 동안 사귀면서 내가 저지른 잘못에 대한 회한이 반이었다. 문 앞에서 차마 들어가지 못하고 서성이는데 갑자기 문이 열렸다. 놀라서 얼른 뒤로 물러났지만 나온 사람은 네이비색 공장 유니폼 점퍼를 입은 남자 직원이었다. 기왕 문이 열린 김에 질끈 눈을 감고 안으로 들어갔다. 이윽고 천천히 눈을 뜬 내 시야에 들어온 것은….

'뭐야, 똑같잖아.'

허무할 만큼 5년 전과 똑같은 민영의 모습이었다. 나와 헤어진 슬픔 따위는 조금도 찾아볼 수 없는 그녀는 예전처럼 당차고, 예전처럼 예쁘고, 예전처럼 차가워 보였다.

'원래 입 다물고 무표정하게 있으면 되게 도도해 보이지.'

성적이 좋았음에도 가정 형편상 대학을 못 가고 상업정보고등학교를 나와 경리로 일하는 민영은 그에 대한 콤플렉스가 있었다. 그 내면의 학력 콤플렉스가 얼굴에 투영되는 것인지 늘 싸늘한 인상을 유지했다. 그러고 보면 처음 만났을 때도 나를 비롯한 대학생 아르바이트들에게 유독 냉랭했고, 사귀고 나서도 때때로 일부 철없는 대학생들을 비난하곤 했었다.

'이 얼굴만 본 사람들은 절대 모를걸. 둘만 있을 때 민영이 얼마나 온유하고 따뜻한 표정을 짓는지.'

나야말로 경리과 홍민영의 진짜 얼굴을 본 몇 안 되는 사람일 거라는 생각에 어깨가 으쓱해졌다. 나는 얼음 공주라 불렸던 그녀와의 첫 만남을 회상했다.

"쟤 진짜 예쁘지 않습니까?"

당시 나만 아르바이트 하러 온 건 아니었다. 전부 남자 셋이었는데 그중 군필자는 나밖에 없어 자연히 형 소리를 듣게 됐다. 어느 날 점심시간, 식당과 샤워실로 나뉜 작업동 뒤 건물에서 점심을 먹을 때 그중 한 녀석이 툭 던진 말이었다.

"누구?"

"저기요."

녀석이 가리키는 곳을 눈으로 따라가자 이십 대 초반의 긴 생머리 여자가 보였다. 나보다 나이 많은 시커먼 남자들만 수십 명 있는 곳에서 젊은 여자인 것만 해도 눈에 띄는데, 멀리서 봐도 코도 오뚝하고 눈도 커다란 미인형 얼굴이었다.

"오, 그러네."

"알바 하면서 돈도 벌고 저런 애랑 연애도 하면 얼마나 좋을까요."

처음에 여자를 가리킨 녀석의 대학 동기도 한마디 거들었다. 나는 씩 웃으며 답했다.

"그럼 대시해봐. 네 말마따나 여자친구도 얻어서 나가면 최고지."

"제가 좀 소심해서요."

"맞아요. 이 새끼 별명이 소금쟁이 친구 소심쟁이에요."

"아니, 얼굴 자세히 보세요. 가까이만 있어도 추워질 것 같은 게 완전 얼음 공주 아닙니까?"

아닌 게 아니라 확실히 차가운 인상이었다. 기계적으로 밥술을 뜨고 젓가락으로 반찬을 집는 것 외에 불필요한 행동은 찾아볼 수 없었다. 우리 쪽에서는 뒤통수만 보이는 맞은편 여자의 끊임없는 수다에도 이따금 고개만 끄덕일 뿐 본인은 별로 입을 열지 않았다. 갑자기 재미있는 생각이 떠올라 두 손가락으로 딱 소리를 내서 여자에 꽂혀 있는 녀석들의 시선을 모았다.

"야야, 내 말 좀 들어봐. 우리 내기 한 번 할까?"

"내기요?"

"뭔데요?"

"이제 40일쯤 남았잖아. 그 안에 저 여자랑 사귀는 사람이 이기는 걸로."

"지는 사람은요?"

"두 명이 합쳐서 월급 받은 걸로 거하게 풀코스 쏘기. 어때?"

"좋습니다."

"저도요."

흔쾌히 오케이가 나올 줄 알았다. 그때 우리는 일 말고는 할 게 없는 공장의 무료함에 서서히 지쳐가고 있었다. 나름 대학생들인데 창의성 없는 단순 반복 작업을 보름 이상 했으니 뭐 재미있는 일 좀 없나 눈이 벌건 상태였다. 꼭 여자가 예뻐서라기보다 일종의 여흥이랄까, 진심으로 사귀고 싶은 마음도 별로 없었다. 직전에 만났던 이름도 기억 안 나는, 아니 어차피 가명일 게 분명한 룸살롱 아가씨로 인해 여름방학이 통째로 날아간 터라 여자라면 이골이 났던 것이다.

그래도 출근의 목적이 생기자 지루했던 일상이 달라졌다. 억지로 눈을 떠서 도살장에 끌려가는 소처럼 버스에 앉아 한숨만 푹푹 쉬었던 전과 달리 일찍 일어나 헤어젤이라도 한 번 더 바르고 옷도 신경 써서 챙겨 입게 됐다. 본격적인 액션에 나서기 전에 다른 직원들에게 정보 수집을 해온 녀석들 덕분에 올해 경리직원으로 입사한 여자 이름이 홍민영이고, 나보다 세 살 적은 스물두 살이라는 것도 파악했다.

"와, 씨알도 안 먹혀요."

"무슨 말을 해도 대꾸도 안 하던데요."

민영과 동갑인 걸 알고 앞서거니 뒤서거니 용감하게 시도했던 녀석들은 송창식의 <담배가게 아가씨>에 나오는 꼴뚜기와 용팔이처럼 참담하게 실패했다. 이제 남은 건 내 차례. 그러나 작업동에서 일하는 나와 사무동에서 일하는 민영과는 애당초 접점이 없었다. 녀석들처럼 점심 먹고 나오는 그녀를 급습하기는 싫었다. 그래도 형인데 애들 앞에서 까이는 모습은 보여주고 싶지 않았다.

어느새 남은 시간이 2주밖에 없었다. 그즈음 녀석들은 전부 심드렁해져 있었고, 나 역시 처음의 흥미는 상당히 떨어져 다시 추리닝과 떡 진 머리로 돌아와 있었다. 그러다 오후 작업 도중에 아르바이트생 중 유일한 흡연자인 나만 허락을 맡고 담배 한 대 피우고 있을 때였다. 정문으로 민영이 들어오는 게 아닌가. 빨간색 티셔츠를 입은 그녀가 오늘따라 더 예뻐 보인다는 생각과 동시에 내기가 떠올랐다. 나는 민영이 사무동으로 들어가기 전에 얼른 따라잡았다.

"안녕하세요. 저 아시죠? 아르바이트생."

민영은 대꾸조차 하지 않았다. 그러나 여기서 포기하면 녀석들과 같은 신세가 되는 게 아닌가. 짬짤한 인생 경험이 3년이나 많은 내가 녀석들보다 한 수 위라는 걸 보여줘야 한다.

"저기 휴게실에 자판기 있던데 커피나 한 잔 하시죠?"

냉정하게 쏘아보는 눈빛에 살짝 기가 죽어 그날은 더 붙잡지 못했지만 그녀와의 접점은 분명히 찾았다. 민영은 늘 그시간에 은행에 다녀오는 것이었다. 그 후로 매일 같은 시간에 담배를 피우러 나오는 척하면서 민영을 기다렸다. 그러고는 늘 같은 대사를 쳤다.

"안 바쁘면 휴게실 가서 커피 한 잔 하시죠?"

여전히 상대도 해주지 않았지만 포인트는 그게 아니었다. 날마다 같은 시간에 같은 남자를 보고 같은 말을 들으면 나라는 존재에 점차 익숙해지지 않겠는가. 하루도 빠짐없이 연서를 보내는 남자 대신, 그 편지를 배달해주는 우체부와 사랑에 빠졌다는 얘기처럼 말이다.

"오늘도 바빠요? 커피 한 잔 안 돼요?"

"제가 왜 그쪽이랑 커피를 마셔요."

종료 기한을 사흘 남겨두고 처음으로 민영의 목소리를 들었다. 역시나 냉기가 철철 흐르는 목소리였지만 어쨌든 목소리를 이끌어낸 것만으로도 짜릿해 견딜 수 없었다. 솔직히 고백하건대 처음에는 콧대 높은 여자를 함락시켜서 동생들의 찬탄을 듣고 싶은 마음이 더 컸다. 하지만 그 며칠 계속 가까운 곳에서 민영을 보다 보니 저렇게 예쁜 여자친구를 진짜 갖고 싶다는 열망이 커져갔다. 그만큼 연한 화장에도 붉디붉은 그녀의 입술과 서늘한 고양이 눈, 날렵한 콧대가 너무 매력적이었기 때문이다.

"마지막 날인데 커피 한 잔 하시죠?"

"싫어요."

내일이면 다신 민영을 볼 수 없는데 상황은 개선되지 않았다. 불뚝 성질도 나고 답답한 마음에 나도 모르게 민영의 팔목을 잡았다. 놀라서 지켜보는 그녀에게 씩 웃으며 말했다.

"그럼 코코아 마셔요."

직구 대신 변화구에 살짝 그녀의 입꼬리가 찢어졌다. 모든 게 잘될 거라는 기분 좋은 예감이 찾아왔다. 절체절명의 마지막 순간, 마침내 역전 홈런을 친 것이었다.

'휴게실에서 코코아를 마시며 온갖 재롱을 떨었지. 막상 심리적인 장벽이 무너지니까 민영은 꽤 자주 웃었어. 미녀는 유머러스한 남자를 좋아한다는 말이 틀린 게 아니더라니까.'

따로 밖에서 만날 약속을 잡은 후부터는 일사천리였다. 한달 안에 민영과 정식으로 사귀는 사이가 됐고, 녀석들에겐 3차까지 얻어먹었다.

내 보잘것없는 인생에서 가장 통쾌한 승리를 안겨다준 민영을 새삼 흐뭇하게 바라보고 있을 때였다. 타다다다, 빠른 속도로 키보드를 두드리며 엑셀 작업을 하는 민영의 자리 맞은편 파티션 뒤에서 누군가가 벌떡 일어났다.

"민영아, 이거."

자리에서 일어나 파티션 너머 민영에게로 손을 뻗어 노란색 파일을 건네는 사람을 보자마자 생리적인 불쾌감이 들었다.

'와, 이현희. 이 마녀도 아직 회사에 있네. 나보다 다섯 살 많았으니 이제 마흔 살인가.'

민영이 두 손으로 이현희가 건넨 파일을 받으며 말했다.

"수고하셨어요, 대리님."

"저번에 네가 말해준 대로 날짜 별로 나눠서 매출, 매입, 지출, 입금 상세하게 구분했어."

"한번 볼게요."

민영이 이현희가 작성한 전표를 꼼꼼히 훑어보는 동안 나는 혀를 차며 이현희를 관찰했다. 예전부터 민영과 둘이서 경리 업무를 담당했던 이현희까지 끈질기게 버티고 있었을 줄이야. 마흔다섯 명쯤 근무하는 회사 내에서 몇 안 되는 여자들이라 친할 줄 알았는데 실상 민영은 그녀를 별로 좋아하지 않았다.

"사모님 친척이래. 가까운 친척은 아니고 먼 친척 딸."

"전형적인 낙하산이네."

"내 말이. 경력은 있어서 일은 잘 가르쳐주는데 사모님 믿고 안하무인이고, 허구한 날 직원들 뒷담화만 해서 짜증 나."

그 정도면 나까지 싫어할 이유는 없었을 테지만 저 요사스러운 것은 틈만 나면 민영에게 내 험담을 늘어놓았다. 민영이 살짝 수위를 낮춰 전해준 말에 따르면 대학을 졸업하고도 2년 넘게 아르바이트나 하며 사는 놈은 미래가 없다든가, 여자친구 귀한 줄 모르고 재미없는 야구장에나 데려가는 놈은 배려가 없다든가, 하여튼 내 귀에 거슬리는 말만 골라서 했다.

'어쩌면… 이현희의 말을 전하는 형식을 빌려 자기 생각을 말했던 걸 수도 있어.'

그때는 꿈에도 생각하지 못했지만 돌이켜보니 꼭 그런 것만 같았다. 그 모든 게 흔들리는 나를 붙잡아달라는 간절한 신호, 제발 정신 차리고 정상적인 인생을 살아달라는 애달픈 부탁이 아니었을까. 민영의 진심을 조금도 알아차리지 못하고 애써 그녀와의 관계는 끄떡없을 거라고 무시했던 스스로가 너무 한심하게 느껴졌다.

"문제없는 것 같네요."

민영은 자리에서 일어나 이현희에게 파일을 돌려주었다.

"저 보존기한 지난 영수증 폐기하고 올게요."

"그래. 수고해. 민영이가 고생이 많네. 10년차니까 다른 회사 같으면 주임이나 대리는 벌써 달았어야 하는데 아직도 잡일이나 하고. 내가 사모님한테 말씀드렸으니까 곧 밑의 직원

생길 거야."

"네."

민영은 애매하게 미소 지으며 서류들을 보관하는 캐비닛으로 향했다. 이제 10년차 직장인이 된 그녀는 문외한인 내가 봐도 일솜씨가 야무졌다. 깔끔한 생김새만큼이나 간결하게 딱딱 일을 해치우는 모습에 감탄이 절로 나왔다. 하루 종일 쳐다보고 있어도 질리지 않을 정도여서 정신을 차리고 보니 어느새 퇴근 무렵이었다.

"안 가?"

이미 30분 전부터 퇴근 준비를 마친 이현희가 혼자만 나가기 뭐한지 물었다. 서류에 몰두해 있던 민영이 고개를 들어 벽시계를 보았다. 정각 6시였다.

"벌써 이렇게 됐네요. 가야죠."

"오늘은 혼자 가. 난 약속이 있어서."

"한 잔 하세요?"

"이 나이에 시집도 못 갔는데 한 잔 안 하면 무슨 낙이 있겠어. 호호."

"들어가세요. 너무 많이 드시지는 마시고요."

"애는. 나 안주발만 세우는 거 모르니. 내 나이에 안주 안 챙겨 먹으면 훅 간다. 갈게."

이현희는 총총걸음으로 퇴장했고, 민영은 그제야 퇴근 준비를 했다. 잠시 후 문을 열고 나가는 민영을 따라 나도 사무동을 벗어났다. 나와는 아무 상관없는 얘기지만 10월 말이라 저녁에는 꽤 쌀쌀한 모양이었다. 바삐 퇴근하는 사람들의 옷차림이나 트렌치코트 옷깃을 여미는 민영을 보면 알 수 있었다.

퇴근 시간대 교통지옥에 걸리지 않기 위해 걸음을 서두르는 민영의 뒤에서 빵 하고 자동차 경적이 울렸다. 소리가 어찌나 컸는지 민영은 물론, 나란히 서서 걷고 있던 나조차 뒤를 돌아볼 정도였다.

검은색 스포티지가 경적 소리의 주인공이었다. 정문으로 이어지는 차도를 따라 천천히 다가오던 스포티지가 민영의 옆에서 멈춰 섰다. 스르르, 운전석의 창문이 내려오고 드러난 얼굴은 나보다 몇 살 적어 보이는 남자였다.

"퇴근하십니까?"

지금 이 시간에 너무도 당연한 질문을 던지는 남자는 사각형의 각진 얼굴이었고 아침에 면도한 수염이 올라왔는지 입가가 거뭇거뭇했다.

"아, 네."

민영이 살짝 물러서며 답했다. 남자의 다음 말에서 검은 속셈을 눈치챌 수 있었다.

"타세요."

"괜찮아요."

"어차피 가는 길이에요. 지하철역까지 태워드릴게요."

눈에 띄게 당황한 민영은 다른 직원들이 볼까 봐 신경이 쓰이는지 빠르게 주변을 돌아보며 손사래를 쳤다.

"버스 타고 갈 거예요."

"그럼 정류장까지…."

"안녕히 가세요."

더 말을 섞지 않겠다는 양 고개를 숙여 인사한 민영은 걸음을 빨리 하며 자리를 떴다. 나는 왠지 아쉬운 시선으로 민영의 뒷모습을 쳐다보는 남자를 도끼눈을 뜨고 노려보았다.

'이 세상에 관심도 없는 여자에게 친절을 베푸는 남자는 없지. 어차피 가는 길 좋아한다. 민영을 태울 수만 있다면 자기네 집이랑 반대 방향이라도 신나서 갈걸. 염불보다 잿밥이라고 직장에 왔으면 일이나 똑바로 할 것이지 어디서 연애질이야. 하여간 사내새끼들은 이래서 안 된다니까.'

그때 정문 앞을 막고 있는 스포티지를 향해 또 다른 경적이 울렸다. 운전석 밖으로 손을 내밀어 뒷 차에게 사과한 남자가 창문을 올리고 액셀을 밟았다. 퍼뜩 정신을 차린 나는 벌써 저 앞까지 간 민영을 발견했다. 꾸물대다가 민영을 놓칠까 봐 뛰다시피 해서 민영의 뒤를 졸래졸래 따라갔다.

'와, 진짜 오랜만이다. 여기서 같이 술 엄청 먹었는데.'

선학역에서 내릴 때부터 예전 집에 살고 있다는 걸 직감했
는데 예상대로였다. 민영은 고깃집들과 술집 천지인 선학역
먹자골목의 불야성을 지나 조금 스산하게까지 느껴지는 빌라
촌을 향해 타박타박 걸었다. 5분도 안 돼서 도착한 4층짜리
원룸 빌라에 민영은 곧장 들어갔지만 나는 감개에 젖어 잠시
건물 외관을 올려다보았다.

'5년 동안 그 자리에 그대로 계속 살고 있었구나. 예전 나
와 지낼 때처럼.'

이 10평 빌라에서 많은 시간을 함께했다. 늦게까지 술을
마신 다음 날 민영이 회사에 갈 때도 나는 오후 늦게까지 잠
을 잤고 몇 시간 있다 민영이 돌아오면 전날의 무드를 이어
또다시 술을 마셨다. 그녀의 컴퓨터에 온라인게임을 깔아놓
고 일주일씩 집에서 안 나오고 게임만 한 적도 있다. 그때는
복에 겨워 당연하다 여겼지만 내가 생각해도 쓰레기 짓이었
다.

'남자친구라고 하나 있는 게 몇 년째 그 타령이니 차이는
것도 무리가 아니지.'

씁쓸하게 한숨을 쉬고 민영을 따라잡아 2층 빌라에 입성했
다. 좁은 거실과 큰방 하나로 이뤄진 집 안은 예전처럼 깔끔
했다. 내 등쌀에 전날 늦게까지 술을 마셔도 흐트러짐 하나
없는 모습으로 출근했던 그녀였다. 외모만큼이나 집 안을 가

꾸는 데도 능했다. 가구라고 할 게 많지도 않았지만 침대나 화장대는 물론 바닥에도 먼지 하나 떨어져 있지 않았다.

대충 집 안을 둘러본 나는 다시 민영에게 집중했다. 5년이나 사귀면서 밖에선 드러내지 않는 방심한 모습을 자주 봤지만 완전히 혼자 있는 걸 보는 건 처음이었다. 혼자 있을 때 그녀가 어떤 행동을 할지 궁금해 참을 수 없었다.

"휴."

마침내 긴 하루의 끝을 마주한 데서 오는 해방감 때문일까. 침대에 걸터앉아 있던 민영은 허리만 뒤로 눕혀서 천장을 본 채 긴 한숨을 내쉬었다. 살짝 떠 있는 발을 대롱대롱 흔들며 한동안 망중한을 즐기던 민영은 이내 침대에서 일어나 트렌치코트를 벗어 옷걸이에 걸었다. 베이지색 티셔츠와 갈색 스커트를 벗은 그녀는 차곡차곡 옷을 접어놓고 팬티스타킹도 벗기 시작했다. 여전히 늘씬하고 눈부시게 흰 다리가 드러나자 나도 모르게 한숨이 흘러나왔다.

편한 운동복으로 갈아입은 민영이 거실로 나가 싱크대 옆 세탁기로 다가갔다. 그녀는 접어둔 옷을 세탁기 옆의 세탁 바구니에 휙 던졌다. 스커트는 골인이었지만 티셔츠는 노골이었다. 밖으로 흘러나온 티셔츠를 바구니에 제대로 넣은 그녀는 안방으로 돌아와 화장대에 앉았다.

수건을 머리에 감은 민영은 눈과 입술, 얼굴 전체의 화장을 꼼꼼히 지워 나갔다. 클렌징을 끝내고 화장실로 향하는 그녀를 무심코 따라갔다.

'이제 샤워인가?'

방금 옷을 갈아입을 때 벗은 몸을 봤지만 전부 본 것은 아니었다. 나는 화장실 안까지 따라 들어가서 민영이 샤워하는 모습을 보고 싶은 격렬한 욕구를 느꼈다. 한때 내가 원하는 대로 볼 수 있고, 만질 수도 있던 그 몸을 꼭 한 번만 더 접해보고 싶었다. 다행히 유령이 된 지금이라면 얼마든지 가능한 일이었다. 한때 연인이었다는 가당찮은 기득권을 내세우며 당당하게 따라 들어가려 했지만 웬일일까, 발이 뚝 멎어 움직이지 않았다.

'이건 비겁한 짓이야. 유령 신세로 5년 만에 찾아와서 고작 관음증 환자 같은 짓이나 할 수는 없어. 쓰레기 짓은 옛날에 충분히 했잖아. 유령이 돼서까지 그녀를 실망시킬 수는 없다.'

더구나 지금의 나는 민영의 솜털 하나도 건드릴 수 없지 않은가. 다 부질없는 일이었다. 마음을 결정한 나는 얌전히 민영이 샤워를 마칠 때까지 기다렸다.

10분가량 지나서 화장실을 나온 그녀는 거실 한 켠의 주방으로 가서 스팸을 구웠다. 노릇노릇하게 스팸이 잘 익자, 작은 냉장고에서 오뎅볶음과 감자조림, 김치 같은 밑반찬을 꺼내고 상 위에 올려 안방으로 가져왔다.

'국도 없이 저렇게 부실하게 먹냐. 고기도 없이 저런 것만 먹어서 무슨 힘을 쓴다고.'

새삼 민영이 안쓰러웠다. 고등학교 졸업하자마자 생활 전선에 뛰어들어 늘 성실하게 일했지만, 살림살이는 늘 마이너스였다. 원흉은 주식에 미쳐 딸이 돈 좀 모아뒀다 싶으면 홀라당 까먹기 일쑤인 그녀의 아버지였다. 사귀던 당시에 그런 아버지라면 차라리 손절하는 게 낫다고 노래를 불렀지만 끝내 1~2년 단위로 적금을 깨며 아버지 뒷수습을 놓지 못했다.

'지금은 그 아버지 좀 나아졌으려나. 설마 아직까지 그러고 살지는 않겠지.'

상을 바닥에 놓은 민영이 엉금엉금 엉덩이로 걸어 32인치 TV로 다가갔다. 또다시 죄책감이 폐부를 찔렀다. 우리의 관계가 파탄나기 직전에는 거의 매일 싸웠다. 민영은 서른이 됐는데도 여전히 허랑방탕하고 제 구실 못하는 나를 차디차게 비난했고, 나는 속으론 다 인정하면서도 그런 말을 듣기가 죽기보다 싫었다. 밥상머리에서 비난 퍼레이드가 시작됐을 때 홧김에 확 리모컨을 던져버렸다.

'그때 완전히 박살난 후로 새 리모컨을 사지 않나 보네.'

그 후 얼마 지나지 않아 관계를 정리하는 바람에 리모컨이 어찌 됐는지 모르고 있었다. 당시만 해도 한 방만 터지면 꽃마차를 타고 나타나 민영의 머리에 면사포를 씌워준다고 다짐했었는데, 지난 5년간 한 방이 터지기는커녕 그나마 있는 돈도 전부 꼬라박고 말았다. 아니, 그러고 보니 한 방이 터지기는 했다. 나를 유령으로 만든, 내 뱃속에서 터진 한 방이….

시시껄렁한 예능을 무표정하게 보고 있던 그녀가 거의 식사를 마칠 무렵 휴대폰이 울렸다. 화면에는 내가 제일 싫어하는 '이현희 대리님'이라는 이름이 떠 있었다.

"언니, 웬일이세요?"

"민영아, 뭐하고 있어?"

"밥 먹고 있었죠."

"응?"

술 마시러 간다더니 이현희가 있는 곳은 무지하게 시끄러운 술집인 모양이었다. 휴대폰 밖까지 음악소리가 쿵쿵거려 귀를 대고 있는 민영은 물론, 바로 옆에서 엿듣고 있는 나도 잘 알아들을 수 없었다. 민영이 자리에서 일어나 TV를 껐다.

"밥 먹었다고요."

"밥? 먹어야지. 다 먹고 살자고 하는 짓인데."

시답잖은 농담을 던지더니 저 혼자 까르르 웃는다. 아직 8시도 안 됐는데 새벽까지 달린 것과 진배없는 상태였다.

"너무 많이 드시지 말라니까."

"야, 네가 우리 엄마냐. 엄마도 나한테 그런 소리 안 한다."

"내일 힘드실 것 같아서 그러죠."

"걱정 마. 우리 유능한 민영이가 있는데 뭘. 그보다 안 나올래?"

"지금이요?"

"그래. 여기 연수동이야. 힘센병원 뒤 감자탕집. 너 택시 타면 10분도 안 걸리잖아."

뜻밖의 제안에 민영은 얼른 답을 하지 못했다. 그러자 이현희가 은근하게 목소리를 바꿨다.

"접때 말했던 개 있지. 나랑 친한 동생 정규. 개랑 둘이 있거든. 내가 진작부터 너 한 번 소개시켜주고 싶었는데, 쇠뿔도 단김에 빼랬다고 오늘 보면 좋잖아."

이것 봐라. 짜증이 확 밀려왔다. 예전에도 나를 얼굴만 반반하고 실속은 하나도 없는 놈이라고 그만 관계 파투 내라고 그렇게 노래를 불러대더니 이젠 새 남자친구까지 소개하려하다니. 하여간 나에겐 일생에 도움이 안 되는 여자다.

"전 별로…."

"아이, 언제까지 독수공방만 할 거야. 서방 없는 지 벌써 몇 년 됐잖아. 이제 좋은 사람 만나서 다시 알콩달콩 지내야지. 결혼할 나이도 됐고. 내가 진짜 아까워서 그래. 내가 나이만 좀 어렸어도 두말없이 채간다. 네 살 더 많은 게 한이지. 요즘 보기 드물게 진국인 아이야. 착실하고 성격 좋고. 그 나이에 벌써 자기 사업하는 사람이 어디 흔해?"

"다음에요. 오늘은 너무 늦었어요."

"참 나. 가만 보면 복을 제 발로 찬다니까. 못 이기는 척 딱 나오면… 앗, 정규 온다. 알았어, 그럼. 자세한 얘긴 내일 해. 끊는다."

"들어가세요."

이현희의 목소리가 사라진 방 안은 거짓말같이 조용해졌다. 민영은 암전된 휴대폰을 가만히 응시하고 있었다.

'설마 후회하고 있는 건가? 그냥 나갈 걸 그랬다고.'

척 하면 척이다. 5년이나 지근거리에서 관찰한 내가 그녀의 눈빛을 잘못 읽을 리 없었다. 분명 민영은 용기를 내지 못한 스스로에 대해 아쉬워하고 있었다. 그 순간 나는 폭발적인 질투심과 함께 명확히 정의 내릴 수 없는 감정들에 휩싸이고 말았다. 이미 우리 사이는 5년 전에 끝이 났다. 그녀가 누구를 만나든 감히 뭐라고 할 수 있는 위치가 아니었다. 더구나 현재의 내 신세로는 더욱 그렇다. 세상이 어떻게 돌아가든 국으로 관찰만 할 수 있는 유령 주제에 어디 남녀상열지사에 관심을 가진단 말인가.

'그런데 왜 이리 가슴이 아프지. 너무 속상해서 미칠 것 같

고, 가슴이 뻥 뚫린 것처럼 공허해서 죽을 것 같아.'

그제야 내가 놓쳤던 것이 얼마나 소중한 것이었는지 절절히 느낄 수 있었다. 지난 5년간 충분히 그녀를 잊었다고 생각했는데 실제로는 전혀 아니었던 모양이다.

민영은 드라마가 끝난 11시에 불을 끄고 침대에 누웠다. 나는 예전처럼 그녀 곁에 모로 누워 살포시 눈을 감고 있는 그녀의 얼굴을 지켜보았다. 오른쪽 얼굴을 침대에 대고 옆으로 자는 자세는 변함이 없었다.

'민영은 하나도 변한 게 없는데 왜… 왜 나만 변한 거야.'

손을 뻗어도 절대 닿을 수 없고, 그녀 앞에 번듯하게 나타날 수도 없는 처지가 오늘만큼 한스러운 적이 없었다. 이 모든 게 꿈이라서 유령 신세를 벗어날 수만 있다면, 다시 사람이 될 수만 있다면 영혼이고 뭐고 전부를 줘도 아깝지 않을 것 같았다. 만약 그렇게만 된다면 이번에는 정말로 정신 차려서 민영과 밝은 미래를 함께하고 싶었다.

'살아 있을 때는 왜 이런 생각을 못했는지. 난 정말 구제불능이야. 손에 보배를 쥐고 있었으면서 그땐 그걸 쓰레기로 알았으니. 이 한심한 놈아.'

그렇게 나는 절대 이룰 수 없는 꿈에 번민하며 뜬눈으로 하룻밤을 지새웠다.

알람 소리에 눈을 떠보니 오전 6시 반이었다. 나와 다르게 진짜 잠이 들었던 민영은 단번에 일어나 알람을 끄고 출근을 준비했다. 밤새도록 눈을 감고 온갖 정리할 수 없는 감정 속에서 허우적대느라 정신적으로 몹시 피곤했지만 민영이 없는 집에 혼자 남을 이유는 없었다.

지하철과 버스를 한 번씩 이용해 회사 앞에 도착한 시간은 8시였다. 내가 아르바이트 할 때는 매일 5분쯤 늦거나 간신히 제시간에 맞추었는데 민영은 한 시간이나 일찍 출근하고 있었다.

'이렇게 착실한 사람이 나 같은 인생 포기자를 5년이나 참아준 게 용하다.'

사무동으로 향하는 민영에게 손을 흔들어 배웅했다. 오늘 근무 시간에는 민영 대신 관찰할 사람이 있다. 나는 작업동으로 향했다.

'어제 그 스포티지 남자를 한 번 봐야겠어.'

민영을 영영 잃어야 한다는 생각만 해도 가슴이 찢어지는 것 같았다. 하지만 달리 방법이 없잖은가. 산 사람은 살아야 하는 법. 어차피 다른 남자에게 가서 결혼도 하고 아이도 낳고 잘 살아야 한다. 나는 그저 민영이 나보다는 훨씬 괜찮은 남자에게 가서 결혼도 하고 아이도 낳고 잘 살길 바랄 뿐이었다.

'기준점이 낮긴 하네. 웬만하면 나보다야 안 낫겠냐.'

생각은 애써 그렇게 해도 나 아닌 사람과 미래를 꾸려가는 민영을 차마 볼 자신이 없었다. 어쩌면 나는 스포티지 남자가 나 못지않은 후레자식이기를 원했는지도 모르겠다. 그가 형편없는 남자라서 떳떳하게 둘 사이를 반대할 수 있기를 바랐는지도 모르겠다.

회사의 주력 상품인 재생 타이어를 생산하는 작업동은 그 긴 세월이 지났음에도 기계 설비들이나 녹색 우레탄 바닥이나 별로 달라진 건 없는 듯했다. 스물다섯 살 한창 때의 나를 떠올리며 곳곳을 구경하다 보니 어느새 작업 시작 시간인 9시였다. 나는 직원들을 하나하나 살펴보았다. 서른 명 가까운 남자들 속에서 유독 스포티지 남자만 보이지 않아 당황했다. 오늘은 휴가이려나 싶어 그냥 나갈까 하다가 10분쯤 더 기다려봤다.

"죄송합니다. 다 와서 앞 차가 사고가 나서 늦었습니다."

스포티지 남자가 헐레벌떡 뛰어 들어와 쉰 줄의 작업반장에게 고개를 꾸벅 숙였다. 작업반장은 별달리 나무라지 않고 얼른 옷 갈아입고 일 시작하라고 했을 뿐이지만 안 그래도 남자의 단점만을 골라 찾고 있었던 나는 쾌재를 불렀다. 사람은 본능적으로 동류를 한눈에 알아본다. 직장에서 연애질에만 눈이 벌건 놈이 정시에 출근해서 제대로 일할 리가 없었던 것이다.

작업복으로 갈아입고 온 남자는 위쪽에 철봉 하나, 아래쪽에 철봉 두 개가 달려 있는 작업대로 향했다. 작업동 위 천장에는 컨베이어 레일이 설치되어 있었고, 그 레일에 오늘 작업할 타이어들이 L자 모양의 갈고리에 줄줄이 걸려 있었다. 남자는 컨베이어를 작동시켜 그중 첫 번째 타이어를 작업대로 이동시켰다. 위아래의 세 철봉이 타이어를 정확하게 고정하자 남자는 금속 날 원반이 달린 앵글 그라인더로 타이어 표면을 깎기 시작했다.

재생 타이어 작업 공정은 수거한 폐타이어를 검수해서 사용 가능한 것을 골라낸 다음 노면에 바로 닿는 울퉁불퉁한 요철, 즉 트레드를 벗겨낸다. 타이어 표면을 감싸고 있는 이 트레드는 도로에 직접 맞닿는 것이니만큼 아무래도 마모 상태가 극심하게 나쁜데 이걸 벗겨내면 만질만질한 타이어 원단인 케이싱만 남는다. 물론 험하게 사용한 타이어는 케이싱에도 못이 박히거나 흠집이 날 수 있다. 이 흠집을 그라인더나 드릴로 평평하게 다듬은 후 그곳에 고무 패치를 덧대 재사용에 문제가 없게 하는 일이 바로 이 남자의 업무였다.

이다음은 남자와는 상관없는 일이긴 하지만 수리가 끝난 원단에 초강력 접착제를 발라 새로운 트레드를 접착시키고, 원단과 트레드가 잘 붙도록 아저씨들이 '찜통'이라 부르는 가마에서 가열하는 작업이 이어진다. 가마에서 뺀 타이어들을 하루 정도 식히면 최종적으로 재생 타이어가 완성되는 것이다.

지각으로 작업 시작이 늦어진 남자는 마음이 급한지 빠르게 손을 놀렸다. 남자가 들고 있는 그라인더와 타이어 원단이 마찰하자 불꽃이 요란스레 튀었다. 검수 과정에서 미리 체크해둔 흠집이 완벽하게 복구되면 발치의 버튼을 누른다. 그럼 세 개의 봉이 돌아가면서 그 봉들에 고정된 타이어도 조금씩 회전하는데 새로 깎아낼 흠집 부분에서 버튼을 멈춘 다음 같은 작업을 반복한다.

'생각보단 일을 야무지게 하는데.'

잠시도 쉬지 않고 묵묵히 작업을 하는 모습을 보고 당황했다. 어쩌면 첫 인상과 달리 제대로 된 직장인일지도 모른다는 생각에 극도의 초조감을 느꼈다. 안타깝게도 점심시간 전까지는 완벽한 일꾼이었다. 달리 말해 점심시간 전까지만 완벽한 일꾼이었다.

'그럼 그렇지. 내가 사람 보는 눈 하나는 있다니까.'

동료들과 같은 테이블에 앉아 있으면서도 남자는 스마트폰만 들여다봤다. 남자가 보는 화면을 확인하고 짜릿한 비명을 터뜨릴 뻔했다. 어제 있었던 프로야구 플레이오프 경기의 하이라이트 영상을 고개를 처박고 보고 있었던 것이다.

물론 점심시간을 틈타 국민 스포츠의 위상을 차지한 프로

야구 영상을 보는 게 그리 문제될 건 없다. 다만 남자에게서 느껴지는 기운이 남다르다는 게 문제였다. 마치 예전의 나를 보는 듯 숨 쉬는 것도 잊은 채 야구 장면에 몰입하고 있었다. 동료들이 물어보는 말도 못 알아듣고, 밥이 입으로 들어가는지 코로 들어가는지도 모를 지경이었다. 분명 정상적인 범주의 야구팬은 아니었다.

'차라리 귀신을 속여라. 너랑 똑같은 삶을 이미 살아본 나다. 나는 절대 못 속일 거다.'

내심 남자의 정체를 확신하고 오후 작업도 지켜보았다. 나의 확신을 더해줄 일은 3시경에 일어났다. 작업반장이 잠시 손을 놓고 쉬던 남자를 찾아왔다.

"황병철 씨, 어제 얘기했었지? 오늘 야근 있다고."

그 남자, 황병철은 고개만 끄덕이고 대답하지 않았다. 돌아서서 가던 작업반장이 중요한 걸 깜박했다는 양 자기 허벅지를 짝 하고 내리치더니 돌아섰다. 작업반장은 다른 손에 들고 있던 노란 플라스틱 파일을 흔들었다.

"요즘 야근 함부로 시키면 큰일 나는 거 알지? 여기 야근 동의서에 사인 좀 해줘."

황병철에게 다가가던 작업반장이 굳이 직접 전달하기 귀찮았는지 야근 동의서가 든 파일을 획 던졌다. 속도는 적당했는데 던져준 파일의 높이가 너무 위였다. 황병철의 머리 바로 위로 날아간 파일이 뒤쪽에 툭 떨어졌다. 순간적으로 두 사람 사이에 싸늘한 공기가 감돌았다. 한동안 말없이 작업반장을 응시하던 황병철이 천천히 몸을 돌려 파일을 주우러 갔다. 파일에 달아놓은 볼펜으로 거칠게 사인을 하더니 곁에 다가온 작업반장에게 건넸다. 면구스러운 나머지 붉게 달아오른 얼굴을 숨기지 못하던 작업반장이 파일을 받아 들고 자리를 떴다. 나는 헛웃음을 터뜨리며 생각했다.

'예상대로 한심한 놈이었어. 쥐뿔도 없으면서 자존심만 세 가지고, 한 번 무시당했다는 생각이 들면 어른이고 뭐고 안면몰수 하는구나.'

플라스틱 파일은 그리 무겁지도 않고 적당한 속도로 날아왔다. 다만 머리 위쪽 높이였다는 것뿐인데, 오른손에 그라인더를 들고 있던 황병철이 가볍게 왼손만 들면 충분히 잡을 수 있는 위치였다. 야근을 요청할 때 말로 대답하지 않은 걸 보면 이미 황병철은 야근에 불만이 있는 상태였으리라. 그 와중에 파일을 직접 와서 건네지 않고 개한테 뼈다귀 던져주듯 휙 던진 것을 모욕으로 받아들인 게 분명했다.

'뭐 모욕이라고 해도 틀린 말은 아니지만 삼촌뻘은 되는 양반이 편하게 던져준 걸 그렇게까지 고깝게 생각할 건 또 뭐 있어. 같은 직장에서 서로 힘든 일 하는 처지에. 한마디로 인성이 글러먹은 놈이야.'

황병철은 세 시간 야근을 하고 9시에 퇴근했다. 민영은 6시에 귀가했지만 나는 황병철을 따라 남았다. 집에서는 어떻게 하고 있는지 보고 싶었기 때문이었다. 그는 샤워도 하지 않고 주차장에 세워둔 스포티지에 탔고, 나도 얼른 조수석에 올라타서 집까지 따라갔다. 어찌나 밟아대는지 원래는 30분쯤 걸릴 주안역 근처 빌라에 20분 만에 도착했다. 황병철은 두 발을 흔들어 신발을 벗어버렸다. 한 짝은 거실 귀퉁이로 날아갔지만 아랑곳하지 않고 TV부터 켰다.

'진짜 투명하다, 투명해. 어쩜 그리 예상을 한 치도 벗어나지 않냐.'

TV 화면에는 오늘의 프로야구 플레이오프 경기가 진행 중이었다. 늦게 퇴근한 바람에 7회부터 봐야 했지만 하이라이트 영상이 아니라 라이브라는 데 의미가 있다. 황병철은 1초라도 놓칠세라 씻거나 밥도 먹지 않은 채 경기를 관람했다.

이상으로 확실해졌다. 이건 스포츠로서의 건전한 승부를 추구하는 야구팬의 행동이 아니다. 경기 결과에 따라 많은 돈을 따거나 날리는 상황에 놓여 있음이 분명했다. 야구 도박에 수천만 원을 탕진해본 나만큼은 그 느낌을 분명히 안다. 황병철은 나처럼 야구토토에 미친 토쟁이, 토토충이라는 데 목을 걸 수도 있었다.

'당연히 나라에서 공인한 꼴랑 5만 원짜리 베팅의 스포츠

토토일 리 없지. 닥치는 대로 판돈을 받아주는 사설 토토를 하는 게 분명해.'

홀린 듯 화면을 쳐다보는 황병철을 경멸스런 눈초리로 쳐 다봤다. 예전의 내 모습이 거기 있었다. 예전의 나는 태생이 야구광인 데다가 어쭙잖게 사회생활을 시작하면서 더욱 야구 에 빠져들었다.

'사회생활이라고? 이 지경까지 와서도 아직 스스로를 미화 하고 있네. 실내 낚시터, 편의점, PC방, 만화방 아르바이트 같은 걸 사회생활이라고 할 수 있을까? 그저 푼돈 벌어서 하 루하루 연명하다 모자라면 민영에게 손을 벌렸지.'

그런 와중에도 자괴감이나 자책감은 남아 있어 때때로 자 살을 생각할 만큼 괴로웠다. 그때 유일하게 힘이 돼준 건 오 직 야구와 선수들뿐이었다. 야구선수들은 마치 실존하는 슈 퍼히어로처럼 느껴졌다. 커다란 덩치에 눈부신 유니폼, 나와 같은 인간이라곤 믿을 수 없는 괴력과 터프함. 그 히어로들 이 벌이는 박진감 넘치는 전쟁이 우울한 하루하루에 유일한 한 줄기 빛이 되어주었다. 놀라운 플레이로 수십억을 벌고 수많은 팬들의 사랑을 받는 선수들을 보면 내 인생의 팍팍함 은 어디론가 사라지고, 꼭 내가 그들이 된 듯한 기분 좋은 환상에 취할 수 있었다. 그냥 보는 것보다는 내기를 걸어야 더 재미있으니 야구 사설 토토에 빠지게 된 것도 당연한 수

순이었다.

'너도 참 안 됐다. 하루 종일 타이어 만져봐야 인생이 극적으로 달라질 리 없지. 암만 노력해봐야 희망이 없고 낙이 없으니 야구에 심취할 수밖에. 너나 나나 한심한 따라지 인생이다.'

더 이상 날 닮은 황병철을 보면서 옛 기억에 고통 받고 싶지 않았다. 나는 황병철의 집을 나서 선학동의 민영이 집으로 돌아왔다. 피곤했는지 일찍 불을 끄고 누운 민영 옆에 살포시 누웠다. 라이벌 황병철이 나보다 하나 나을 게 없는 놈이라는 걸 확인한 기쁨에 콧노래가 나올 것 같았다. 어제와는 딴판으로 잠 비슷한 거라도 잘 수 있을 듯했다.

민영은 8시가 다 되어 가도록 일어나지 않았다. 지각할까봐 걱정됐지만 깨울 방법이 없어 애를 태우다 무심코 달력을 보고 오늘이 토요일이라는 걸 깨달았다.

'유령이 날짜가 가든 말든 무슨 상관이야. 달력 본 지가 한참 전이라 몰랐네.'

8시 반에 일어난 민영은 크림빵 하나와 우유로 대충 아침을 때우고 길게 목욕을 했다. 한 시간이나 있다가 나온 그녀는 화장대에 앉아 정성 들여 화장을 했다.

'주말이라 무슨 약속이라도 있나?'

10시쯤 이현희에게 걸려온 전화를 통해 궁금증을 풀었다.

"언니."

"그래, 민영아. 정규랑 오늘 만나기로 했다면서?"

"네. 어젯밤에 통화했어요. 12시에 보기로 했어요."

"잘했네. 준비는? 잘하고 있어?"

"그냥요. 대충 수수하게 나가려고요."

"하긴 넌 워낙 예쁘니까 수수하게 입고 나가도 정규 눈이 튀어나올 거야."

"에이, 아니에요."

"아무튼 정규 괜찮은 애니까 잘 만나봐. 너무 부담 갖지 말고."

이건 또 무슨 소리야? 설마 오늘 저번에 이현희가 소개시켜준다고 했던 정규라는 남자와 만나기로 약속한 건가? 그제까지만 해도 나오라는 걸 거절했었잖아.

'설마 어제 내가 하루 종일 황병철을 감시하는 사이에 맞선이 잡힌 건가?'

왠지 그럴 것 같았다. 같이 근무하는 동안 싫다는 민영을 집요하게 설득해서 결국 한 번 만나는 보겠다는 답을 이끌어냈으리라. 나는 입술을 질끈 깨물었다. 황병철이라는 구멍을 막았나 했더니 전혀 다른 곳에서 둑이 터진 셈이었다.

전화를 끊은 민영은 옷장 문을 열고 찬찬히 옷걸이에 매달린 옷을 하나씩 짚어갔다. 대충 수수하게 나간다더니 그렇게 신중할 수가 없었다. 나는 오셀로가 증오에 가득 찬 눈으로 데스데모나를 노려보듯이 민영에게 도끼눈을 떴다. 나도 안다. 헤어진 지 5년이나 돼서 유령으로 돌아온 주제에 옛 애인에게 이런 질투를 한다는 게 얼마나 어이없는 일인지는….

머리로는 알고 있어도 마음은 그렇지 않았다. 나는 뭔지 모를 배신감과 격렬한 질투를 느끼며 결국 목 칼라와 소매, 벨트만 회색인 검은색 A라인 원피스를 선택한 민영을 바라보았다. 온통 무채색의 민영이 너무 아름답고 우아해 보여 눈물이 나올 것만 같았다.

원피스 위에 네이비 트렌치코트를 입은 민영은 11시 20분에 집을 나와 선학역으로 향했다. 두 정거장 만에 내린 곳은 인천지하철역이었다. 근처의 구월동 로데오거리는 인천에서 번화가 하면 첫 손 꼽히는 장소다. 술집을 비롯해 맞선 보기 괜찮은 레스토랑도 많은 곳이라서 이곳을 고른 듯했다. 민영은 스마트폰으로 지도를 검색하면서 로데오거리를 걸었다. 그리 어렵지 않게 역에서 멀지 않은 8층 상가로 들어가 엘리베이터 버튼을 눌렀다. 8층의 '클락 타워'라는 레스토랑이 맞선 장소인 모양이었다. 클락 타워는 이름에 걸맞게 벽지에 커다란 시계 장식이 그려져 있었고, 벽 곳곳에 골동품처럼 보이는 시계가 붙어 있었다. 그 시계들은 전부 11시 50분을 가리켰다.

"김정규 씨요."

안내하러 온 아가씨에게 예약한 사람의 이름을 전하자 안쪽 깊숙한 곳으로 데려갔다. 유일하게 한 남자가 앉아 있는 자리가 있었다. 고개를 숙이고 스마트폰을 보고 있던 남자가 우리들이 다가오는 기척에 고개를 들었다.

"홍민영 씨?"

"안녕하세요."

"아, 일찍 오셨네요. 잠시만요."

흰 티셔츠 위에 베이지색 글렌체크 재킷을 걸치고, 짙은색 청바지에 흰 운동화를 신은 남자는 자리에서 벌떡 일어나 민영에게 다가가 그녀가 앉을 의자를 빼주었다.

'와, 매너 보소. 이놈 선수 아냐?'

정말이지 드라마에서나 볼 법한 매너였다. 더구나 남자가 내 예상보다 훨씬 잘생겨서 진짜 드라마의 한 장면을 보는 것 같았다. 더럭 불안감이 들었다.

'설마 그럴 리는 없겠지만 이러다 정말 민영이 넘어가는 거 아냐.'

솔직히 나도 살아 있을 때 어디 가서 빠지는 얼굴은 아니었다. 내 입으로 이런 말하기 쑥스럽지만 이십 대 때만 해도 큰 키에 건장한 체격, 뚜렷한 이목구비가 옛날 은막의 스타를 연상시킨다는 소리를 들었다. 반면 이 남자는 곱상한 요즘 스타일의 꽃미남으로 어떤 여자에게든 충분히 외모로 어필할 만했다.

"반갑습니다. 김정규입니다."

"안녕하세요. 홍민영입니다."

"와, 현희 누나한테 듣던 것보다 훨씬 예쁘시네요. 너무 미인이셔서 놀랐습니다."

"아니에요."

민영은 연신 손을 내저었지만 내심의 흐뭇함은 감추지 못했다. 5년 동안이나 그녀의 곁에 있었던 내가 잘못 볼 리 없다. 나는 손 안에 꼭 쥐고 있던 금가루가 스르르 떨어지는 듯한 기분을 느꼈다.

"여기 음식이 꽤 맛있어요. 사장님이랑도 잘 아는데 요리 공부 제대로 하신 분입니다. 뭐 드시고 싶은 거라도 있으세요?"

"저는 아무 거나 괜찮은데요."

"그럼 제가 적당히 시키겠습니다."

클락 타워는 파스타나 피자, 스테이크 등을 파는 양식당이었다. 김정규는 스테이크 피자와 감바스, 치킨 샐러드를 시켰다.

"너무 많지 않아요?"

"다 맛있는 애들이니까 오신 김에 천천히 다 맛보세요."

맛난 음식을 먹으면서 서로를 알아가는 선남선녀를 지켜보는 것은 죽을 만큼 괴로운 일이었다. 김정규는 매너와 외모만큼이나 화술에도 능해 처음 보는 여자를 앞에 두고도 능수능란하게 대화를 이끌어갔다. 열 받게 유머도 수준급이었다.

"그렇게 재미있으세요? 낙엽만 뒹굴어도 까르르 웃는 여고생 같네요. 제가 뒹굴면 아주 뒤집어지시겠는데요."

얼음 공주라는 별명 때문에 누가 유머를 던져도 무표정하게 무시할 것만 같지만 실상은 그렇지 않았다. 편한 사람 앞에서는 웃기도 잘 웃고, 재미있는 유머를 끔찍하게 좋아한다. 나도 유머로 그녀를 공략하는 데 성공하지 않았는가. 김정규가 깔끔한 유머를 구사하고, 그게 정확하게 과녁을 꿰뚫는 것을 보면서 내 마음속의 암담함은 점점 커져갔다.

"저는 대학 못 나왔어요."

두 시간이 지났을 무렵, 민영이 얼굴을 굳히며 말했다. 난데없는 고백에 김정규가 눈을 동그랗게 떴다.

"그게 왜요?"

"그냥… 혹시 학력을 중요하게 보시는 분일까 봐."

김정규가 부드럽게 미소 지으며 말했다.

"저도 고졸이에요. 솔직히 그게 무슨 상관인지 모르겠어요. 대학 나온다고 다 성공하는 것도 아니고, 대학 나와서도 취직도 못하고 빌빌 대는 놈들이 얼마나 많은데요. 남들 따라서 관심도 없는 대학 가는 것보다 어려서부터 내 사업하는 게 꿈이었어요. 그때 저 비웃고 대학 갔던 친구들, 지금 다 저한테 얻어먹어요. 대학, 그거 다 쓸데없는 겁니다."

김정규의 최종학력이 자신과 같다는 걸 확인한 민영의 얼굴이 눈에 띄게 밝아졌다.

"맞다. 언니한테 듣기로는 사업 하신다고?"

"대단한 건 아니고요. 진정한 목표를 달성하기 위해서 밑천 마련하는 단계죠. 이 근처에서 다트 바 하고 있습니다. 언제 한 번 놀러 오시죠?"

"다트 한 번도 안 해봤어요."

"그럼 꼭 오셔야겠네요. 얼마나 재미있는데요. 제가 상품 마련해서 1년에 두 번씩 다트 대회도 여는데 인천에도 은근히 다트 마니아들이 많아요. 다트 판에 화살이 팍 꽂히면 스트레스도 쫙 풀립니다."

2시에 자리가 파했다. 가게 문 열려면 지금 가봐야 한다는 김정규는 아쉬운 표정이었고, 민영의 그늘진 미소에도 일말의 아쉬움이 감돌았다.

"이럴 줄 알았으면 시간을 좀 넉넉하게 잡는 건데 죄송합니다. 누나 성화에 못 이겨서 나올 때만 해도 이렇게 괜찮은 분이 나오실 줄은 몰랐거든요."

"괜찮아요."

"저 혹시 다음에 또 연락해도 괜찮을까요? 오늘 너무 아쉬 워서 조만간 제대로 더 깊은 대화 나눴으면 좋겠어요."

잠시 고민하는 척하던 민영이 고개를 끄덕였다. 나는 길게 한숨을 쉬었다.

'역시 이놈은 선수가 맞아. 첫 만남에서 자신의 모든 걸 오 픈하는 놈은 하수이지. 짧은 시간에 애태우듯이 매력의 일부 만 보여줘서 호기심을 자극하고 시간을 들여 조금씩 공략하 는 솜씨가 제법이구나.'

나는 김정규의 뒤를 따라갈 결심을 했다. 이미 반은 넘어 간 거나 다름없는 민영이 어떤 놈을 만나는지 알아볼 필요가 있었다.

밤 11시에 민영의 집으로 돌아왔다. 점심에 과식을 한 민 영은 이 늦은 시간에 밥을 간장에 비벼 먹고 있었다. 식사를 마쳤을 때 이현희에게 전화가 걸려왔다.

"정규 어땠어?"

"음… 괜찮은 분 같던데요."

"거봐! 내가 좋은 애라고 했잖아. 너 걔 절대 놓치면 안 된 다. 집도 잘 살아. 동인천에서 유명한 냉면집 하거든."

이현희는 나도 익히 아는 냉면집 이름을 댔다. 어려서부터 사업하고 싶어 대학도 포기하고 사회생활 했다고 말만 번지르르 하더니 결국 금수저였던 것이다.

"너무 부담 갖지 말고 몇 번 더 만나봐. 자세한 얘기는 월요일에 하자."

"네, 언니. 고마워요."

"쉬어."

두어 시간 더 TV를 보던 민영은 불을 끄고 침대에 누웠다. 나는 곁에 누워 잠든 그녀의 얼굴을 멍하니 바라보았다.

'인정하긴 싫지만 이현희 말이 맞는 것 같아. 편견이 가득한 눈으로 봐도 김정규 괜찮은 놈이더군.'

아홉 시간 가까이 김정규가 운영하는 다트 바에서 관찰한 결과 솔직히 합격점을 줄 수밖에 없었다. 싹싹하게 손님맞이도 잘하고, 나이 차이가 많이 나지 않아서인지 아르바이트생들과도 친구처럼 재미있게 지냈다. 가게에서 차로 5분쯤 걸리는 집까지 따라가 봤는데 32평 아파트에서 혼자 살았다. 흑백을 기조로 깔끔하게 단장한 집 역시도 세련되고 단정한 느낌이었다. 기본적인 성품이나 매너가 흠잡을 곳 없는데 인물도 빠지지 않고 심지어 금수저라지 않은가. 내가 민영의 친오빠라면 무조건 허락이었다.

아직까진 민영과의 영원한 이별을 받아들이기 힘들었지만 나는 알고 있었다. 결국 일은 그렇게 될 수밖에 없다는 걸.

나는 손을 내밀어 민영의 왼쪽 뺨에 내려온 머리카락을 쓰다듬었다. 손만 뻗으면 닿는 거리에 있는데 이토록 만져지는 게, 느껴지는 게 없다는 것이 여전히 믿어지지 않았다.

그 뒤로도 계속 민영의 집에서 살았다. 비록 그녀는 내 존재를 의식하지 못했지만 같은 집에서 같은 시간을 보내는 게 꼭 부부가 된 것 같았다.

"배고프지? 내가 김치볶음밥 해줄게. 얼른 씻고 나와."

가끔 큰 소리로 이런 말을 하기도 했다. 물론 산 자와 죽은 자의 의사소통은 불가능하니 아무리 목소리를 높여도 허망한 메아리로 되돌아올 뿐이었다. 그럼에도 나는 굴하지 않았다.

'정말? 오빠가 밥 해줄 거야?'

내 말 다음에 이어지는 민영의 대답을 상상했다. 그러면 완벽한 부부 간의 대화가 완성되고, 그러면 나는 행복해지고, 그러면 나는 뱃속이 간지럽고 푸슬푸슬 웃음이 나왔다.

그렇게 의미 없는 부부생활 코스프레 속에서도 시간은 점점 흘러갔다. 시간 그리고 민영은 내 편이 아니었다. 맞선을 본 다음 주 금요일에 민영은 김정규의 다트 바에서 두 번째 만남을 가졌다. 저린 팔을 주물러 가면서 신나게 다트를 던지더니 토요일에는 노란 낙엽을 밟으며 함께 공원 산책을 했고, 일요일에는 배꼽이 빠지게 웃긴 코미디 영화를 보러 갔다. 그 모든 데이트 속에는 나도 함께 있었다. 두 선남선녀는 절대 알지 못할 테지만.

12월 초에는 정식으로 사귀자는 프러포즈를 받아들였고, 그날 밤 집까지 바래다준 김정규가 민영의 입술을 훔쳤다. 그 순간의 절망감을 필설로 어찌 형용할 수 있으랴. 정당하게 경쟁이라도 해보고 패했다면 깨끗이 인정할 테지만 뭘 해보지도 못하고 패배를 받아들여야만 하는 셈이었다.

물론 사랑의 삼각관계에서 완전히 탈락한 사람이 나 뿐만은 아니었다.

"타세요. 태워드릴게요."

"괜찮아요."

"뭔 소리야. 어차피 가는 길인데. 태워주세요."

뻔뻔스럽게 먼저 올라탄 이현희 덕분에 황병철은 최초로 민영을 스포티지에 태울 수 있었다.

"난 여기서 내릴게. 내일 봐요."

연수동에 사는 이현희가 먼저 내리려 하자, 5분쯤 더 가야 하는 민영이 따라 내리려 했다.

"넌 뭐하러 여기서 내려? 더 가서 내려도 되잖아."

황병철이 얼른 거들었다.

"그래요. 전 주안 살아서 어차피 지나가는 길입니다. 선학역에서 내려드릴게요."

민영은 두 사람의 만류를 이기지 못하고 뒷좌석에 남았다. 1분쯤 더 갔을 때 황병철이 어색한 침묵을 깼다.

"날씨가 참 좋습니다."

"아까 비 왔는데요."

나도 모르게 실소를 터뜨렸다. 아마도 황병철은 미리 민영에게 던질 멘트를 연습했던 모양이다. 그래도 상황에 맞게 수정을 해야지 도로가 다 젖어 있는데 날씨가 좋다니 순진한 건지 멍청한 건지 모르겠다. 황병철은 이마에 배어 나온 땀을 닦고 조심스레 말했다.

"어차피 저녁은 먹어야 하는데 선학역에서 먹고 갈까요?"

"그러세요."

"아니, 제 말은… 같이."

"죄송해요. 전 별로 밥 생각이 없어서요."

"아, 그러십니까. 그래도 식사는 하셔야 할 텐데…."

우물쭈물 하다 보니 어느새 선학역이었다. 민영은 아쉬워서 쩝쩝 입맛만 다시고 있는 황병철을 뒤로하고 차에서 내렸다. 나는 처음으로 황병철에게 약간이나마 동질감을 느꼈다.

'너나 나나 사랑의 패배자이긴 매한가지구나. 이놈아, 이미 버스 떠난 지 오래이니 미련 갖지 마라.'

최종적으로 나의 패배를 인정한 순간은 역시 크리스마스이브였다. 세상이 연인과 솔로, 반으로 나뉘어 반에게는 환희를, 나머지 반에게는 절망을 주는 날. 문을 닫을 때까지 다트 바에 있었던 민영은 김정규와 와인 바로 2차를 갔다. 김정규가 준비한 케이크를 나눠 먹으며 크리스마스 0시를 맞은 민영은 김정규의 속이 뻔히 들여다보이는 제안에 슬며시 고개를 끄덕였다.

"저, 이 근처 사는데 집에 가서 한 잔 더 할래요?"

와인 바를 나온 두 사람은 동쪽으로 방향을 잡았다. 한겨울치고 날씨가 그리 춥지 않아 택시를 타지 않고 30분쯤 걸어갈 모양이었다. 나는 멀어지는 두 사람의 뒷모습을 망연히 바라보았다.

'이젠 더 이상 내가 끼어들 자리는 없어. 오늘로써 영영 이별이다.'

나는 두 사람의 반대 방향으로 걸음을 옮겼다. 견딜 수 없을 만큼 슬프기도 했고, 한편으로 후련하기도 했다. 어차피 민영의 삶에 어떤 도움도 주지 못하는 나라는 존재가 곁에서 맴돌고 있어봐야 무슨 소용이 있겠는가.

'저번에 민영이 어머니랑 통화하는 거 들어보니까 그 사고뭉치 아버지도 몇 년 전에 돌아가셨더군. 잘됐지. 이제 민영의 앞길을 막을 건 아무것도 없어.'

나 역시 민영의 아버지처럼 그녀의 인생에서 사라지면 그뿐이었다.

'아니, 민영이한테는 벌써 5년 전에 사라진 놈일 뿐이지. 두어 달 같이 있으면서 내 사진이라도 꺼내보거나 내 이름을 부르는 모습을 본 적 있어? 꿈도 못 꾸는 일이지. 그냥 애초에 잊힌 놈이 뒤늦게 찾아와서 괜히 몇 달 질척거린 것에 불과해. 그 사실을 인정하기가 그리 힘들었지만 이젠 받아들이는 수밖에 없다.'

물론 마음과 달리 씁쓸한 기분은 쉬 가시지 않았고 쓴 소주라도 한 잔 마실 수 있다면 소원이 없을 것 같았다. 문득 황병철을 떠올렸다.

'오늘 같은 날은 루저들끼리 어울려야지. 같이 패배를 곱씹으면서 세상 제일 우울한 크리스마스를 보내자.'

지하철역 앞에는 늦은 귀가를 서두르는 사람들을 노리는 택시들이 줄을 짓고 있었다. 때마침 한 남자가 주안역을 불렀다. 나는 합승요금 없이 남자와 주안역에 함께 갔다.

구월동이 뜨기 전에 최대 번화가였던 주안역 부근도 흥청 망청하는 사람들로 붐볐다. 황병철의 집은 술집 거리에서 길을 건넌 조용한 빌라촌이었다.

'여기 3층 왼쪽 집이었지.'

현관을 통과해 황병철의 집 안으로 들어갔다. 자정이 지났지만 거실에는 불이 환히 밝혀져 있었다. 황병철은 거실에 작은 교자상을 가져다놓고 과자 안주에 소주를 마시고 있었다.

'내 이럴 줄 알았지. 오늘 같은 날이 솔로에겐 지옥이라니까. 누군 꿈에 그리던 여자를 집에 데려가는데, 누군 방구석에서 새우깡에 소주 타령이라니. 세상은 정말 불공평해.'

같은 패배자라는 이유로 그에 대한 반감이 많이 희석된 마당이었다. 나는 그의 맞은편 빈자리에 양반다리를 하고 앉았다. 황병철이 소주잔을 집어 입 안에 털어 넣으면 나도 같은 흉내를 냈다. 직접 마시는 건 아니라도 살짝 취하는 느낌이 들 때였다. 먼지 내려앉는 소리도 들릴 만큼 고요한 거실에 휴대폰 벨소리가 울려 퍼졌다.

"여보세요. 정한이냐?"

덩치에 비해 소심하다는 인상을 주었던 황병철의 목소리가 두 배는 높아졌다. 아마도 베스트 프렌드일 거라는 짐작이 드는 그 친구도 못지않게 목소리가 컸다. 아마도 술에 취한 듯 혀도 좀 꼬여 있었다.

"그래, 인마. 크리스마스인데 뭐하고 있어?"

"뭐하고 있긴. 혼자 술 마시고 있지."

"자식. 넌 예전이나 지금이나 변한 게 없냐. 운동도 했던 놈이 그렇게 패기가 없어 가지고. 마음에 드는 여자 있으면 딱 다가가서 손에 물 한 방울 안 묻히게 해줄 테니까 당장 나랑 살자고…"

"너도 하나도 안 변했다. 그 썩은 멘트."

두 친구가 동시에 웃음을 터뜨렸다. 잠시 정적이 흐르다 정한이라는 친구가 입을 열었다.

"변한 것도 있지. 나 한국시리즈 우승 멤버 됐다. 반지도 받았어."

"안다. 한 게임도 안 빼놓고 다 봤어."

"근데 왜 연락을 안 했어? 축하 문자 너한테만 못 받았는데."

"수백 통은 받았을 텐데 나까지 할 필요 뭐 있어. 마음으로 응원하면 되지."

"수천 통이었다. 그리고 그 마음… 안다."

전혀 상상도 못했던 방향으로 대화가 흘러가 어리둥절했다.

'한국시리즈라니? 그러고 보니 정한이라는 이름은 설마 올해 우승 팀의 주전 외야수 박정한을 말하는 건가?'

긴가민가하고 있을 때 황병철이 말했다.

"약속 지켜줘서 고맙다. 우리 고등학교 졸업할 때 약속했잖아. 언젠가는 한국시리즈에서 같이 우승하자고. 나는 비록 중간에 탈락했지만 너라도 해냈으니 얼마나 고마운지 모르겠다."

"내가 한 거면 네가 한 거야."

"…."

"네가 부상만 안 당했어도 같이 우승했을 텐데. 네가 빠지는 바람에 10년이나 걸렸잖아. 약속 지키는 데."

"내가 멀쩡했으면 10년 안쪽으로 끊었겠지."

"맞아. 야, 미안하다. 나 후배들이랑 술 마시다 잠깐 나온 거야. 1월에는 인천 한 번 갈게. 그때 제대로 한 잔 하자."

"그래. 너무 많이 마시진 말고."

전화를 끊은 황병철의 표정에는 무한한 행복감이 감돌았다. 친구의 성공을 진심으로 기뻐하는 얼굴이었다. 한편 전화의 내용상 상대방이 박정한이라는 게 분명해진 순간부터 나는 혼돈에 빠져 있었다.

'나랑 똑같은 야구 토쟁이인 줄 알았는데 설마 야구선수 출신이었던 거야?'

고등학교 때 절친했던 팀 동료의 선전을 응원하기 위해 그토록 플레이오프 경기에 몰두했던 거였다면 충분히 납득이 간다. 내가 같은 상황이었다면 나는 그보다 더 침식을 잊고 경기를 관람했을 것이다. 아니, 출근도 하지 않고 아예 야구장에서 살지 않았을까.

'그런데도 황병철은 아무 내색하지 않고 회사에 나와서 야근까지 했어. 이 사람, 원래 무지하게 성실한 친구였잖아.'

136

그동안 알아왔던 세계가 온통 뒤바뀌는 느낌에 신음을 흘렸다. 유일하게 남는 의문은 단 한 가지였다.

'대관절 그때 작업반장한테는 왜 그런 거야?'

작업반장이 무심코 머리 위로 던져주는 플라스틱 파일을 잡지 않고 뒤에 떨어지도록 놔두던 모습이 생생했다.

'황병철은 최소한 고등학교 때까지 야구 선수였어. 그럼 타자였든 투수였든 그까짓 파일 하나 못 잡았을 리가 없지. 나는 그게 황병철이 작업반장의 행동을 고깝게 생각해서 일부러 안 잡은 거라고 짐작했었어. 하지만 박정한과의 대화를 차근차근 돌아보니 황병철이 그랬던 이유가 분명해졌어.'

황병철은 안 잡은 게 아니라 못 잡았던 것이다. 박정한의 말에 따르면 황병철은 야구선수를 그만둘 수밖에 없는 치명적인 부상을 당했다. 만약 그게 어깨였다면?

'머리 위로 팔을 들 수 없겠지. 그래서 그 느릿느릿 날아오는 파일조차 못 잡았던 거야.'

그제야 작업반장이 아무 말도 하지 않고 황병철을 묵묵히 쳐다보기만 했던 이유도 깨달았다. 황병철이 어깨 부상 때문에 평생의 꿈이었던 야구선수를 포기한 걸 익히 알고 있었기에 그 최대의 상처를 건드린 게 미안했기 때문이리라.

'그때 황병철은 오른손에 그라인더를 들고 있었지. 왼손으로 파일을 잡으면 되는데 그러지 못했어. 그럼 분명 왼쪽 어

137

깨 부상이야. 작업반장은 황병철의 왼쪽 어깨가 부자유스럽다는 걸 알고 있었지만 바쁜 와중에 깜박하고 말았어. 본의 아니게 부하 직원을 놀리는 셈이 됐으니 얼마나 미안했을까. 그래서 얼굴이 그렇게 붉어졌었던 거야. 화가 나서가 아니라 미안해서.'

당치도 않은 오해를 했다는 게 미안해서 얼굴이 달아오르는 것 같았다. 여전히 친구와의 통화 여운에 젖어 있던 황병철은 자리에서 일어나 거실 서랍장을 열고 앨범을 꺼냈다. 까까머리 시절의 박정한과 얼싸안고 있는 고교 시절의 사진을 보고 황병철이 투수였다는 걸 알았다.

'좌완 글러브인 걸 보니 왼손 투수였어. 어깨 파열 같은 부상으로 꿈을 접었겠지. 일상생활이나 타이어 작업에는 지장이 없는 걸 보면 지금은 단지 왼팔을 머리 높이로 치켜들 수 없는 후유증만 남은 걸 테고.'

사진 속의 박정한을 쓰다듬는 황병철을 바라보다가 불현듯 무서운 생각이 떠올랐다. 내가 편견에 빠져 황병철을 오해했듯이 다른 한 남자를 오해하고 있었다면? 민영의 남편감으로 낙점했던 김정규가 실은 좋은 사람이 아니었다면?

전부 가정에 불과하지만 실제로 그런 일이 벌어진다면 치명적인 결과를 낳을 수도 있었다. 나는 격렬하게 두뇌를 회전시켜 그동안 민영의 곁에서 보고, 듣고, 겪었던 모든 것을

돌이켜봤다. 그중 김정규의 본 모습을 드러낼 단서가 있었을
까?

한참을 생각하고 또 생각했지만 딱히 집히는 건 없었다.
내 눈에는 그냥 건실하고 활달한 삼십 대 남자였을 뿐이다.
오히려 이상한 느낌은 이현희 쪽에 있었다. 그 당시에도 뭔
가 이상했지만 깊이 생각하지 않고 넘어갔던 게 분명히 하나
있었다.

'대체 뭘까 그게? 아, 답답해서 미치겠네. 금방 떠오를 것
같았는데 마음이 급해서 그런지 도통 기억이 안 나. 좋아. 이
현희를 처음 봤을 때부터 차근차근 생각해보자. 민영을 찾아
간 첫날, 이현희도 보게 됐지. 저 여자도 아직 있나 싶어 놀
랐었는데….'

그 순간이었다. 나는 단숨에 이현희에게 느꼈던 이상한 기
분의 정체에 도달했다. 그 첫날, 이현희는 민영에게 노란색
파일을 건네며 말했었다.

"저번에 네가 말해준 대로 날짜 별로 나눠서 매출, 매입,
지출, 입금 상세하게 구분했어."

그때 민영은 어떻게 답했던가.

"한 번 볼게요."

그러고서 이현희가 작성한 서류를 꼼꼼히 확인하더니 문제
없다는 평가를 내렸다. 뭐야, 이건 마치 이현희가 부하 직원

이고, 민영이 상급자로 보이잖아.

'말도 안 돼. 민영은 입사 10년차인데 평사원이고, 이현희는 대리야. 무슨 회사에서 평사원이 대리가 작업한 걸 오히려 검토를 해. 거꾸로 됐잖아. 아무리 제대로 된 회사에서 일다운 일을 못해본 나라도 그 정도는 안다.'

혹시 그 업무에 한해서만 민영이 이현희보다 나아서 민영이 주도하고 있었던 걸까?

'그것도 좀 이상해. 입사 초기에 민영은 이현희에게 일을 배웠어. 인간적으로 이현희를 별로 좋아하지 않았지만 실력만은 인정했다고. 근데 이제 와서 실력이 역전됐다?'

게다가 단순히 업무 능력이 이현희보다 뛰어나서 선배의 일을 도와주는 모습으로 보이진 않았다. 누가 봐도 민영이 이현희가 작업한 내용을 냉정하게 검토하고 평가하는 느낌이었던 것이다.

'아무리 봐도 이상해. 이거 어쩌면….'

보통 경리 직원들은 회사에서 나가고 들어오는 돈을 관리한다. 사람에 따라서 얼마든지 유혹에 넘어갈 수 있었다. 나는 가설을 세워보았다. 언제일지는 모르겠지만 이현희가 회사 돈에 손을 댔던 게 아닐까? 사모의 친척이니 건드리는 사람도 없어 회사에서는 안하무인이었다. 스스로를 남동 타이어의 경영진쯤으로 착각하고 간이 배 밖에 나오는 짓도 충분히 가능한 성격이었다.

'그러다 같은 경리인 민영에게 들켰다면?'

눈물콧물 다 흘리면서 제발 사장님에게 보고하지 말아달라고 사정했을 것이다. 돈은 돌려놓더라도 횡령범을 회사에 남겨둘 사장이 있을 리 없으니 불문에 붙여달라고 빌었을 것이다. 마음 약한 민영은 고심 끝에 한 번 봐주기로 했지만 앞으로 금전 출납에 대해서는 자기가 한 번 더 확인하겠다고 제안한다. 받아들이지 않으면 사장님께 보고하겠다는 말에 이현희는 힘없이 고개를 끄덕인다.

모든 게 내가 짠 시나리오였지만 이현희의 이상한 행동이 납득되는 유일한 설명이었다. 갑작스레 엄청난 공포가 몰려왔다.

'이현희 성격에 후배한테 그렇게 죽어지내면서 좋은 감정이 있을 리 없어. 아마 마음속으로 민영을 미워하고 있을 거야. 세상에 미워하는 사람한테 좋은 이성을 소개시켜주는 사람이 어디 있어.'

이쯤 되자 더 이상 황병철의 집에 있을 수 없었다. 나는 쏟아져 나가듯이 집 밖으로 빠져나가 주안역 쪽으로 뛰었다. 천만다행으로 아무 일도 없을지 모르지만 무조건 내 눈으로 확인해야 했다.

새벽 1시의 주안역은 한 시간 전보다 훨씬 차분했다. 나는 줄을 맞춰 대기하고 있는 택시들에게 다가갔다. 한참 동안 택시 승객이 없어 미칠 것 같았다. 하긴 술집이 널려 있는 주안역에서 굳이 또 다른 유흥가인 구월동 로데오거리를 지금 이 시간에 갈 사람이 누가 있겠는가.

"청라국제도시요."

"동인천 가죠?"

가뭄에 콩 나듯 승객들이 왔지만 전부 구월동과는 상관없는 방향이었다. 육체가 없다는 게 이 순간만큼 한탄스러운 적이 없었다. 육체만 있다면 이 택시를 강탈해서라도 구월동으로 갈 텐데 운 좋게 같은 방향으로 가는 손님을 기다릴 수밖에 없었다.

"연수동이요."

뒷좌석에 탄 한 여자를 따라 득달같이 택시 조수석에 탔다. 연수동은 구월동 로데오거리 쪽을 지나간다. 기회를 봐서 내리면 근처에 도착할 수 있다. 새벽이라 도로가 텅 비어 있는 것과 마찬가지라서 택시는 무서운 속도로 내달렸지만 내 기대에는 못 미쳤다. 날개 달린 자동차를 못 만들어낸 자동차회사를 한탄하면서도 슬며시 다른 생각도 들었다.

'어쩌면 민영이에게 완전히 용서받기 위해서 진짜 좋은 남자를 소개시켜줬는지도 몰라.'

그것 역시 얼마든지 가능한 일이었지만 여전히 답답한 마

음은 진정되지 않았다. 내 눈으로 보기 전까지는 그 어떤 것
도 믿을 수 없었다.

예술회관역을 지나 남쪽으로 몇 백 미터 내려가면 로데오
거리였다. 달리 택시를 세울 방법이 없는 나는 그대로 조수
석 문을 통과해 도로로 뛰어내렸다. 엄청난 충격에 대비해
몸을 움츠렸지만 도로 위에서 몇 바퀴나 뒹굴면서도 통증 같
은 건 조금도 느끼지 못했다.

'이거 하나는 좋네.'

바로 일어나서 김정규가 사는 아파트가 있는 동쪽 방향으
로 뛰었다. 도보로는 30분, 하지만 미친 듯이 뛰면 절반은
단축할 수 있을 것이다.

다리가 뻐근하거나 숨이 찬 느낌을 받지는 않았지만 운동
능력은 딱 살아 있을 때의 수준이다. 축지법 같은 드라마틱
한 속도 상승은 바랄 수 없었고, 평범한 사람처럼 그저 죽어
라 뛰어야만 했다. 나는 평생 가장 빠른 속도로 김정규의 집
을 향해 뛰었다. 창문에 크리스마스 장식을 단 가게들이 바
람처럼 휙휙 지나갔다.

아파트 단지 경비실 벽에 부착된 시계는 1시 30분을 가리
켰다. 딱 10분 걸렸다. 잠시도 멈추지 않고 김정규가 사는
동으로 가서 미친 듯이 계단을 뛰어올랐다.

'6층이었지.'

601호 현관을 통과해 집 안으로 들어갔다. 불이 환히 켜진 집 안은 뜻밖에도 괴괴했다. 소파 앞에 놓은 사이드 테이블에 와인 한 병과 잔 두 개가 놓여 있을 뿐 남녀는 거실에 보이지 않았다. 당황해서 주변을 둘러보고 있을 때 안방에서 김정규가 나왔다. 나는 김정규의 몸을 통과해 얼른 안방으로 들어갔다.

그리고 그곳에서는….

'젠장, 이럴 줄 알았어. 언제나 나쁜 예감만 맞아 떨어지지.'

위아래 두 개의 검은 속옷만 걸친 민영이 침대 위에 누워 있었다. 입고 갔던 옷은 아무렇게나 벗겨져 침대 아래에 나뒹굴고 있었다.

'설마 일 치르기 직전에 잠이 든 건가?'

그런데 느낌이 안 좋았다. 그냥 피곤해서 곯아 떨어졌다기엔 지나치게 시체처럼 축 늘어져 있었다. 흡사 마취라도 된 듯한 모습이 아닌가. 답답해서 돌아버릴 것 같았지만 흔들어 깨울 수도 없는 몸이라 일단 거실로 나가봤다. 김정규가 휴대폰으로 누군가와 통화를 하고 있었다.

"어, 지금 잠들었어. 하도 안 뻗어서 수면제 약발이 안 드는 줄 알았네."

"진짜? 잘 됐네."

반색을 하는 목소리는 예상대로 이현희였다. 이현희는 증오에 가득 찬 목소리로 쏟아냈다.

"어떻게 해야 하는지 알지? 제대로 찍어놔."

"아이, 내가 이런 거 한두 번 해보나. 나 촬영 마니아잖아."

"건방진 게 감히 나한테 맞먹으려고 들어. 제까짓 게 어딜 나한테 회사를 나가라 마라야. 네가 찍은 야동으로 나도 똑같이 갚아줄 거야. 네년이 입 다물고 회사 안 나가면 영상 퍼뜨린다고. 그 반반한 얼굴이랑 몸뚱이 온 세상 남자들이 다 보는 거지. 나한테 그렇게 싸가지 없게 대한 게 얼마나 병신 짓이었는지 똑똑히 알게 해줄 거야."

"그건 두 분이서 알아서 하시고요. 난 영상만 수집하면 되니까."

"얼굴 똑바로 나오게 잘 찍고, 아주 곤죽을 내버려."

"맡겨주시고, 아우 나 지금 꼴려서 못 참겠어. 전화 끊는다."

"수고."

휴대폰을 소파에 던진 김정규는 유리로 된 문이 달린 거실 수납장에서 캠코더를 꺼냈다. 방송에도 사용 가능한 꽤나 훌륭한 물건이었다. 저 캠코더에 민영의 몸이 낱낱이 찍히고, 그 끔찍한 영상이 삽시간에 퍼져버린다는 생각이 들자 분노로 온몸이 활활 타오르는 것 같았다. 무조건 막아야 했다. 그러나 육체가 없는 유령이 어떻게 막을 수 있단 말인가.

김정규는 콧노래를 부르며 캠코더를 켰다. 기계에 이상이 없는 걸 확인한 김정규가 안방으로 향했다. 나도 모르게 김정규를 막아섰지만 그는 내 몸을 단숨에 통과해버렸다.

'제발! 안 돼!'

나는 혼신의 힘을 그러모아 김정규의 등을 밀었다. 너무 흥분해서 밀어봐야 소용이 없다는 것도 깨닫지 못했다. 나는 그저 김정규를 막기 위해 온 신경을 집중하고 필사적으로 밀었을 뿐이다.

"어어!"

순간 김정규의 몸이 휘청했다. 불시에 등을 떠밀린 김정규가 앞으로 고꾸라졌고, 마침 그곳에는 55인치 TV가 놓여 있었다. TV 모서리에 정통으로 정수리를 찍힌 김정규의 훤칠한 몸이 거실 바닥에 나동그라졌다. 들고 있던 캠코더도 바닥에 떨어져 박살이 났다. 어찌나 세게 부딪쳤는지 김정규는 즉시 혼절해 깨어나지 못했다.

'어, 어떻게 된 거지? 처음으로 물리력을 발휘해 사람을 쳤어.'

그 후로 많은 시간이 지나도록 나는 그 이유를 알지 못한다. 먼 훗날의 얘기지만 수십 년이 흐르는 동안 나는 단 한 번도 비슷한 힘을 발휘하지 못했다. 어쩌면 평생 단 한 번의 기회를 민영에게 썼던 건지도 모른다. 오직 민영을 지키기 위한 간절한 열망이 불가사의한 힘을 만들어준 게 아닐까 짐작할 따름이다.

정신을 차리고 안방으로 향했다. 민영을 흔들어 깨워보려 했지만 이번만큼은 실낱같은 힘도 전달할 수 없었다. 그러기를 몇 분째. 나는 민영의 귀에 대고 소리를 질렀다.

"일어나!"

반응이 없었다. 나는 몇 번이고 계속 소리를 질렀다. 아마도 아홉 번째였을 것이다.

"일어나!"

민영이 퍼뜩 눈을 떴다. 힘겹게 몸을 들어 올린 민영은 속옷만 걸친 자신의 몸을 내려다보고 즉시 상황을 파악했다. 벼락같이 일어나 바닥에 떨어진 옷을 챙겨 입은 민영이 최대한 빨리 안방 문으로 향했다. 막 문을 열고 나가기 전, 민영은 고개를 돌려 안방의 한 곳에 시선을 고정했다. 바로 내가 서 있는 장소였다. 내가 보이진 않겠지만 분명 뭔가가 그곳에 있다는 건 의식하는 듯했다. 뭐가 뭔지 알 수 없다는 표정으로 내가 있는 텅 빈 공간을 응시하던 민영이 문을 열고 거실로 나갔다. 현관문이 쾅 닫힐 때까지 김정규는 깨어나지 못했다.

그제야 나는 참고 참았던 긴 한숨을 내쉬었다.

노란 낙엽이 떨어지는 가을이었다. <축혼 행진곡>에 맞춰 신부가 입장했다. 하얀 웨딩드레스를 입은 민영이 너무 아름다워 눈물이 나올 것 같았다. 결혼식은 차분한 분위기 속에서 진행되었다.

"신랑 황병철 군을 소개합니다. 올해 서른한 살의 황병철 군은 야구선수의 외길을 걸어왔지만 불의의 부상으로 꿈을 접어야 했습니다. 하지만 좌절하지 않고 건실한 생활인으로…"

공포의 집을 나온 민영이 곧장 경찰에 신고함에 따라 김정규가 강간미수범으로, 이현희가 강간교사범으로 체포된 지 열 달쯤 뒤였다. 의지의 사나이 황병철은 그 사건의 충격으로 마음을 크게 다친 민영을 끈질기게 다독여 끝내 그녀의 마음을 얻는 데 성공했다.

'부러운 자식. 넌 땡 잡은 거야. 잘 살아라.'

예식장을 나오며 마지막으로 민영의 얼굴을 바라보았다. 나는 나직이 뇌까렸다.

"이젠 정말 안녕. 행복해야 돼. 영원히."

길을 따라 무작정 걸었다. 몇 시간이나 걸었을까. 금세 어둑어둑해진 하늘에서 비가 뚝뚝 떨어졌다.

'비가 오는 날 결혼하면 잘 산다더니 하늘에서 축하의 비를 다 내리네.'

그린벨트 지역이라 길가 안쪽은 논이었다. 논 한복판에 멍청하게 두 팔을 벌린 허수아비가 서 있었다. 왠지 모를 이끌림에 허수아비에게 다가갔다. 허수아비의 몸통과 딱 일치하도록 몸을 포갠 뒤 두 팔을 벌려 허수아비와 같은 동작을 취했다. 그렇게 허수아비와 한 몸이 됐을 때 허수아비의 얼굴에 본격적으로 비가 쏟아졌다.

허수아비의 얼굴이 있는 곳에 내 얼굴이 겹쳐져 있었고, 꺼벙하게 크기만 한 허수아비의 눈에서 흘러내리는 빗물은 꼭 허수아비가 흘리는 눈물처럼 보였다. 그리고 허수아비의 눈 뒤에 있는 내 눈에서 흘리는 눈물처럼 보였다.

비가 그칠 때까지 나는 하염없이 울었다.

말 없는 사나이

The Quiet Man

공동묘지에는 밤이 일찍 찾아온다. 들어온 순서에 따라 차례차례 썩어가는 시체들이 누워 있어 괜스레 을씨년스럽기도 하거니와 실제로 6시면 문도 닫아 드넓은 부지 전체에 괴괴한 적막만 흐른다. 인적 뜸한 묘지에 망자를 처박아두고 일상을 보내다 이따금 찾아오는 걸로 고인에 대한 도리를 다했다는 양 뿌듯한 얼굴로 떠나는 사람들의 시간이 끝나면 그때부턴 우리들의 시간이 시작된다. 파리한 얼굴로 온갖 사연들을 늘어놓는 유령들의 시간이….

"글쎄, 맞다니까. 내가 70년대에 중동에서 모래바람 맞으면서 돈 벌던 사람이야. 이란 수도는 바그다드라니까. 내가 직접 가봤다고."

"바그다드는 이라크 수도야. 이 사람, 아니 이 유령아."

"참 나, 시골 사람이 서울 사람한테 서울 풍경을 떠들어대는 꼴이네. 어디서 내 눈으로 직접 본 놈을 가르치려 들어."

층층 아파트에서 인생의 대부분을 보내는 세태의 반영일까. 유골 항아리가 층층이 모셔져 있는 3층 봉안당 정문 앞에 모여 있던 일곱 명의 유령이 순식간에 4대3, 두 패로 갈라졌다. 바그다드 설을 부정하는 아저씨가 마지막 남은 나에게 고개를 돌렸다.

"영풍이는?"

"전 잘 모르겠는데요."

"사람이, 아니 유령이 자기주장이 있어야지. 찍기라도 해봐."

나는 미소를 지으며 손을 내저었다. 그 뒤로도 두 패거리의 설전을 흥미롭게 관찰했다. 그나마 공동묘지에나 와야 말이 통하는 유령들을 만날 수 있어 살아 있을 때처럼 왁자지껄하게 떠들고 놀 수 있다.

'공동묘지에 오길 잘했어.'

나는 흐뭇한 시선으로 주변을 둘러보았다. 봉안당 건물을 병풍처럼 둘러싸고 있는 산자락에는 매장 시절의 전통적인 무덤이 초입부터 정상까지 빽빽이 들어차 있었다. 여기서는 보이지 않지만 봉안당도 몇 개 더 있고, 화장장이나 평지 잔디밭에 조성한 잔디장, 수목장 등 무려 3만 명이 넘는 사자

(死者)가 고된 삶에서 해방되어 평안히 쉬고 있는 곳이었다.

'어쩌면 쉬기는커녕 넌더리를 내고 있는지도 모르지. 낮에는 산 사람들이 와서 떠들고, 밤에는 우리 같은 유령들이 와서 난리법석을 떠니까.'

인간 세상을 떠돌면서 제일 힘든 건 다름 아닌 외로움이었다. 누군가와의 소통이 너무도 고파 미칠 것만 같았다. 어느 날, 버스를 타고 정처 없이 떠돌다 종점이 부평의 인천가족공원이라는 걸 알게 됐다. 인천에서 제일 큰 공동묘지라서 유령이 갈 곳으로는 딱이라는 자조적인 생각에 와봤더니 웬걸, 나 같은 유령이 한둘이 아니었던 것이다!

'사람은 살아 있든 죽었든 고정관념의 노예일 수밖에 없다는 걸 새삼 깨달았지.'

대한민국에서는 여러 이유로 하루에 수백 명이 죽어나간다. 하지만 그들 모두가 유령이 되는 건 아니다. 유령이 되는 것도 나름대로 어려운 일이라서 상황과 때가 적절하게 맞아떨어져야 한다. 잘은 몰라도 대충 천 명에 한 명 꼴로 생기지 않을까? 그러니 난관을 뚫고 유령이 된 사람은 필연적으로 외로움에 몸부림칠 수밖에 없다. 그때 그들의 머릿속에 공통적으로 떠오른 곳이 바로 공동묘지였던 것이다.

'아무래도 시체가 모여 있는 곳이니 자신과 같은 유령이 또 있을 수도 있다고 짐작한 거지. 게다가 <전설의 고향>

155

같은 걸 보면 묘지야말로 유령의 산실 아니겠어.'

그런 이유로 혹시나 하고 하나둘씩 모여들다 보니 인천 지역의 유령들에게는 인천가족공원이 하나의 커뮤니티이자 아지트가 되어버린 셈이다. 물론 의무적으로 참석할 필요는 없고 기분이 내킬 때 이따금 들러도 된다. 오늘의 나처럼.

'모처럼 왔는데도 이 양반들은 변한 게 없네. 별 쓸데없는 걸로 싸우고 있어.'

뭐 이해는 된다. 생산적인 어떤 활동도 불가능하니 사람들 기준에서는 논쟁할 가치도 없는 얘기로 내가 옳네, 네가 옳네 하면서 시간을 때우는 것이리라.

"너 이따가 교수님 오면 죽었어. 물어봐서 내 말이 맞기만 하면…."

"어쩔 건데?"

"지는 사람이 큰절 올리기."

"오케이."

지금 격론을 벌이는 유령들은 둘 다 오십 대의 비슷한 연배라서 유독 자주 부딪친다. 슬며시 코웃음이 나왔다. 내기라면 이골이 난 내게는 그들이 거는 상품이 너무 유치했기 때문이었다.

"어, 저기 교수님 오셨다!"

주로 모이는 유령들 중에서는 학식이 가장 풍부한 분이라서 이럴 때 심판 역할을 맡는다. 불편한 한쪽 다리를 질질 끌며 다가오는 칠십 대의 노교수에게 바그다드 설의 주창자가 소리 높여 물었다.

"교수님, 이란 수도가 어디입니까?"

교수님이 씩 웃으며 답했다.

"테헤란."

지식 자랑할 기회만 생기면 눈이 반짝 빛나는 걸로 봐서 살아 있을 때도 어지간했을 거라는 추측을 할 수 있는 분이었다. 평소 지식의 심판관 역할을 몹시도 즐겼다.

"이 사람들아, 강남의 테헤란로도 못 들어봤나? 한국과의 우호를 기념하는 의미로…"

"어, 신참 왔다!"

어지간하면 교수님의 얘기에 귀를 기울이는 유령들이었지만 오늘은 아니었다. 교수님 뒤에 헐레벌떡 뛰어오는 신참이 보였기 때문이었다.

"내가 보입니까? 내 말이 들려요?"

삼십 대 중반쯤 되어 보이는 신참은 마침내 자기를 볼 수 있고, 자기 말을 들을 수 있는 존재들을 만난 것에 깊이 감동한 표정이었다.

"잘 왔어. 고생했네. 우린 다 같은 신세니까 편하게 지내자고."

바그다드 아저씨가 말했다. 신참에게 관심이 쏠린 덕분에 라이벌에게 해야 할 큰절을 피할 수 있어 기쁜 듯했다. 우리는 신참을 가운데 두고 둥그렇게 둘러쌌다.

"일단 자기소개부터 해봐."

더 이상 우리에게 새로운 에피소드는 추가되지 못한다. 죽은 상태에서 영원히 고정이기에 추억만이 남아 있을 뿐이다. 이미 우리의 추억은 공유될 대로 공유되어 아무런 흥미를 불러일으키지 못하는 상황에서 우리가 모르는 에피소드를 듬뿍 들고 오는 신참은 언제나 환영이었다. 물론 거기에는 이 세상에서 나만 불행하게 죽은 게 아니라는 것을 신참을 통해 확인하고픈 비열한 심리도 없진 않을 터였다.

"허."

신참은 어이없다는 양 길게 한숨을 쉬었다. 신참이 목소리를 쫙 깔고 뇌까렸다.

"이것들이 놀아주니까 맞먹으려고 드네."

바그다드 아저씨가 슬쩍 미소 지으며 말했다.

"어휴, 무섭네. 살아 있을 때 뭐하던 사람이요?"

"나 깡패요."

신참은 수컷들 세계에선 약하게 보이는 건, 지는 거라는 신념이 있는 듯했다. 자신이 가벼운 호기심 대상 취급을 받을 사람이 아니라는 걸 똑똑히 보여주고 싶은 나머지 인상을 팍 쓰며 씹어 뱉듯 말했다.

"으하하하하."

신참을 제외한 모두에게서 일제히 폭소가 터져 나왔다. 나도 모처럼 배를 쥐고 웃어댔다. 살아 있을 때와는 전혀 다른 반응에 신참의 얼굴이 붉으락푸르락해졌다.

"뭐, 뭐야? 이 새끼들이 왜 이래?"

"깡패래, 깡패. 아이, 이 사람 코미디께나 하네."

점잖은 교수님조차 저 뒤에서 입을 가리고 흐흐 웃을 정도였다. 원하던 효과를 거두지 못한 깡패 신참은 당혹스러움을 감추지 못했다.

'당연하지. 여기서는 재벌 회장도 아무런 의미가 없는데 한낱 깡패 따위야.'

어차피 물리력이 없는 유령들이다. 서로가 서로를 스칠 수도 없는데 타이슨이 온들, 크로캅이 온들 무슨 상관이겠는가. 아까 테헤란 내기 상품도 우리에게 걸 만한 게 큰절 정도밖에 없어서였다. 돈도 없고, 꿀밤을 맞을 수도 없으니 고작 그 정도가 한계였던 것이다.

"나 깡패요."

"그렇게 안 했어. 목소리를 조금 더 깔아. 나 깡패요."

방금 전까지만 해도 죽일 듯 다퉜던 두 아저씨는 성대모사를 하며 킬킬거렸고, 졸지에 코미디언 취급을 받고 골이 잔뜩 난 신참은 한쪽 구석으로 물러나 씩씩거리고 있었다. 나는 그런 신참에게 다가갔다.

"안녕하십니까."

"뭐요?"

"몇 년 먼저 유령 된 허영풍이라는 놈입니다. 다들 심심해서 그러는 거니까 너무 괘념치 말아요. 어휴, 그 팔에 문신 멋지네요. 용이 다 몇 마리야."

울퉁불퉁한 두 팔을 드러낸 민소매 셔츠의 신참에게 친근하게 농을 걸었지만 '흥' 하고 코웃음을 칠 뿐이었다.

"어차피 세상천지에 의사소통되는 건 우리 몇몇뿐입니다. 그러니 괜히 얼굴 붉히지 말고 친하게 지내요. 참, 아직 유령 세계의 원리를 잘 모르는 것 같은데 돌아가신 지 며칠 안 됐나 봅니다?"

"어제 죽었수다."

"그럼 제가 설명 좀 해드려야겠네요."

나는 신참에게 그동안 알게 된 정보들을 차근차근 설명해 주었다. 아무리 살아 있을 때 날고 기었다 해도 지금의 신참은 막 초등학교에 입학한 여덟 살짜리나 신병교육대에 입소한 직후나 마찬가지였다. 처음에는 시큰둥하게 듣는 척하더니 어느새 단단히 빠져들었다.

"원래 그런 겁니까? 어쩐지 이상하더라니. 이제 좀 알겠네요."

연신 고개를 주억거리는 신참은 여간 고마운 게 아닌지 존댓말까지 썼다.

"뭘 알겠어요?"

"그동안 원한이 골수에 사무치면 유령이 되는 줄 알았는데 자기 죽음에 납득이 안 가면 유령이 되는 거였군요."

"혹시 어째서 납득이 안 가는지 말해주실 수 있습니까?"

"젠장, 내 어이가 없어서요."

신참은 억울함과 분노, 절망과 고뇌가 혼재된 표정으로 온 몸을 떨어가며 자신의 죽음에 대해 설명했다. 장장 18년간의 장대한 스토리였지만 간단히 요약해 친구의 배신이었다.

"진짜 불알친구였거든요. 같은 고등학교 다니면서 형님들 제안에 생활 시작할 때도 같이 했어요. 저 대신에 칼까지 맞은 놈인데 대체 왜 그랬는지."

생활이란 조폭 용어로 '조폭 생활'을 뜻한다. 신참에겐 18년 동안 같은 생활을 하면서 데뷔 동기로 수십 번의 전투에 함께 참전한 친구가 있었다. 친구가 하는 가라오케에서 문을 닫고 새벽까지 술을 마시다가 갑자기 돌변한 친구가 신참의 심장을 회칼로 찔렀다. 신참은 그 순간에 유령이 됐고, 죽마고우가 자신을 토막 내는 모습을 똑똑히 지켜봐야 했다.

"그놈은 내 시체를 검정 비닐봉지에 담아서 여행 가방에 넣었어요. 차를 타고 어디론가 가더라고요. 어느 야산 같은 데 묻으려는 것 같던데. 난 너무 당황해서 정신을 못 차리다가 우연히 여기 온 거고요."

"이제 확실해졌네요. 친구가 당신을 죽여서 그 원한 때문에 유령이 된 게 아니라 왜 그 절친했던 친구가 당신을 죽였는지 도저히 납득이 안 되니까 유령이 된 겁니다."

"그러니까요. 전날까지만 해도 아무 문제가 없었거든요. 죽어가면서도 얘가 나한테 왜 이러지, 하는 생각밖에 없었습니다."

"음. 그럼 한번 알아봅시다. 지금쯤이면 시체 처리도 다 했을 테고 집으로 돌아왔겠죠."

공동묘지는 쌓인 세월만큼 쌓인 시체들로 광대한 면적을 자랑했지만 다행히 우리가 있던 곳은 정문에서 가장 가까운 봉안당이었다. 나와 신참은 인적이 끊긴 괴괴한 길을 걸어 내려와 정문을 빠져나왔다.

정문에서 큰길로 이어지는 길가에는 간단한 운동기구들이 설치된 공원과 산책로가 조성되어 있었다. 공동묘지하면 떠오르는 으스스한 이미지를 희석시키기 위해서인 것 같은데, 안타깝게도 한밤중에 묘지 근처에서 운동하는 간 큰 사람은 별로 보이지 않았다. 우리가 걷는 인도에는 한 5미터 간격으로 아인슈타인, 괴테, 이순신, 맹자 등의 위인이 남긴 명구들이 새겨진 팻말이 꽂혀 있었다. 나는 평소 가장 공감했던 헤밍웨이의 묘비명이 적힌 팻말 앞에서 잠시 멈췄다.

'일어나지 못해 미안하다.'

조화(弔花)를 파는 꽃가게와 묘비나 묘석을 제작하는 석재 회사가 줄지어 있는 큰길로 나왔다. 도시 한복판에 공동묘지가 있을 리 없고, 폐관한 지도 한참 지난 이런 시간대에는 차편을 구하기 힘들었다. 결국 40분쯤 꼬박 걸어서 부평역에 도착했다.

"그 친구 집이 주안이라고 했죠?"

"맞습니다."

부평역에서 주안역까지는 네 정거장이 고작이다. 10분도 안 되는 시간 동안 나는 5년 전, 그곳에 살았던 한 남자를 떠올렸다. 반사적으로 한 여자도 떠오르려 해 애써 생각을 다른 곳으로 돌렸다.

"대체 걔가 왜 그랬을까. 암만 생각해도 잘못한 게 없는데 왜 나한테…."

침울한 얼굴로 끊임없이 주절거리는 신참이 안쓰러웠다.

"이제 가보면 알게 되겠죠."

"형님들이 이럴 정도였어요. 너희들 혹시 게이들 아니냐고. 얼마나 죽고 못 살았는데. 18년 동안 하루도 빠지지 않고 봤어요. 진짜 이유를 알고 싶어 죽겠습니다."

우리는 주안역에서 내려 역에서 멀지 않은 빌라로 향했다.

"여기 1층입니다."

"들어가시죠."

우리는 가스 검침 안내문과 배달 음식점 스티커가 덕지덕지 붙어 있는 지저분한 문을 통과했다. 곧바로 우리 눈에 들어온 풍경은….

"일어났어? 고생했어, 오빠."

"어휴, 하루 종일 운전하고 땅 팠더니 삭신이 다 쑤신다."

웃통을 벗은 몸에 잉어와 호랑이 등 각종 동물을 그린 문신이 가득한 남자가 거실에 깔아놓은 이불에서 막 일어났다. 거실 부엌에서 뭔가를 끓이고 있던 네글리제 차림의 여자가 그런 남자를 돌아보며 활짝 웃고 있었다.

"아는 여자입…?"

채 질문을 마칠 수도 없었다. 신참의 얼굴이 노기로 일그러져 차마 말을 붙일 수 없었던 것이다. 신참이 더듬더듬 말했다.

"정미. 이 쌍년이. 내 친구랑. 붙어먹어."

대충 무슨 일이 있었는지 파악됐다. 아마도 신참의 애인인 정미라는 여자를 차지하기 위해 친구라는 작자가 손을 쓴 모양이었다.

"저 여자랑 눈이 맞았다가 당신에게 화를 당할까 두려워서 그런 것 같습니다만."

"그게 다가 아니야. 우리 세계에선 한 식구의 여자를 건드리면 그게 누구든 파문이야. 조직에서 쫓겨난다고."

"그 생활 말고 달리 할 줄 아는 게 없으니 계속 조직에 붙어 있고 싶었던 거군요. 그 와중에 여자도 차지해야 하니 필연적으로 그런 방법밖에는 쓸 수 없었겠죠."

"내 저 년을 확…"

금방이라도 부정한 연인을 도륙내고 싶어 하던 목소리가 점차 꺼져갔다. 나는 신참을 서글픈 눈으로 쳐다보았다. 신참의 얼굴이 점점 투명하게 변해가고 있었다.

"어, 나, 나 왜 이래? 왜 갑자기 이러는 거요?"

"안녕히 가세요."

나는 고개를 숙여 눈부신 빛의 폭발과 함께 사라져가는 신참에게 인사했다. 다시 말하지만 누군가에게 원한이 있어 유령이 되는 게 아니다. 죽음의 이유가 도저히 납득이 가지 않을 때 유령이 되는 것이다. 친구와 연인에게 배신당한 남자의 원한은 조금도 풀리지 않았지만 죽음의 이유는 한 치의 의문도 없이 낱낱이 풀렸다. 납득이 됐으니 소멸이라는 필연적인 결과가 뒤따르는 셈이었다.

나는 금세 홀딱 벗고 뒹구는 남녀를 남겨두고 빌라를 나왔다.

'가뜩이나 적은 유령이 또 하나 줄어들었네.'

대부분의 사람은 병이나 사고, 살해 등 납득할 만한 죽음을 맞는다. 원래도 유령이 적을 수밖에 없는데 그 와중에 지금처럼 납득이 되면 또 사라진다. 사람들의 세상에만 인구절벽이 있는 게 아니라 우리 세계에도 유령절벽이 있는 것이다.

'친구라는 게 뭔지….'

비록 사회의 해충인 조폭이었지만 신참의 마음이 절절히 이해가 갔다. 신참은 철저한 배신에 가슴이 찢어지는 고통을 느끼면서도 친구 욕은 하지 않았다. 오직 애인 욕을 했을 뿐이다.

'나한테도 그런 친구가 있으면 얼마나 좋을까.'

문득 한 친구의 얼굴이 떠올랐다. 많지 않았던 인간관계 속에서 유일하게 베스트 프렌드라고 할 만한 친구의 얼굴이.

'오랜만에 그 녀석이나 한 번 보러 가자.'

모처럼 계획을 얻은 나는 씩씩하게 주안역을 향해 나아갔다.

첫 차가 다니기 시작하는 5시 반경에야 강남역이 잠에서 깨어나더니 6시 반쯤에는 본격적으로 활기가 돌았다. 어젯밤에 도착해 여섯 시간 이상 기다렸던 데다가 모처럼 반가운 친구를 본다는 생각에 애가 탔다. 나는 1번 출구를 빠져나오는 직장인들을 한 명씩 유심히 살펴보았다. 피곤에 절어 있는 얼굴들은 하나같이 오늘도 반복될 스트레스에 미리 체념한 듯 우울하고 슬퍼 보였다. 살짝 득의양양한 기분을 느꼈다.

'적어도 유령에게는 반드시 해야 할 일이나 의무는 없지.'

딱히 유령이 되기 전에도 반드시 해야 할 일이나 의무 같은 것 없이 하루하루를 무의미하게 보낸 주제에 어깨가 축 늘어진 직장인들을 보니 그저 고소하기만 했다.

"왔다!"

대여섯 명씩 무리 지어 나오던 직장인들이 말 그대로 쏟아지기 시작했을 때 행렬의 맨 뒤에서 이리 치이고 저리 치이며 힘겹게 발걸음을 옮기는 키 작은 남자가 눈에 들어왔다. 나는 함박웃음을 지으며 친구가 내 곁으로 오기를 기다렸다.

"야, 혀!"

하도 반가운 나머지 내 목소리가 들리지 않는다는 것도 까먹고 소리를 질렀다. 물론 '혀', 오석현은 미동도 없이 내 곁을 스쳐 지나갔다. 3년 만에 보는 석현의 얼굴에 제법 충격을 받고 그의 뒤를 쫓는 것도 잊었다.

'완전히 죽상이잖아.'

이곳에서 회사 가는 게 신나서 못 견디겠다는 얼굴은 단하나도 보지 못했다. 석현 역시 마찬가지였지만 그 정도가 너무 심했다. 학창시절 늘 웃는 낯이었던 그의 얼굴에는 넌더리나 근심 따위의 감정이 아니라 압도적인 절망감마저 짙게 느껴졌던 것이다. 나는 깊은 절망으로 일그러진 그 얼굴에 아연해졌다. 사람들은 모두 다 그렇게까지 다니기 싫은 직장에 다니고 있었던 것인가. 돈벌이라는 것이 이다지도 사람들의 영혼을 파괴하는 것이었던가.

'와보길 잘했다. 도대체 무엇이 석현을 이토록 괴롭게 하는지 알아봐야겠어.'

어젯밤 석현의 집에 가보았다. 인천 남동구 만수동의 오래된 아파트였는데 막상 들어가 보니 전혀 모르는 신혼부부가 살고 있었다. 3년 전에 한 번 들렀을 때만 해도 석현네가 살았지만 몇 년 관심을 끊은 동안 이사 간 줄도 몰랐던 것이다.

'내가 그간 너무 무심했어.'

굳이 변명하자면 친구들이 내게 허락되지 않는 인생을 살아가는 모습을 보는 건 너무 괴로운 일이었다. 아예 모르는 타인이라면 별다른 관심이나 감정이 생기지 않겠지만 어렸을 때부터 같이 발가벗고 놀던 친구들이 결혼을 하고 아이를 낳고 집을 넓히는 모습에는 질투를 참기 힘들었다.

'땅~ 하고 같이 달리기 시작했는데 몇 발 못 가서 나만 주 저앉은 느낌이랄까.'

그 길로 서울행 지하철을 탔다. 집은 이사 갔어도 회사는 그대로 다니길 바랐다.

'회사까지 옮겼으면 난감했을 텐데 그나마 회사는 계속 다 니고 있었네.'

다른 친구들을 몇 번쯤 연결하면 결국은 찾을 수 있겠지만 수고를 덜어서 다행이었다. 상념에서 깨어나 석현을 찾아보 았다. 생각보다 몇 걸음 가지 않아서 금방 따라잡았다.

'무슨 도살장 끌려 가냐. 얼마나 가기 싫으면 아주 문워크 를 하고 있네.'

예전에 석현의 직장 근처에서 몇 번 술을 얻어먹어 위치는 알고 있었다. 1번 출구에서 역삼역 방향으로 5분쯤 가면 '밀 크맘' 본사 빌딩이었다. 밀크라는 단어가 들어간 것에서 알 수 있듯이 우유, 분유, 치즈 등의 유제품을 생산하고 판매하 는 유제품 전문 가공업체로 그쪽 분야에선 대한민국 세 손가 락 안에 들어가는 회사였다. 밀크맘 정문 앞에서 머뭇거리던 석현은 큰 결심이라도 했다는 양 두 뺨을 탁탁 치고 빌딩 안 을 향해 뚜벅뚜벅 걸어갔다.

엘리베이터를 타고 20층에서 내린 석현은 백 명은 일할 수 있을 것 같은 널따란 사무실로 향했다. 근처까지는 와봤지만 석현이 일하는 공간은 처음이었다. 나는 흥미로운 시선으로 주변을 둘러보았다. 따로 출입문 없이 드나들 수 있는 오픈형 사무실에는 8시 언저리에 벌써 스무 명 가까운 사람들이 출근해 장바닥같이 부산스러웠다.

'여기가 영업관리부 사무실이구나.'

석현은 '영업관리 3팀'이라는 팻말이 천장에 매달린 사무실의 오른쪽 코너 쪽으로 향했다. 여덟 개의 책상이 네 개씩 맞붙어 있는 그곳에는 단 한 명만이 자리를 지키고 있었다.

"출근하셨습니까, 오 과장님! 좋은 아침입니다!"

한눈에도 군기가 바짝 들어 보이는 신입사원이었다. 이제 군대나 갓 제대했을까. 석현은 솜털이 뽀송뽀송한 그 애송이의 의식적인 기합에 신입사원 때 기억이 떠오르는지 입가에 설핏 미소를 띠우며 그의 어깨를 툭툭 두드려주었다. 오늘 처음으로 석현의 옛 모습을 살짝이나마 떠올릴 수 있게 해주는 미소였다.

나는 저 미소를 언제 처음 보았는지 떠올려보았다. 인생을 뒤바꿀 만한 어마어마한 일이 벌어진 게 아닌 이상 대부분의 옛 기억은 뭉뚱그려져 날짜까지 특정하긴 힘들다. 하지만 평소 데면데면했던 대학 동기 석현과의 그 추억은 너무도 선명해 외려 잊어버리기 힘들었다.

'그날이야. 그 스페인 영화 마지막 상영하던 날.'

원래 따로 진학하고 싶은 대학과 과가 있었지만 부모님의 반대로 성적에 맞춰 인천에 소재한 대학의 영문과를 다니게 되었다. 원래 여자가 많은 과 특성상 몇 안 되는 남자들끼리 끈끈해질 수밖에 없었지만 첫눈에 석현은 영 별로였다. 작은 키에 동그란 테의 안경을 쓰고 다니는 석현을 귀엽게 보는 여자애들이 주변에 들끓어서 어쩌다 커피숍 같은 데서 보면 여자 동기 대여섯 명 가운데 남자는 언제나 그 녀석 혼자였다.

'남자치고 뾰족하고 높은 목소리로 떠들기는 어찌나 떠들어 대던지 쉬는 시간마다 강의실이 들썩이는 것 같았지.'

원래도 다니고 싶지 않았던 대학이라 겉돌다 보니 1학년 1학기 중간고사가 끝날 때까지도 그와는 5분 이상 대화를 나눠볼 기회가 없었다. 그러다 군대라도 다른 시기에 가서 계속 엇갈리면 졸업할 때까지도 별다른 인연을 쌓지 못했을 것이다.

'그놈의 인연이라는 게 뭔지. 거기서 녀석을 만날 줄이야.'

당시의 나는 알아주는 영화광이었다. 고향 천안에서 인천으로 올라오니 서울만은 못해도 극장이 꽤 많았다. 주로 비디오로 영화 갈증을 때웠던 고교 시절과 달리 수업을 빠지기 일쑤라 시간도 넘쳐나는 상황에 자취를 해서 누구 눈치 볼 것도 없었다. 거의 매일 극장에 가서 영화로 시간을 때웠는데 하필 국제 영화제에서 호평이 쏟아진 그 영화는 인천에서 하지 않았다.

'흥행과 무관하게 다양한 나라의 영화를 걸어주는 유일한 예술영화관이 서울에 있어서 반드시 거길 가야만 했지.'

인천 지리도 아직 낯설 때인데 서울은 더더욱 그랬다. 더구나 인천에도 볼 영화가 많은데 굳이 아는 배우도 하나 안 나오는 스페인 영화를 서울까지 가서 봐야 하나 하는 회의도 들었지만 끝내 영화광의 본능이 귀찮음을 이겨냈다. 그래도 망설이느라 상영 마지막 날에야 무거운 엉덩이를 들게 되었다. 현실과 가상이 뒤섞인 미로 같은 세계를 스릴러 문법으로 풀어낸 걸작이라는 평가대로 흥미진진하게 봤다. 영화가 끝나고 화장실에서 소변을 보다가 무심코 옆을 보고 깜짝 놀랐다. 석현이 옆자리에서 일을 보고 있던 것이었다.

"너도?"

비슷하게 날 알아본 석현이 씩 웃으며 말했다. 드넓은 서울에서, 그것도 우리 또래 평범한 대학생들이 절대 찾지 않을 스페인 영화를 상영하는 예술영화관에서 석현을 만난 게 그렇게 반가울 수 없었다. 그 길로 충무로에서 소주에 족발을 먹었다. 대화를 나눠 보니 석현 또한 나 못지않은 영화광인 데다가 다소 소극적이었던 나와 달리 당시만 해도 국내에 들어오지 않았던 일본 영화나 서양 문제작들을 여기저기 발품 팔아 복사본으로 구해놓고 있었다.

'그날 이후로 우린 둘도 없는 영화 친구가 됐지.'

한동안 둘이서만 영화를 보다가 발이 넓은 석현이 주도해서 MMC(무비 마니아 클럽)라는 과내 소모임도 만들었다. 우리 말고 남자 한 명과 여자 다섯 명이 추가되어 도합 여덟 명의 멤버였다. 2주에 한 번씩 영화를 보고 뒤풀이에서 각자 감상도 얘기했지만 솔직히 영화보다 뒤풀이에 방점이 찍혀 있었다. 특히 과에서 거의 아웃사이더나 다름없던 내게는 MMC가 더 넓은 인간관계를 열어주는 문이자, 대학생활의 제2막으로 뻗어 있는 통로가 되어주었다.

"오 과장, 왜 말이 없어!"

퍼뜩 정신을 차렸다. 아직 본격적인 업무가 시작되기 전이라 대부분의 직원들은 컴퓨터에 고개를 처박고 검색이나 하면서 커피를 마시고 있었다. 평온한 분위기에 나도 마음이 풀어져 잠시 옛 추억에 잠겨 있었는데 갑작스런 불호령이 울려 퍼진 것이다.

"죄송합니다."

문제의 오 과장은 의자에서 일어나 삿대질을 하는 깡마른 마흔 후반의 남자에게 고개를 조아리고 있었다. 아침부터 과장 자리까지 찾아와 전 영업사원이 보는 앞에서 깨는 걸 보니 꽤 높은 사람인 모양이었다.

'그러고 보니 아까 신입사원도 오 과장이라고 인사했었지. 3년 전에 왔을 때만 해도 대리였는데 그새 승진했나 보네.'

과장 위라면 부장인가? 중간에 뭐가 더 있던가? 평생 제대로 된 직장에서 일다운 일을 해본 적이 없는 몸이라서 회사 서열은 잘 모른다.

"지난주부터 내가 몇 번을 말했어! 부장 말이 우스워! 회사 한 10년 다니니까 아주 다 알 것 같지?"

"아닙니다."

"아니긴 뭐가 아냐. 에이, 곱게 말하면 들어 처먹지를…."

말을 하면 할수록 점점 분노가 저 혼자 자가발전하는 듯하던 부장이 주변을 둘러보며 한숨을 쉬었다. 아무래도 애들 앞에서 과장을 계속 깨기가 뭐한지 부장이 목소리를 낮췄다.

"나와. 담배 하나 피우자."

나는 석현과 부장을 따라 옥상으로 향했다. 옥상 한 구석의 흡연 공간에서 부장이 척 담배를 물자 석현이 얼른 라이터를 꺼내 불을 붙여주었다. 개인적으로 석현의 다음 행동이 어떨지 몹시 흥미로웠다.

"저도 한 대 피워도 되겠습니까."

"피워. 내가 그런 것 갖고 뭐라고 하는 사람이냐."

저런, 석현은 3년 전까지만 해도 분명히 끊었던 담배를 다시 피우고 있었다.

'와이프 될 사람이 싫어한다고 서른둘인가에 딱 끊더니만 끝내 회사 스트레스를 못 이겼나 보구나.'

웬만한 흡연자들보다 훨씬 담배를 빨리 빨아서 석현이 두 모금 빨 때 벌써 꽁초를 휴지통에 던져 넣은 부장이 입을 열었다. 담배를 피우면서 화가 좀 가셨는지 사무실에서보다는 한결 부드러운 표정이었다.

"야, 오 과장. 아니, 석현아. 내가 너 좋아하는 거 알지?"

"압니다."

"너 병아리 때부터 눈여겨보고 내가 어떻게든 제 구실하는 영업맨 만들려고 발버둥을 쳤다. 꿀 거래처도 너한테만 물려주고."

"잘 알고 있습니다. 늘 감사한 마음….."

"그럼 인마, 잘해야지. 은혜를 원수로 갚는 것도 아니고."

"죄송합니다."

다시금 고개를 조아리는 친구의 모습에 가슴이 아팠다.

"어렵게 과장 달았으면 뭔가를 보여줘야지. 너를 끝까지 민 나를 봐서라도. 아는지 모르겠지만 그냥 외부 영입하자는 의견도 많았다."

"잘 하겠습니다."

"그래, 잘 좀 해라. 대체 뭐가 문제야? 와이프 거기에 쑤실 때처럼 대리점에 팍팍 좀 밀어 넣으라고 몇 번을 말했냐."

아무리 부하 직원이라지만 차마 입에도 담기 힘든 음담패설을 늘어놓고도 부장은 씩 웃을 뿐이었고, 석현 역시 어떤 항변도 하지 못한 채 비굴한 웃음만 흘리고 있었다. 그간 석현이 견뎌왔을 모멸감이 생생히 체감되어 내가 다 욕지기가 치솟았다.

"요즘 대리점에 함부로 밀어 넣다 걸리면 큰일 나잖습니까. 작년에 과징금 300억 맞은 것 때문에 정부에서도 주시하고 있고요."

유령이 되기 전에 석현에게서 그가 하는 일을 몇 번 들을 기회가 있었다. 한마디로 밀크맘에서 생산하는 유제품들을 각 지역에 유통하는 대리점들을 관리하는 업무였다. 문제는 그 관리라는 게 시쳇말로 '밀어내기'가 알파요, 오메가라는 것이었다.

"대리점에서 물건이 팔리든 말든 본사에서는 무조건 몇 박스씩 떠넘긴 뒤에 나 몰라라 하는 거지."

"완전 강매네."

"솔직히 그렇지. 게다가 우유는 세제나 휴지 같은 게 아니잖아. 두고두고 팔 수가 없지."

"금방 상하니까."

"진짜 못할 짓이다. 우리 아버지보다 더 드신 분이 두 손을 모으면서 한 번만 봐달라는 데 어찌나 미안하던지."

"그거 안 하면 안 돼?"

"영업사원은 실적이 생명인데 나도 살려면 어쩔 수 없어."

나는 둘이 자주 갔던 막회 집에서 석현과 나눴던 대화를 떠올리며 고개를 주억거렸다. 그때만 해도 술 얻어먹는 대가로 푸념 좀 들어준다고 대수롭지 않게 여겼는데 아직도 현장에서는 그 문제가 해결되지 않은 모양이었다.

"야, 석현아."

부장이 석현의 한쪽 어깨를 주무르며 은근하게 말했다.

"사람이 머리를 써야지. 이젠 무식하게 밀어내기 하다 걸리면 공정위에서 아주 좆 되는 거야. 그렇다고 걔네가 주문하는 물량만 넣어주다간 회사가 좆 돼요. 그러니까 스마트하게 해야지. 현대 사회는 뭐다? 스마트 사회다."

"무슨 말씀이신지?"

"그것까지 떠먹여줘야 하냐. 말 안 듣는 대리점 애들 조지는 방법 많잖아. 물건 안 받는 대리점은 할인행사 같은 데서 제외시키라고. 옆 동네 마트에서는 30프로씩 할인받는데 거기만 정가면 소비자들이 가만있겠어?"

부장의 스마트한 해결책에 석현의 입이 O자로 벌어졌고, 나 역시 예외는 아니었다.

"우유 두 팩 사면 판촉용 치즈 껴주잖아. 그것도 주지 마. 어떤 방법으로든 본사한테 개기면 아주 좆 된다는 걸 톡톡히 보여줘. 하여튼 한국 놈들은 말로 하면 들어 처먹지를 않으니까. 밑에 애들한테도 똑똑히 교육시키고. 알았지?"

석현은 신음같이 들리는 네, 와 함께 고개를 수그렸다. 먼저 자리를 뜨려던 부장이 멈춰서 석현을 돌아보았다.

"요즘 무슨 고민 있냐? 유명한 촉새가 너무 말이 없잖아. 뭐 힘든 거라도 있어?"

"아닙니다."

"다 그런 거야. 뒤에 '장'자 붙으면 고민이 많아지지. 잘하고 있으니까 너무 염려 말고 오늘 술이나 한 번 빨자. 이번 달 영업비 나왔지? 가든 살롱에서 맨날 전화 와. 괜찮은 애들 수두룩하게 입고됐대."

"예약 잡아놓겠습니다."

부장이 사라지고 담배 하나를 더 피운 석현은 사무실로 내려가서 일곱 명의 영업 3팀원에게 부장의 스마트한 영업 비결을 전달했다.

오후에는 석현이 싼타페를 타고 외근을 나갔다. 밀크맘 혜화동 대리점에 차를 세운 석현을 따라 차에서 내렸다. 대리점 문 옆에 차곡차곡 플라스틱 우유 박스를 쌓고 있던 환갑

줄의 초로가 아는 체를 했다. 문 앞에서 선 채로 나누는 애기를 가만히 들어보니 일대에서 이 양반만 밀어내기에 버티고 있는 모양이었다. 일반 영업사원 선에서는 해결이 안 되니까 과장급이 몸소 납신 것이었다.

"아이, 한번만 살려줘. 요즘 경기가 말이 아니잖아. 배정받은 거 다 떠안으면 내가 안고 죽어야 돼."

"저야말로 한번만 살려주십시오. 저 과장 단 지 한 달도 안 됐습니다. 실적 안 좋으면 11년 만에 단 과장 자리 유지 못해요."

"이 사람아, 자네는 승진이라도 했지. 난 매일이 죽을 판인데."

한동안 실랑이가 이어지다가 결국 초로가 두 손을 들었다.

"에라, 모르겠다. 이래 죽으나 저래 죽으나. 못 팔면 내가 다 마시고 배 터져서 죽지 뭐."

"감사합니다."

"어렵게 받아주는 거니까 대신 몸으로 좀 때워."

"네?"

"봉사 좀 하란 말이야."

대리점 안을 가리킨 초로의 손가락을 따라가자 책상과 의자가 전부인 비좁은 사무 공간 바닥에 10여 개의 박스가 널브러져 있었다. 석현이 씩 웃더니 양복 상의를 벗어던지고 박스를 집어 들었다.

"저기 넣으면 되죠?"

"맘 변하기 전에 빨랑 해!"

대리점 공간의 3분의 2 이상을 차지하고 있는 나머지 공간은 사무 공간 옆에 벽으로 나뉘어 있었다. 석현이 벽에 붙은 철문을 열자 냉장 시설이 가동되고 있는 창고였다. 창고 안에는 밀크맘에서 나오는 온갖 유제품들이 차곡차곡 정리되어 있었다. 시원해 보이는 창고였지만 박스 10여 개를 다 옮긴 석현의 두 겨드랑이에는 땀이 흠뻑 배어 있었다.

"가보겠습니다."

"올핸 무지하게 더우려나 봐. 5월인데 벌써 이러네. 이거 하나 마셔."

초로가 종이팩에 든 포도 주스를 건넸다. 예의 바르게 받아든 석현이 빨대를 꽂고 주스를 마셨다.

"그나저나 요즘 뭔 일 있어? 왜 이리 말수가 줄었어? 나오 과장 너스레 듣는 재미에 대리점 안 접고 있는 건데."

석현은 대답 없이 옅은 미소만 지을 뿐이었다.

'저 아저씨 맘이 내 맘이네. 진짜 왜 이리 말수가 줄었지?'

워낙 말이 많은 녀석이 말로 먹고 사는 직장을 찾았기에 나를 비롯한 동기들이 석현이는 적성에 맞는 일자리 찾았다고 입을 모았었다.

'진짜 혀 하나는 끝내주게 잘 터는 놈이었는데….'

나는 '혀'라는 녀석의 별명을 떠올리고 싼타페 조수석에서 빙그레 웃었다.

1학년 기말고사를 앞두고 MMC 멤버는 열한 명으로 늘어나 있었다. 성비는 남 3 : 여 8. 솔직히 모임이 번창일로에 들어선 이유는 나 때문이라는 걸 누구도 부인하지 못하리라.

"다 영풍이 얼굴 때문이지. 좀 끝내주게 잘 생겼어야지."

"맞아. 누가 물어보더라. 영화관람 동아리가 아니라 영화 찍는 동아리 아니냐고. 영풍이 얼굴이 주연 감이니까."

"어제 정석이랑 현수도 들어오고 싶다고 나한테 그러대. 여자애들이 많아지니까 영화에는 관심도 없는 놈들이 몰려오네."

"오늘 술, 나보고 사라는 얘기냐. 오늘따라 왜 이렇게 아부작렬이야."

어쩌다 남자 멤버들끼리만 당구 한 게임 치고 2차로 맥주 한 잔을 마시는 자리였다. 의도가 뻔히 보이는 아부였지만 너 잘 났다는 말을 싫어하는 사람이 있을까. 흥겨운 분위기가 무르익어 가면서 화제는 자연스레 남자 셋만 모이면 시작되는 바로 그 얘기, 여자 얘기로 흘러갔다.

"그래, 영문과 최고의 킹카 영풍이는 누구 관심 있는 사람 없어?"

"맞아. 멤버들이 다 영풍이 보고 들어온 건데 그중에 한 명 골라봐."

"여자가 무슨 물건이냐, 고르게."

짐짓 있어 보이는 대답을 하면서 무시했지만 석현의 질문은 집요했다.

"에이, 우리끼리인데 뭐 어때? 솔직히 괜찮은 애들 많잖아?"

끝까지 참았어야 했는데 빌어먹을 취기가 경계심을 허물어뜨렸다.

"괜찮기는. 다 거기서 거기지. 솔직히 70점 넘는 애 하나도 없어."

"말도 안 돼. 점수가 그렇게 낮다고? 너 눈 너무 높은 거 아니냐. 내 기준에는 괜찮은 애들 꽤 있는데. 영은이 예쁘잖아."

"걔만 딱 70점. 나머진 전부 70점 미만이야."

"야, 톡 까놓고 영은이는 90점은 된다."

"글쎄. 나중에는 그렇게 될 수도 있지. 좀 꾸미는 법을 배우면. 눈 위에 송충이 두 마리 달고 있잖아. 아직 화장을 잘 안 해서 눈썹 정리하는 법도 모르나 봐."

"다른 애들은?"

"화정이는 68점."

"걔가?"

"눈이 높았다가 낮았다가 하네."

"이 새끼들이 뭘 모르네. 걔가 안 긁은 복권이야. 고3 때 스트레스로 폭식해서 그렇지 이목구비가 뚜렷하잖아. 살만 빼면 본판이 나올 걸."

"그럴듯하네."

"묘하게 설득력이 있어."

석현과 지금은 이름도 기억 안 나는 녀석이 연신 고개를 끄덕이는 통에 신이 나서 여성 멤버 전원의 점수를 매기고 품평을 했다. 그렇게 그날은 기분 좋게 취하고 헤어졌다.

문제의 다음 주 월요일. 강의실 문을 열고 들어갔을 때부터 분위기가 좀 이상했다. 묘하게 착 가라앉은 느낌이랄까. 평소 같은 활기가 전혀 없었다. 마침 MMC 여성 멤버 두 명이 나란히 있기에 인사를 하며 옆에 앉았지만 황당하게도 두 여자 동기는 인사도 받지 않고 자리를 옮겨버렸다. 그때까지만 해도 이유를 깨닫지 못하고 애들이 왜 이러나 고개만 갸우뚱거렸다.

'시간이 지날수록 나한테 무슨 유감이 있다는 게 확실해지더군. 나를 보는 여자애들의 표정이 한결같이 길가에 뒹구는 개똥을 보는 듯했거든.'

답답해서 미칠 것 같았지만 어떤 여자 동기도 나와 말을 섞지 않아서 원인을 알 수 없었다. 초조하게 내가 무슨 잘못이나 나도 깨닫지 못한 실수를 저질렀는지 되새겨보다가 불현듯 지난 금요일의 술자리가 떠올랐다.

'젠장, 둘 중의 한 놈이 입을 턴 거야! 안 그러면 왜 여자애들만 나한테 이러겠어. 내 이 새끼들을 진짜.'

당장 석현과 나머지 남자 멤버를 학교 뒤편 벤치에 불러모았다. 남자 멤버는 손을 내저으며 결단코 자기는 아니라고 했다. 우리의 시선은 동시에 석현에게 쏠렸다. 얼굴이 하얗게 질린 석현이 대뜸 무릎을 꿇었다.

"미안하다. 다 내 잘못이야. 주말에 화정이랑 통화하다가 나도 모르게 그만."

"똑바로 다 말해."

"진짜 나쁜 뜻은 없었어. 난 그냥 화정이 칭찬하려고 그랬던 거야. 영풍이가 너 본판 예쁘다고 했다고."

"그 말만 했는데 여자애들이 일제히 나를 강간범같이 본다고?"

"아니… 점수 얘기도 했지. 네가 MMC에서 2등 점수라고. 그랬더니 화정이가 다른 애들 점수도 알려달라잖아."

"아주 신나서 다 얘기했구만."

"진짜 죽을죄를 지었어. 한 번만 봐줘라."

너무 어이가 없어서 쳐다보고 싶지도 않았다.

"남자 새끼가 입 한 번 싸네. 넌 이 새끼야, 친구도 아냐."

나는 여전히 무릎을 꿇은 석현의 발치에 침을 뱉고 자리를 떴다. 그 순간부로 석현과는 절교였다.

'그래봐야 이미 엎질러진 물인데 뭐가 해결됐겠어. 내 이미지는 그냥 쓰레기가 됐지.'

모처럼 아웃사이더에서 벗어났다 했더니 예전보다 더 안 좋은 상황이었다. 그전에는 애들과 친분만 없을 뿐 잘난 얼굴 때문인지 확실히 호감 섞인 시선을 받았다면, 그때부터는 뒤에서 여자애들 얼굴 보고 점수나 매기는 양아치 취급이었다. 물론 실제로 내가 저지른 일이니까 감수하는 게 마땅하지만 허물없는 술자리 얘기를 미주알고주알 떠드는 바람에 문제를 이렇게 키운 석현이 미워서 견딜 수 없었다. 유일한 위안은 그나마 곧 1학기가 끝나고 여름방학이 온다는 것뿐이었다.

사무실로 들어가자 영업관리 3팀이 회의 테이블에 둘러앉아 있었다. 여직원 하나가 유독 반색을 하며 맞았다.

"과장님, 시간 맞춰 잘 들어오셨네요. 유 대리님이 승진 기념으로 커피 쏘셨어요."

아침에 석현에게 군기가 바짝 든 인사를 한 신입사원만 서서 종이컵에 든 스타벅스 커피를 나눠주고 있었다. 푸른 와이셔츠에 넥타이를 맨 남자가 머리를 긁적였다.

"이걸로 때우려는 건 아닙니다. 하도 성화를 부려서요. 정식 한턱은 따로 제대로 날짜 잡겠습니다."

석현은 살짝 고개만 끄덕이고 대답하지 않았다. 늦게 들어온 석현을 포함해 여덟 명이 한 잔씩 커피를 받아들었을 때 좌중에 순간적인 정적이 흘렀다. 갑작스런 분위기 돌변에 왜 그런가 봤더니 주인 없는 커피가 테이블에 덩그러니 한 잔 올라와 있었다. 아무리 신입사원이라지만 부서의 인원 파악도 제대로 되어 있지 않은 건 조금 심하다. 실수를 자책하며 입술을 깨무는 신입사원의 홍조 띤 얼굴에 모두의 비난 섞인 시선이 통렬하게 꽂혔다.

"한 잔으로 모자랐는데 잘 됐네. 여긴 밥값보다 비싼 주제에 양이 턱없이 적어서."

석현이 스스럼없이 남은 커피에 손을 뻗으며 말했다. 부서에서 제일 높은 사람이 이렇게 나오자 얼어붙었던 분위기가 단번에 해동되었다. 팀원들은 다시 아까와 같은 유쾌한 분위기 속에서 잡담을 나눴다. 나는 미소를 지으며 생각했다.

'오늘 처음으로 석현다운 모습을 봤네. 비록 말도 많고 입도 싸지만 배려심 하나는 끝내주는 놈이지.'

점수 사건으로 여자애들에게 매장된 상태로 1학년 2학기를 맞았다. 나름대로 관계 복원에 애써봤지만 냉랭한 시선은 변함이 없었다. 낙담하던 차에 우연히 인천의 다른 대학교 수학과에 다니던 고등학교 시절 친구를 만났다. 녀석이 같은 과 최고의 인기녀라는 동기를 소개시켜주었고 세 번째 만남에 정식으로 사귀는 사이가 되었다. 키는 작지만 연예인처럼 작은 얼굴에 오밀조밀한 이목구비가 돋보이는 아이와 성인으로서의 첫 연애를 시작한 후로는 여자 동기들이 내게 어떻게 굴든 신경이 쓰이지 않았다.

'걔네들은 인생에서 스쳐 지나가는, 안 보면 그만인 애들일 뿐인데 무슨 타격이 있었겠어. 여자친구가 연예인급인데.'

그러나 행복은 오래 가지 않았다. 2학기 말, 나는 여자친구에게 전화로 일방적인 이별을 통보받았다. 어차피 과에서 도태된 입장이라 다른 데 눈 돌리지도 않았고 애지중지 그 자체였다. 어떤 부정이나 잘못도 저지르지 않았는데 도대체 왜 그러는지 답답해 죽을 것 같았다. 이유라도 알고 싶어 통사정을 했지만 그녀는 절대 답을 하지 않았다. 한 번만 얼굴 보고 말하자는 애원도 매몰차게 거절당했다.

며칠을 술만 마시다 무작정 그녀의 집에 찾아갔다. 하지만 그 다정하던 여자친구는 나와 보지도 않았고, 두 살 터울의 오빠에게 당장 꺼지라는 험악한 소리만 들었다. 어쩔 수 없이 자취방이 있는 대학가로 돌아와 단골 술집에서 혼자 술을 마셨다. 혹시라도 그녀의 마음을 돌릴 수 있을까 싶어 최대한 꾸미고 나온 내 모습이 너무 초라했고, 술잔을 들이킬 때마다 손목에서 맡아지는 향수 냄새가 지독히도 비참했다.

"영풍아, 뭔 일 있어?"

완전히 취해서 테이블 위의 소주 세 병이 여섯 병으로 보일 때였다. 한 무더기의 동기들과 함께 들어온 석현이 나를 발견하고 다가온 것이다.

"꺼져, 이 새끼야."

한강에서 뺨 맞고 강남에서 눈 흘기는 식으로 여자친구 오빠에게 들은 멘트를 고스란히 되갚아주었다. 말은 그렇게 했지만 솔직히 외로워서 석현이 계속 있어주었으면 했다.

"너희들끼리 마셔라. 난 영풍이랑 마실게."

거의 반년만의 자리라서 할 말도 없거니와 직전까지 얼굴 붉히던 사이라 말이 곱게 안 나왔다. 나는 줄기차게 그의 지난 잘못을 비아냥거렸고, 그는 지치지도 않고 사과를 계속했다. 기억은 안 나지만 그러다 나는 뻗어버렸고 정신을 차려보니 내 자취방이었다.

"일어났냐?"

석현은 좁은 자취방 벽에 등을 기대고 꾸벅꾸벅 졸고 있다가 내가 일어나는 기척에 눈을 떴다. 이미 해가 떠서 방 안이 환했다.

"물 좀 갖다 줄까?"

"어떻게 된 거야?"

"내가 업고 왔지."

나보다 15센티미터는 작은 녀석이 나를 여기까지 업고 왔다니 얼마나 고생을 했을지 안 봐도 훤했다. 이렇게 말할 수밖에 없었다.

"…고맙다."

그날부로 우린 다시 친구가 되었다. 그 뒤로도 석현의 혀는 몇 번의 문제를 야기했지만 내가 죽을 때까지 결정적인 다툼은 한 번도 없었다. 스무 살 때부터 서른다섯 살까지 쭉 베스트 프렌드였다.

여자애들과는 졸업할 때까지 화해할 수 없었지만 남자애들하고도 발이 넓은 석현 덕분에 제대하고 나서는 그럭저럭 대학생활도 문제없이 보냈다. 다른 남자애들 또한 석현 때문에 크고 작은 문제를 겪었음에도 들키면 손이 발이 되도록 비는데다가 본심이 워낙 착하다는 걸 알고 울며 겨자 먹기 식으로 대충 넘어가주었다.

'사실 악의는 없지. 그냥 말 하는 걸 워낙 좋아해서 통제가 안 되는 것뿐.'

나쁜 의도로 남의 비밀이나 뒷말을 하는 건 아니었다. 녀석은 일종의 '사회적' 수다꾼이었다. 모임 분위기가 썰렁하거나 재미에 영 불이 붙지 않으면 속이 타서 못 견디다가 "너희 이 얘기 알아?" 하면서 알고 있는 얘기 중에 가장 파괴력이 센 것을 던지는 것이다. 그건 녀석의 불치병이라서 나처럼 직접적인 피해를 입은 친구가 아무리 갈궈대도 절대 고쳐지지 않았다. 끝내 포기한 우리들은 석현을 '혀'라고 불렀고, 석현의 폭탄 투하를 '혀질'이라고 불렀다.

"혀 새끼, 어제 또 그랬어.", "그놈의 혀질은 나이를 먹어도 죽지가 않는구나." 이런 식으로.

그러나 커피 심부름을 잘못 해서 눈총을 받는 후배를 위해 몸소 나서는 데서 알 수 있듯이 석현의 세심한 배려를 한 번이라도 겪어본 사람들은 차마 그를 포기할 수 없었다.

'사람은 누구나 장단점을 갖고 있잖아. 장점이 단점을 뛰어넘는다면 계속 볼 수밖에 없지.'

저녁에는 석현과 성이 김이라는 부장을 따라 소고기 먹는 걸 관람하고, 오늘의 하이라이트인 석현이 예약한 룸살롱도 갔다. 유령 초창기에 신물 나게 간 곳이라 발길 끊은 지 오래였는데 석현이 어떻게 노는지는 궁금했다. 둘이서 룸살롱에 가본 적은 전혀 없었기에.

석현은 그 화려한 유흥 공간에서도 과묵했다. 김 부장이 연신 파안대소하며 조카뻘 아가씨의 허벅지를 더듬을 때도, 김 부장이 쉬어터진 목소리로 <친구의 친구를 사랑했네>를 열창할 때도 꾸민 듯한 웃음과 함께 박수만 쳤다. 김 부장만 즐거운 한 시간 반이 흐르고 2차를 위해 모텔로 옮겼다.

"좋은 시간 보내십시오."

"어이, 너도."

두 남자는 각각 아가씨 하나를 끼고 각자의 방으로 헤어졌다. 친구가 힘쓰는 모습까지는 보고 싶지 않아 돌아갈까 하다가 기왕 여기까지 온 마당에 따라가 보기로 했다. 자기 방으로 들어온 석현이 방금 전까지의 환한 얼굴을 싹 지우고 말했다.

"난 안 할 거니까 그냥 쉬다 가."

"정말이요?"

"응."

아가씨는 테이블에 놓인 의자에 앉아 스마트폰을 만지작거렸다. 처음부터 술집 아가씨와 하룻밤 유희를 원치 않았지만 부장의 흥을 깨기 싫어 따라온 모양이었다.

'원래 유흥은 남자 놈들 여럿이서 으쌰으쌰 하는 거지. 우르르 몰려갈 때는 분위기에 휩쓸려서 그런 생각이 안 나지만 한 명이라도 거절하기 시작하면 본전 생각도 나고, 집에서 기다릴 와이프 생각도 나지. 그러다 흐지부지 되는 거 아니겠어.'

석현은 바로 화장실로 향했다. 문을 닫은 석현이 갑자기 두 손가락을 목구멍 깊숙이 집어넣었다. 웩, 즉시 헛구역질이 올라왔고 얼굴이 시뻘게졌지만 석현은 멈추지 않고 두 손가락을 빠르게 왕복시켰다. 마침내 뱃속에서 토사물이 치솟았다. 안주도 거의 먹지 않아 액체만 줄줄 흘러나왔다. 구토 소리를 들은 아가씨가 화장실 문 밖에서 물었다.

"등 두들겨줘요?"

"됐어."

화장실에서 나온 석현은 침대에 누워 멍하니 천장을 바라보았다. 한 시간이 지나고 석현은 아가씨와 함께 방을 나와 김 부장을 맞으러 갔다. 어지간히 만족스러운 시간을 보냈는지 입가가 헤실헤실 풀어진 부장을 택시 태워 보내고 석현도 택시를 잡았다. 뒷좌석에서 나란히 앉아 석현의 눈 감은 얼굴을 들여다보며 생각했다.

'내가 봤을 때는 구토가 자기도 통제할 수 없을 정도로 갑자기 폭발한 게 아니었어. 가만히 있어도 토할 것 같지는 않았는데, 본인이 일부러 손가락을 넣어서 알코올을 끄집어낸 것 같았단 말이지. 부장 앞에서 실수할까 봐 술을 깨려고 그랬던 건가? 만취 같지는 않던데. 원래 왜소한 체구답지 않게 술도 센 녀석이고.'

긴 하루를 함께 보냈지만 보면 볼수록 오리무중인 석현이었다. 나는 예전과 너무도 달라진, 내가 모르는 이상한 버릇이 여럿 생겨난 친구를 뚫어져라 바라보았다.

그날 밤은 석현의 집에서 보냈다. 석현은 내가 모르는 사이 송도신도시로 이사를 와 있었다. 어젯밤 석현은 택시에서 내려 편의점에서 솔향 주스를 사서 벤치에 30분간 앉아 있었다. 새벽 2시를 넘은 시간이었기에 날 밝으면 해야 하는 출근 걱정에 내가 더 속이 탔지만 석현은 말없이 앉아서 음료수 캔만 노려볼 따름이었다. 어쩌면 집에 들어가도 마음을 달래줄 것이 하나도 없어 귀가를 미루는 듯 보였다. 왠지 가정에서도 안정을 찾지 못하는 직장인의 비애를 목도하는 것 같아 가슴이 뭉클했다.

오랜만에 석현의 아내도 보았다. 녀석이 내가 룸살롱에 자주 간다고 몰래 혀질하는 바람에 집들이 자리에서 여러 친구 중 내게만 냉랭한 시선을 보낸 기억에 쓴웃음이 났다. 출근 전이라 정신이 없기도 했지만 석현은 집에서도 별 말이 없었다. 이제 일곱 살이 된 딸의 머리를 쓰다듬어주고 유치원 잘 다녀오라는 말이 끝이었다.

그 후로도 열흘 넘게 따라다녔지만 직업적인 필요에 의한 경우를 제외하고 사적인 말을 하는 걸 본 적이 없었다. 이쯤 되자 이유를 알고 싶어 견딜 수가 없었다. 나는 편집증적으로 석현에게 집착했다. 화장실도, 샤워할 때도 따라다니면서 관찰하고 또 관찰했지만 녀석의 급성 실어증은 도통 원인 불명이었다.

2주째 토요일에 괜찮은 찬스가 생겼다. 한때 나도 일원이었던 대학 동기 모임이 영등포 고깃집에서 열렸던 것이다.

'어쩌면 직장이나 가정보다 20년 넘게 허물없이 지내온 친구들 사이에서 더 편한 모습을 보일 수도 있어. 서로의 온갖 치부를 다 아는 놈들이니 여기서는 좀 떠들어 대겠지. 아니, 틀림없이 그럴 거야.'

유감스럽게도 그렇지 않았다. 그 자리에서도 석현은 거의 입을 떼지 않았다. 친구들이 이런 대화를 나눌 정도였다.

"아니, 작년 모임 때까지만 해도 이렇지 않았잖아. 뭔 일 있어? 네가 조용하니까 분위기가 안 살잖아."

"야, 혀도 이제 그만 쉬어야지. 20년 동안 떠들었는데 그놈의 혀도 지칠 때도 됐어."

"그게 보통 혀냐. 티타늄 혀인데."

자기 얘기로 떠들썩한데도 석현은 씩 웃을 뿐 나서지 않았다. 어떻게든 석현의 입을 열어보려던 친구들도 포기하고 자기들 얘기만 하면서 1차가 끝났다. 횟집으로 정해진 2차로 향하기 전, 석현이 화장실에 들어갔다. 칸막이 자리로 가기에 큰일을 보려나 했더니 변기 뚜껑을 열어놓고 입에 손가락을 가져갔다. 저번처럼 격렬하게 손가락을 휘저어 마신 술을 전부 토해낸 석현은 세면대에서 입가를 닦고 기다리는 친구들에게 돌아갔다.

나는 2차를 따라가는 것도 잊은 채 화장실에 멍하니 서 있었다. 뭔지 모를 불안감이 온몸을 휩싸는 것 같았다. 천하의 혀가 말을 잃었고, 그 좋아하던 술도 작정하고 전부 토해낸다. 내가 알던 석현과 전혀 다른 모습에 불길한 의혹이 막 퍼 올린 우물처럼 펑펑 솟아났다.

2차에서도 입을 꾹 닫은 석현과 함께 인천으로 돌아왔다. 법인카드가 지원되는 룸살롱 때와 달리 차가 끊기기 전이라 지하철을 탔다. 인천지하철 1호선의 지식정보단지역에서 내린 석현은 출구로 나와 편의점에서 솔향 주스를 마셨다. 30분간의 의식을 마치고 플라스틱 의자에서 일어난 석현을 따라 10분쯤 걷자 녀석이 사는 아파트가 보였다. 석현은 자기 집이 있는 20층에 내려서도 한동안 현관문을 열거나 문을 두드리거나 벨을 누르지 않았다. 도살장에 끌려가는 염소마냥 고개를 옆으로 돌려 벽에 난 창문을 내려다볼 뿐이었다.

무심코 석현이 보는 풍경을 따라 보다가 돌연 이상한 느낌을 받았다. 처음에는 그 묘한 느낌의 정체를 깨닫지 못했다. 문 앞에서 서성대는 석현의 기척을 알아챈 아내가 문을 열어 줘서 그가 사라진 후에도 한동안 계속 바라보는 수밖에 없었다. 잡힐 듯 잡히지 않는 답답함 속에서 한참을 허우적대다 계시와도 같은 깨달음이 찾아왔다.

'뭐야, 애 엄청 돌아왔잖아.'

층수가 높아 왕복 4차선 도로가 훤히 내려다보였다. 그 도로는 분명 지식정보단지역에서 곧장 통하는 큰길이었다. 그런데 편의점에서 시간을 때운 석현이 온 길은 저 큰길이 아니라 빙 둘러오는 뒷길이었다. 큰길로 오면 5분도 안 걸릴 것 같은데 왜 10분씩이나 돌아왔을까. 혹시 집에 들어오기 싫어 5분이라도 더 때우려고 했던 걸까? 그럴 수도 있고, 아닐 수도 있다. 나는 저 큰길로 가보리라 결심했다. 내 눈으로 직접 보면 석현의 불합리한 행동에 뭔가 그럴싸한 이유를 붙여줄 수 있을지도 모른다.

아파트 1층으로 내려가 큰길로 향하는 동안 심장이 있었다면 얼마나 빨리 뛰었을까 상상해보았다. 그만큼 초조하고 불안한 밤 산책이었다. 마침내 큰길로 나가 얼마 걷지 않아서 석현이 혀를 잃은 이유, 일부러 먼 길을 돌아 집에 오는 이유를 똑똑히 보게 되었다.

나도 모르게 그 자리에 주저앉고 말았다.

파국은 생각보다 일찍 찾아왔다. 내가 석현이 달라진 이유를 깨달은 지 며칠이나 지났을까. 외근하고 돌아온 석현을 김 부장이 맞아주었다. 김 부장의 당혹감 서린 얼굴에서 석현은 뭔가를 짐작한 듯 입술을 질끈 깨물었다. 김 부장의 안내를 받아 들어간 회의실에는 건장한 두 남자가 앉아 있었다. 둘 다 삼십 대로 보였는데 그중 나이가 좀 더 많아 보이는 사람이 입을 열었다.

"오석현 씨 맞습니까?"

"네…."

두 손 모아 석현을 응원했지만, 그의 목소리는 누가 봐도 당황을 알아챌 만큼 떨리고 있었다. 석현을 확인한 남자가 의식적인 미소를 띠웠다.

"인천 연수서에서 나온 형사, 주성민입니다."

"네."

석현 못지않게 당황한 표정의 김 부장이 끼어들었다.

"박원중 대리 일 때문에 오셨대. 아는 것 있으면 잘 말씀 드려."

머리를 긁적이는 석현의 손 역시도 파르르 떨렸다.

"몇 번이나 조사받으면서 아는 거 다 말씀드렸는데요."

주성민이 번쩍 한 손을 들어 두 사람의 대화를 막았다.

"아, 새로운 게 좀 발견돼서요. 저번에 조사받으실 때 두 분이서 오석현 씨 댁 앞 술집에서 새벽 2시까지 술을 마셨다고 하셨죠? 거기 이자카야 사장이랑 종업원들이 두 분이 심하게 다투셨다고 그러던데…."

"그건 맞는데요. 전 더 말싸움하기 싫어서 먼저 자리를 떴어요. 바로 집에 들어갔고요. 개가 그 뒤에 도로 한복판에서 누워 있다가 차에 치인 건 제 잘못이 아닙니다. 물론 만취한 친구를 내버려두고 집에 가는 바람에 결과적으로 친구가 잘 못된 책임은 통감합니다. 솔직히 반성 많이 했습니다."

모처럼 석현의 혀가 매끄럽게 돌아갔지만 나는 이미 알고 있었다. 석현의 입에서 나오는 모든 말이 거짓말이라는 것을.

그날 석현이 내려다보던 큰길을 따라 걷던 내 눈에 들어온 것은 '목격자를 찾습니다. 일시: 4월 1일(일요일) 새벽 1~2시 장소: 지식정보단지역 앞 도로 / 12톤 덤프트럭과 도로에 누워 있던 40세 남자의 추돌 현장을 목격하신 분은 꼭 연락 주십시오. 후사하겠습니다.'라는 내용의 현수막이었다.

길가 담장에 붙어 있던 그 흰 바탕에 붉은 글씨로 쓰인 현수막을 목도하는 순간 모든 의문이 한꺼번에 풀려버렸다. 석현이 그 큰길을 한사코 외면하고 먼 길을 돌아오는 이유를, 수다라면 죽고 못 사는 그가 입을 꾹 닫은 이유를 나는 알게 되었다.

"그 뒤로 새로운 게 좀 발견됐습니다. 사고 현장에서 유족들이 설치한 현수막을 보고 근처 사시는 분이 연락을 해왔어요. 그분 차가 그날 밤 근처에 주차되어 있었는데 혹시나 해서 블랙박스를 봤답니다. 거기에 좀 묘한 게 찍혀 있더라고."

주성민의 말에 석현의 얼굴은 보기 안쓰러울 정도로 굳어 버렸다. 주성민은 담담히 말을 이었지만 표정에서 은근히 뿜

어져 나오는 승리의 기운과 가학적인 쾌감은 감추지 못했다.

"제가 보니까 어떤 남자가 도로 연석에 앉아서 자고 있는 박원중 씨를 부축해서 일으켜 세우더니 아예 업더라고요. 그러고는 업힌 박원중 씨를 도로 한복판에 내려놓고 꽁지가 빠져라 달려가던데요. 블랙박스가 좀 옛날 거라 또렷하지는 않지만 오석현 씨 또래로 보였거든요. 이자카야에서 찍혔을 때 입었던 옷차림하고도 같아 보이고. 뭐 디지털 복원 작업 거치면 확실해질 겁니다."

석현은 두 손으로 얼굴을 묻었다. 주성민이 진지한 얼굴로 내처 말했다.

"많이 늦었지만 완전히 늦은 건 아닙니다. 지금이라도 솔직하게 고백하시면 최대한 선처 받을 수 있을 겁니다. 박원중 씨 입사동기로 친하셨다면서요. 친구에게 진정으로 사죄를 바친다 생각하시고…."

나는 입술을 질끈 깨물었다. 모든 게 내 예상대로였다. 석현은 어떤 이유로 박원중이라는 남자를 죽였다. 같이 마셨으니 석현도 만취했을 테고, 아마 필살의 살의가 있었다기보다는 될 대로 되라는 심정이었을 것이다. 지나가는 차가 죽여주면 좋고, 아니면 어쩔 수 없다는. 확실한 살해 방법 대신 도로 한복판에 갖다놓고 튄 것으로 알 수 있었다. 운명의 비극인지, 장난인지 박원중은 희박한 확률에도 불구하고 그를 먼저 발견하고 깨워줄 행인 대신 하필 일요일 새벽 도로를 찢듯이 달리는 덤프트럭을 만나 죽음을 맞게 되었다.

'자신의 행위에 대한 자책감으로 그날부터 석현은 한사코 집에 빨리 도착하는 큰길을 피하게 된 거야. 돌아가더라도 그 도로에 가기 싫었겠지. 현수막까지 붙은 다음부터는 더욱 더.'

현수막을 보고 목격자가 연락해오지 않을까 얼마나 두려웠을까. 비록 살인이라는 중죄를 저지른 녀석이었지만 얼굴도 모르는 박원중이라는 사람보다는 석현에게 마음이 더 쓰이는 게 솔직한 심정이었다.

'그 순간 녀석이 말을 잃은 이유도 깨달았지.'

평생 말로 많은 걸 얻었지만, 때로는 잃기도 한 석현이었다. 그는 평소처럼 무람없이 수다를 떨다가 우연히 자신의 범행과 관련된 얘기를 하게 될까 너무도 무서웠던 것이다. 스스로도 통제할 수 없는 죄책감이 발로해 모든 걸 고백하게 될까 극심히 두려웠던 것이다.

입을 잘못 놀렸다가 모든 게 들통 나고 체포될지도 모른다는 공포에 아예 입을 닫아버리는 것으로 대응했으리라.

다만 살다 보면 의지로 말을 통제할 수 있는 상황이 있고, 그럴 수 없는 상황이 있다. 바로 알코올. 알코올에는 어떤 굳건한 마음의 방비벽도 낱낱이 분쇄하는 힘이 있다. 석현은 그 파괴적인 힘에 휘말려 자기도 모르게 범행 사실을 털어놓을까 겁이 났다. 가뜩이나 죄책감으로 범행 장소도 피해가는 판에 만취해서 의지가 꺾이면 얼마든지 그럴 수 있다. 그래서 석현은….

'술을 마실 때마다 입에 손가락을 넣어 전부 토해버렸던 거야. 위장 속의 알코올을 한 방울도 남김없이 뱉어버리면 취기에서도 벗어날 수 있으니까. 그동안 녀석은 피를 토하는 심정으로 술을 토해내고 있었던 거야.'

흘릴 수 없는 눈물이 터져 나올 것만 같았다. 석현이 혼자서 감당했을 공포와 죄책감이 얼마나 끔찍했을지 상상조차 가지 않았다. 천하의 혀가 이런 이유로 혀질을 멈추게 될 거라고 그 누가 예상했을까. 나는 보기 싫게 무너진 석현을 차마 볼 수 없어 창가로 눈을 돌렸다.

"오늘은 일단 가시고요. 제가 잘 말해보겠습니다."

여전히 두 손으로 얼굴을 가리고 있는 석현 대신 김 부장이 말했다. 두 형사는 정중하게 목례하고 회의실을 나갔다.

"석현아, 어떻게 된 거냐? 저 사람들 말 다 사실이야? 아이, 손 치우고 내 눈 똑바로 보고 말해줘."

형사들이 있을 때까지만 해도 관리자의 얼굴이었던 김 부장은 사색이 된 얼굴로 급히 석현의 두 손을 치웠다. 석현의 얼굴은 눈물로 온통 젖어 있었다. 울먹이느라 말을 잇지 못하던 석현은 두 손을 책상 바닥에 대고 그 위에 엎드렸다. 짐승의 울부짖음 같은 소리가 석현의 감춰진 얼굴에서 흘러나왔다.

"죄송해요, 부장님. 제가, 제가 원중이를, 원중이를 죽였어요."

확실한 고백에 김 부장은 심장에 바위라도 떨어진 것처럼 흠칫 몸을 떨었다. 그는 엎드린 석현의 등을 감싸 안았다. 어린아이가 울 때처럼 사정없이 얼굴을 일그러뜨린 김 부장의 눈에서도 눈물이 뚝뚝 떨어졌다.

"이 녀석아, 아무리 경쟁에서 밀렸다고 해도 동기를 어떻게 죽일 생각을 해. 이 좆같은 회사 그만둬도 다른 길이 있었을 텐데."

"죽고 싶어요. 애만 없으면 안 쫓겨나고 내가 과장된다는 생각에. 너무 취해서. 아니, 귀신이 쓰였었나 봐요."

석현이 도로에서 누군가를 죽인 것 같다는 짐작을 하게 되었을 때 희생자는 뻔했다. 나는 단번에 석현이 불과 한 달 전에 과장을 달았다는 얘기를 떠올렸었다. 또 하나의 결정적인 단서는 커피 사건이었다. 아직 부서 파악이 잘 안 되어 있는 신입사원은 커피 심부름으로 영업 3팀 여덟 명에게 아홉 잔을 사 왔었다. 그때 신입사원의 당혹한 얼굴에 쏟아져 내리던 비난의 시선이 지금도 또렷하다.

'그때는 암만 신입사원이라도 어떻게 부서 인원이 몇 명인 지도 모르냐는 비난인 줄 알았었지. 하지만 그게 아니었던 거야.'

생각해보면 그렇게까지 비난받을 별로 대단한 실수도 아니었다. 그런데 팀원들은 왜 그랬을까? 불과 얼마 전까지만 해도 영업 3팀은 석현에게 희생당한 박원중을 포함해 아홉 명이었을 게다. 신입사원은 무심코 박원중의 죽음을 잊고 아홉 명 분의 커피를 사온 거였다. 부서 인원이 몇 명인지 정도가 아니라 부서원의 죽음을 잊었다는 건 충분히 비난받을 사유가 된다.

'그때의 커피 모임도 유 대리라는 사람의 승진 기념 턱이었어. 대리였던 박원중과 석현 중에서 박원중이 죽었으니 석현이 과장이 됐고, 비어 있는 대리 자리를 유 대리가 받았던 거야.'

김 부장의 이런 말도 기억이 났다.

"어렵게 과장 달았으면 뭔가를 보여줘야지. 너를 끝까지 민 나를 봐서라도. 아는지 모르겠지만 그냥 외부 영입하자는 의견도 많았다."

어렵게 과장 달았다는 얘기에서 석현이 경쟁자인 입사 동기 박원중에게 평가에서 밀렸다는 것을 눈치챌 수 있었다. 거기에는 원래는 내몰렸을 석현이 박원중이 죽는 바람에 간신히 과장이 될 수 있었다는 의미도 함축되어 있었다.

'박원중보다 석현을 더 좋아했던 김 부장이 외부에서 과장감을 영입하자는 윗선을 설득해 석현을 결국 과장으로 만들어준 거야.'

숫제 통곡을 하는 김 부장에게서 그의 본심을 느낄 수 있었다.

"난 네가 그렇게 힘들어 하는지도 모르고. 아, 진짜 나는 못난 상사다. 네가 얼마나 힘든지 전혀 몰랐어."

갑자기 석현이 얼굴을 쳐들었다. 석현은 눈물로 범벅이 된 얼굴로 '으헝' 하더니 김 부장의 품에 얼굴을 묻었다.

"죄송해요, 성식이 형. 저 때문에 형도 문제가 생겨서…."

"난 됐어, 인마. 너 감옥 가면 와이프랑 애는 어떡하냐. 아직 학교도 안 갔는데."

"죽을죄를 졌어요."

회의실 안에서 두 중년 남자의 통곡이 흘러나오자 불안했던지 회의실 문이 빼꼼 열렸다. 주먹만큼 문을 열고 안을 훔쳐보던 유 대리는 뜻밖의 광경에 얼른 문을 닫았다. 지위도 체면도 신경 쓰지 않고 엉엉 우는 두 남자를 더 보다간 가슴이 메어질 것 같아 나도 회의실을 나갔다. 나가기 전에 언젠가 나를 업고 집까지 데려다준 석현을, 20년이 흘러서는 경쟁자를 업고 죽음의 장소에 던져놓은 석현을 힐끗 쳐다보았다. 그때나 지금이나 들키면 사과 하나는 잘하는 혀의 모습을.

　석현은 겨울에 수감되었다. 이따금 감옥에도 놀러갔지만 이혼 수속을 마치고 가족에게 절연당한 석현은 완전히 말을 잃었다. 갈 때마다 가슴이 견딜 수 없이 쓰리는 통에 점점 발길이 뜸해졌다.

　어린 시절, 옆집 살던 친구가 있었다. 즐겨보던 만화나 코미디도 같고 군인의 아들이라서 전쟁놀이를 하면 쿵짝이 기가 막히게 잘 맞았다. 군인의 아들이라서 자주 이사를 가야 했던 그 친구가 전학 가던 날, 나는 얼굴이 흠뻑 젖어버릴 만큼 울었다. 얼마나 눈이 퉁퉁 부었는지 엄마는 내가 죽어도 이렇게는 안 울 거라고 한마디 하실 정도였다.

　매달 편지를 하자던 우리는 실제로 두 번 편지를 주고받았다. 그리고 끝이었다. 새로 사귄 친구와 새로운 놀 거리들이 친구와의 추억을 덮어버렸다. 가끔은 생각했지만 커갈수록 그런 날은 줄어들었다.

　그렇게 나는 석현을 잊게 되었다. 세상이 무너질 것 같던 친구와의 이별도 시간의 흐름과 함께 아무것도 아닌 것처럼 생각되어지는 어린 시절처럼.

영능력자 배틀 로열

霊能力者 Battle Royale

밤늦게 도착한 그곳은 예상대로 인적이 뜸했다. 아니, 유령들에게 인적이란 말은 좀 그렇고 영적(靈跡)이라 해야 할까. 나를 포함한 유령들의 아지트라 할 만한 인천가족공원 공동묘지에는 차분한 정적만이 감돌았다.

"왜 이제 와?"

뒤에서 들린 소리에 돌아봤더니 최근 친해진 또래 남자 유령이었다. 실제로는 나보다 한 살 위였지만 서른다섯 살의 얼굴로 고정된 나와 달리 죽은 지 얼마 안 돼서 신산스런 중년의 얼굴이었다. 참고로 유령들의 세계에서 서열은 생년월일로 따진다. 오는 데는 순서가 있어도 가는 데는 순서가 없다는 말처럼 어린 사람이 나이 많은 사람보다 얼마든지 먼저 죽을 수 있기 때문이다.

'여기만 해도 90년생이 70년생보다 먼저 죽었어. 그렇다고 걔가 형이 될 순 없잖아.'

물론 신분증을 가지고 다닐 수도, 펼쳐 보일 수도 없는 신세이기에 철저하게 당사자의 양심에 따른다. 때때로 나이를 속여 싸움이 나는 경우도 없진 않다. 그럴 때는 공정한 심판 입회 아래 묘비명을 확인하는 절차를 따른다. 묘비명에는 생몰년도가 정확하게 기재되어 있어 절대 속일 수가 없으니까.

"아, 영화 보고 왔어."

"추석 지나도 한참 할 텐데 굳이 연휴 시작하는 날 뭐하러 봐? 사람도 많은데."

"너무 보고 싶은 영화였거든."

"영풍이는 그놈의 영화 참 무지하게 좋아해."

"유일한 취미 아니겠어요. 남는 게 시간인데 할 건 없고. 영화 하나 보면 두 시간은 그냥 가니까."

한 살 터울이라 거의 반말을 쓰다가 이따금 끝에 '요'를 붙이고 있는데 특별히 싫어하는 눈치는 아니다. 고개를 끄덕이던 상대 유령이 말했다.

"본가는?"

"내일 가려고."

"미리미리 가 있지. 꼭 당일에 가냐."

그의 기분을 생각해 멋쩍게 웃기만 하고 대꾸하지 않았다.

부모, 그의 가족, 여동생 부부 등 온 가족이 놀러간 펜션에서 원인 모를 화재로 인해 말 그대로 멸문지화를 당한 그는 명절이 가장 외로운 유령이었다.

"솔직히 가고 싶지도 않아요. 맨날 뻔한 자리 가봐야…"

"인마, 명절이라도 한 번씩 부모님 봬야지 이거 아주 불효자네."

"자식 앞세우게 했으니 불효자 맞죠."

대충 정리하고 얼른 화제를 돌렸다. 그러나 마음속에서는 웬만하면 가고 싶지 않은 내일의 귀성이 계속 떠올라 대화가 겉돌았다. 결국 기회를 봐서 슬쩍 자리를 떴다.

'아, 진짜 명절 좀 안 돌아왔으면 좋겠네. 살아 있을 때도 그렇게 싫더니만 어째 죽어서도 변함이 없냐.'

이것 역시 유령들이 얼마나 인습에 매몰되어 있는가를 보여주는 증거라 할 수 있을 것이다. 명절이면 제삿밥을 먹으러 고향집에 꾸역꾸역 찾아가는 것 말이다.

'밥은커녕 미세먼지도 못 마시는 주제에.'

정성 들여 차려놓은 제삿밥을 먹을 수도 없건만 1년에 두 번 오롯이 나만을 위해 차려지는 밥상이다. 평소에는 꿈도 꾸지 못하는 대접에 대다수의 유령은 발걸음도 가볍게 고향집을 찾는다. 주 활동 영역이 생전의 집 근처이거나 명절 외에도 집에 자주 가는 유령이라면 별반 설렐 것도 없겠지만 실상 그런 유령은 많지 않다.

'많지 않은 게 아니라 아예 없지. 백이면 백, 1년에 두 번 가보는 게 다야. 그 이유는….'

거기에서 애써 생각을 멈췄다. 어차피 내일이면 그 이유를 몸서리치도록 체험하게 될 테니까 미리부터 우울해질 필요는 없으리라.

다음 날 오전에 인천터미널에서 천안행 버스를 탔다. 생전처럼 예매 전쟁을 치를 필요가 없다는 것 하나만 마음에 들었다. 먼저 앉은 승객 중 아무나 한 명 골라서 그 사람과 겹쳐서 가면 그만이었다. 웬만하면 젊은 여자를 고르는 편인데 오늘은 그럴 기분도 아니라서 맨 앞자리 중년 남자와 합석했다.

죽기 전에는 막연하게 유령이 되면 어떤 신통력이 있을 거라고 생각했지만 허무할 정도로 아무 능력이 없다. 고속도로에 죽 늘어선 자동차들을 바라보며 끌탕을 하는 건 산 사람과 마찬가지. 평소 같으면 두 시간이 안 걸릴 거리인데 명절에는 까딱 잘못하면 그 두 배도 예사로 걸린다. 가뜩이나 내키지도 않는데 길까지 막히니 짜증이 제곱이었다.

'예전처럼 그냥 거를 걸 그랬다. 원래도 2, 3년에 한 번 내려갈까 말까였는데.'

그나마도 서른 살 때부터는 5년 연속 걸렀다. 그즈음부터 애인과 헤어지고 본격적으로 막 살기 시작하던 때라서 가급적이면 부모를 멀리 했다. 내려가 봐야 줄기차게 잔소리만 듣다가 부모자식 간에 언성이나 높이고 거지같은 기분으로 돌아와야 했으니.

'명절에 좋게 모였다가 끝에 가서 싸우고 헤어지는 게 모든 한국 집안의 표준 절차니까.'

천만다행으로 지금 나는 부모 눈에 티끌만큼도 보이지 않는 존재가 아닌가. 그냥 가만히 노인네들 어떻게 사는지 들여다보고 몇 시간 있다 나오면 최소한의 아들 역할은 하는 셈이다. 그렇게 결정하자 마음이 조금 편해졌다. 신갈 분기점 지나서부터는 도로도 뻥 뚫려 제법 신나는 귀성 느낌까지 났다.

세 시간 만에 천안터미널에 도착해 시내버스를 타고 천안역으로 이동했다. 천안역에서 10여 분 걸으면 중앙동인데 본가는 그곳에 있었다. 오랜만에 오는 천안역 주변은 여느 때와 다름없이 썰렁했다. 내가 꼬맹이 때만 해도 천안의 명동이라 불릴 만큼 대단한 중심 상가였지만 개발이 터미널 쪽에 집중되면서 이젠 도로에 잡초까지 자랄 정도로 쇠락해버렸다. 명절인데도 활기라고는 찾아볼 수 없는 동네를 혀를 차며 걷다 보니 이름도 부끄러운 '영풍상회'가 그 초라한 모습을 드러냈다.

'한 시간에 손님 두 명 받으면 기립박수 칠 이 구멍가게에서 내 4년 대학등록금이 다 나왔다는 게 믿어지지가 않는다.'

나는 고개를 절레절레 저으며 내 하잘것없는 이름을 딴 영풍상회 안으로 입장했다. 절반은 10평짜리 가게, 나머지 절반은 살림집이 있는 전형적인 옛날 슈퍼에 별다른 애착은 느껴지지 않았다. 그때나 지금이나 간절하게 떠나고 싶을 뿐 내 눈길을 잡아끌 만한 것은 아무것도 존재하지 않는다.

매출의 대부분을 차지하는 담배 선반을 등진 카운터는 비어 있었다. 워낙 손님이 없으니 방에 들어가 있다가 문에 달린 벨이 울리면 나와 보는 모양이었다. 나는 마음의 각오를 하고 가게 뒤편에 위치한 미닫이문을 통과했다. 저번 설에 봤던 부모님이 방구석에 우두커니 앉아서 흑인 청년이 구성지게 트로트를 불러대는 TV를 쳐다보고 있었다. 현대사회의 퇴물과도 같은 구멍가게처럼 볼품없는 부모님의 모습에 꾹 눌러놓았던 화가 솟구쳤다.

'고생해서 와봐야 이 꼴이라 올 맛이 나나.'

다른 형제라도 있으면 명절 분위기가 좀 날 테지만 내가 외아들이었다. 외아들이 한참 전에 죽고 없으니 노부부 둘이서 무슨 기분이 나겠는가. 무표정한 두 분이 한마디 대화도 없이 앞에 놓은 접시에서 이따금 송편이나 집어 먹는 모습을 보니 숨이 턱턱 막혔다. 반년 만에 보는 엄마 얼굴의 주름도 더 깊어진 것 같아 견딜 수 없이 속이 상했다.

이것이 바로 나 같은 유령들이 본가에 자주 가길 꺼리는 이유였다. 애초에 천수를 누린 사람은 자신의 죽음에 특별히 납득이 안 가는 점이 있을 리 없다. 그런 사람들은 성불을 하거나 천국에 가거나 하여튼 그대로 사바세계에서 사라진다. 대개 불합리한 사고나 원인 모를 범죄의 피해를 입은 사람들이 유령이 되는 경우가 많은데 그런 집에서는 십중팔구 극도의 우울한 분위기가 감돈다. 죽은 자신의 사진을 쓰다듬으며 통곡을 하는 모습을 몇 번이고 보다 보면 자연스레 고향집 방향은 쳐다보기도 싫어지는 것이다.

의외로 자신의 죽음을 금방 잊어버리고 화기애애하기만 한 집도 속상하기로는 우열을 가릴 수 없다. 일종의 배신감은 물론이고, 세상천지 의지할 수 있는 유일한 존재인 가족에게도 조금씩 잊히고 있다는 절망감은 말로 표현할 도리가 없다.

'그러니 너나 할 것 없이 밖으로만 나도는 거지. 집에 있어 봐야 어떻게든 우울하니까.'

더는 우울한 기분으로 명절을 보내고 싶지 않았다. 얼굴 봤으니 됐다고 마음먹고 돌아갈 결심을 했다. 떠나기 전에 문득 내가 살던 방이 보고 싶어졌다. 여기까지 온 김에 한 번 들어가 보기로 하고 역시 불투명 유리가 달린 미닫이문을 통과해 내 방에 입장했다.

5평 남짓한 골방에는 여전히 내 물건이 고스란히 남아 있었다. 그렇다고 성인 시절의 물건이 있는 건 아니고, 여기 살았던 고등학교 때까지의 물건뿐이었다. 20년도 더 된 교과서와 문제집이 고스란히 놓여 있는 책상과 싸구려 플라스틱 책장, 비닐 옷장이 다였다.

'심지어 현대인의 필수품인 컴퓨터도 없네. 하긴 컴퓨터는 대학 들어가고 처음 샀으니까.'

책장에는 내가 제일 좋아하던 <삼국지> 열 권이 한 권도 빠짐없이 꽂혀 있었다. 초등학교 때부터 몇 번이나 읽은 책이지만 책장을 자유로이 넘길 수 없는 지금은 본 지가 오래됐다. 가만히 앉아서 스크린만 쳐다보면 되는 영화나 TV와 달리 책은 보기가 힘들다. 도서관 같은 곳에서 내가 읽고 싶은 책을 보고 있는 누군가와 겹쳐 앉아 같이 읽을 수도 있지만 남이 페이지를 넘기는 시점은 너무 빠르거나 너무 느려서 성질만 돋울 따름이었다.

'이 음침한 골방에서 20년 가까이 살았으니 기회만 있으면 탈출하고 싶은 게 당연하지. 지금의 나처럼 말이야.'

스무 살 때의 나처럼 빛의 속도로 탈출하자 마음먹었을 때 가게 쪽에서 벨 소리가 들렸다. 내 방을 나와 부모님 방으로

216

돌아가자 반가운 얼굴이 보였다. 근처의 장판집 아저씨가 동네 형님인 아버지를 들여다보러 온 모양이었다. 장판집 아저씨는 방으로 들어오지 않고 가게 한복판에 서 있었다.

"아니, 형님. 전화를 몇 번이나 했는데 아직 준비도 안 하고 뭐합니까?"

이따금 약주 한 잔 하고 기분이 좋아지면 초등학교 시절에는 천 원짜리를, 중학교부터 만 원짜리를 용돈으로 주셨던 장판집 아저씨의 사람 좋아 보이는 붉은 얼굴은 여전했다. 수십 년 지기 동생이 오자 아버지의 가면 같던 얼굴에도 살짝 웃음꽃이 폈다.

"들어오세요. 송편 좀 드릴까?"

미닫이문을 잡고 있던 엄마가 말했다. 장판집 아저씨는 고개를 절레절레 저었다.

"지금 그거 먹고 있을 시간이 어디 있어요. 귀한 양반 오셨는데. 형님, 그 양반 좀만 있으면 가실 것 같으니까 얼른 보러 갑시다."

장판집 아저씨의 설레발에 엄마가 궁금한 얼굴로 되물었다.

"귀한 양반 누구요? 높은 사람이라도 왔어요?"

"아이고, 형님이 얘기 안 했나 보네. 귀신도 울고 갈 만큼 신통방통한 양반이 시장 쪽 역전노래방에 올 거라고 며칠 전부터 노래를 불렀는데."

"뭐가 그렇게 신통방통한데요?"

"저도 방금 전까지 거기 있다가 오는 건데요. 어휴, 기가 막힙니다. 동네 사람들 다 모여 있는데 귀신같이 딱딱 맞춰요. 청솔 김치찌갯집 누이 암 걸린 것도 맞추고, 목포집 남편이 노름해서 패가망신한 것도 맞추고. 내 살다 살다 그렇게 용한 사람은 처음 봤어요."

"점쟁이예요?"

"점도 치고 치료도 해주고, 하여튼 신통력이 말도 못해요. 역전노래방 김 사장이랑 친척이라서 명절에 들르기로 한 건데요. 모처럼 왕림한 김에 동네 사람들 고민 싹 다 해결해주고 있어요."

"아시잖아요. 우리 집 아저씨는 그런 거 딱 질색인 거."

엄마가 아버지를 쳐다보며 손을 내저었다. 장판집 아저씨는 답답한지 더욱 핏대를 높이 세우고 말을 이었다.

"꼭 오셔야 돼. 그 양반이 글쎄, 이러더라니까. 이 동네에 자식 먼저 앞세운 사람 있지 않느냐. 그 자식이 지금 한이 맺혀 구천을 떠돌고 있으니 나를 꼭 만나러 와야 한다."

"정말이요?"

난데없는 자식 얘기에 엄마는 귀가 솔깃한 듯했지만 나만큼은 아닐 터였다. 나는 현재의 내 상황을 정확히 꿰뚫고 있는 그 귀한 양반에 대해 강렬한 호기심을 느꼈다. 그러나 아버지의 답은 뻔히 짐작이 갔다. 눈에 보이지 않는 것은 절대 믿지 않는 꼰대 양반이 그런 점쟁이 같은 사람을 만나러 흔쾌히 나설 리가 없었다.

'꼰대라기보다는 반대에 가깝지. 무조건 반대만 하는 반대 아저씨.'

아버지는 반대의 달인이었다. 어린 시절 소원이었던 자연농원도 돈 많이 들고 사람 많은 데는 딱 싫다고 반대, 부산 고모 집에서 여름방학 때 한 달간 지내면서 마음껏 물놀이하라는 제안도 고모한테 폐가 된다고 반대, 냄새 나고 털 날린다고 강아지 기르는 것도 반대, 일본으로 이민 간 내 중학교 친구가 한 번 놀러오라는 것도 반대, 내가 원하던 대학 지망도 반대, 평생 가장 하고 싶었던 일도 반대….

나한테 반대하기 위해서 이 세상에 내려온 것만 같은 아버지였다.

"그럼 나라도 갈까요?"

나처럼, 아니 나보다 아버지를 훨씬 잘 아는 엄마가 눈을 빛내며 물었다. 오늘 처음으로 죽은 생쥐 같은 눈빛에 생기가 감돌았다.

"형수님이요? 아이, 좋죠. 그럼 얼른 갑시다."

방바닥에 뒹굴던 카디건을 집어 들고 엄마가 자리에서 일어나려던 차였다. 갑자기 아버지가 입을 뗐다. 분명 엄마가 가는 것도 반대하려나 보다 생각할 때 아버지의 입에서 뜻밖의 말이 흘러나왔다.

"당신은 여기서 가게 봐. 내가 갔다 올게."

엄마는 조금 아쉬운 듯했지만 남편이라도 가겠다니 더 말리지 않았다. 나는 생각지도 못한 아버지의 반응에 의아함을 느끼면서 아버지와 장판집 아저씨의 뒤를 따랐다.

'아버지가 안 간다면 나 혼자라도 따라가려 했는데 잘 됐네. 어쩌면 그 양반이 진짜 귀인이라서 날 답도 없는 이 유령 상태에서 해방시켜줄지도 모르잖아.'

막연한 기대와 흥분에 발걸음이 꼭 날아갈 것만 같았다.

시장으로 향하는 길은 우리 가게 쪽보다는 인적이 많았다. 제수용품이나 친지들이 먹을 음식 등을 미리 준비하는 전날만은 못해도 추석 당일에도 손님들이 제법 많아 주의하지 않으면 어깨를 부딪칠 정도는 되었다. 아케이드 형태로 천장을 막은 시장이 50미터 앞에 보일 즈음에 두 분은 오른쪽으로 몸을 틀었다. 길가의 3층 상가 지하에 위치한 역전노래방은 나도 고등학교 때까지 친구들과 자주 놀러갔던 곳이라 익숙했다. 장판집 아저씨가 신곡 알림표가 덕지덕지 붙은 문을 열고 아버지를 먼저 들여보냈다. 자기도 모르게 숨을 참고 있던 나는 피식 웃었다. 여기 올 때마다 한 달에 한두 번이나 청소할까 말까인 문 옆 화장실에서 지린내가 말도 못하게 풍겼다. 입장할 때마다 숨을 참는 게 버릇이 되다 보니 호흡이 불가능한 지금도 그러고 있다. 나는 다시 마음을 다잡고 장판집 아저씨가 세게 닫는 바람에 여전히 움직이고 있는 유리문을 통과했다.

"이야, 형님도 오셨네요."

역전노래방 아저씨가 반가운 얼굴로 아버지를 맞았다. 한 동네 형님 아들이라고 한 시간을 끊어도 세 시간은 놀게 해 주는 노래방 아저씨를 어찌 미워할 수 있으랴. 무심결에 보지도 못하는 노래방 아저씨에게 꾸벅 인사하고 말았다.

"이 친구가 하도 난리를 쳐서. 자네 얼굴도 볼 겸."

다소 긴장되는지 아버지가 딱딱한 얼굴로 말했다. 점쟁이든 무당이든, 무속인을 만나는 것은 평생 처음일 테니 그럴 법도 했다. 노래방 아저씨가 아버지의 등을 두드리며 말했다.

"잘 오셨어요. 우리 둘째 큰아버지 장남인데 저도 놀랐어요. 계룡산에서 수행한다고 저도 10년 만에 봤는데 얼마나 신통한지 아주 깜짝 놀랐습니다. 안 그래도 곧 돌아간다는데 딱 맞춰서 오셨네요. 저기 1호실 있죠? 제일 큰 방. 거기로 가보세요."

계속 아버지와 함께하는 장판집 아저씨가 1호실의 문을 노크하자 방 안에서 뾰족하고 새된 목소리가 들려왔다.

"들어오세요."

하도 마음이 급해 머뭇거리는 아버지보다 먼저 1호실에 들어가 버린 나는 흠칫 놀랐다.

'뭐야, 이 사람? 남자야, 여자야?'

정면의 TV를 둘러싼 형태로 3면에 기다란 소파가 놓여 있는 방이었다. TV를 마주 보는 소파의 한가운데에 문제의 귀한 양반이 앉아 있었다.

'앉아 있다기보다는 푹 파묻혀 있다고 해야겠지. 워낙 아담 사이즈라서.'

160센티미터를 간신히 넘을 만한 오십 대 후반 남자를 유심히 살펴보고 있을 때 아버지와 장판집 아저씨가 들어왔다. 나처럼 놀란 기색이 역력한 아버지의 몸이 살짝 떨렸다.

"다 끝났으니까 거기 앉아서 조금만 기다려."

남자에게서 오른쪽 방향의 소파에는 처음 보는 서른 줄의 여자가 앉아 있었다. 잔뜩 긴장한 얼굴에서 우리가 들어오기 전까지 남자의 얘기에 얼마나 집중했는지 빤히 보였다. 아버지와 장판집 아저씨는 왼쪽 소파에 앉아 선객의 용무가 끝나기를 기다렸다. 나는 방 전체가 들여다보이는 TV 옆에 팔짱을 끼고 비딱하게 섰다. 외관상으로는 전형적인 사기꾼 무속인의 풍모였다. 나를 납득시킬 만한 능력을 보여주기 전까지는 그의 입에서 나오는 어떤 말도 쉽사리 믿을 수 없었다.

"마귀 냄새가 여기까지 풍긴다. 아주 사악하고 큼지막한 놈이 들러붙었어."

순식간에 여자의 얼굴이 허옇게 질렸다.

"그, 그럼 어떡해야 돼요?"

"떼어내야지. 마귀만 떼어내면 그까짓 유방암 하나도 걱정할 거 없다."

"정말이요?"

유령인 나를 빼고도 같은 방에 남자만 셋이었지만 여자는 어찌나 절박한지 조금도 신경 쓰지 않았다. 갈색으로 염색한 머리카락에 새하얀 피부, 오뚝한 콧대가 이런 시골에서는 보기 힘든 미모였다.

"언제요?"

"날을 잡자고. 카페 한다고 했지? 너 편한 날에 전화 한 번 하고 우리 '만신당'으로 와."

여자는 그가 휙 던져준 휴대폰에 자기 전화번호를 입력했다. 여자가 한 글자라도 틀리면 영영 구제받지 못할 것처럼 신중하게 번호를 찍는 모습을 바라보면서 고개를 끄덕였다.

'만신은 무녀를 부르는 다른 말이지. 남자 무속인한테는 안 쓰는 말이지만 지금은 충분히 이해가 가네.'

온갖 꽃이란 꽃이 수백 개는 그려져 있는 요란한 점퍼에 역시 꽃무늬가 찍힌 남색 몸뻬 바지를 입은 남자는 당장이라도 근처 시장에서 비슷하게 차려 입은 아줌마를 수백 명은 데려올 수 있을 것 같아 보였다. 게다가 목소리는 또 어찌나 높은지 눈 감고 들으면 백이면 백 아줌마라고 할 목소리였다.

"이 박찬경이를 만난 건 삼생의 인연이야. 네가 전생에서 좋은 일을 많이 해서 복을 받은 거란다. 걱정 말고 가봐."

"고맙습니다."

박찬경이라는 남자가 수차례 머리를 조아리는 여자에게 귀찮다는 듯 손을 내저었다. 아버지는 입을 벌리고 있는 것도 모른 채 두 사람을 보고 있었다. 분명 마음속으로는 괜히 왔다 생각하고 계실 터였다.

"아저씨야?"

"네?"

"아저씨 아들이 죽었다며?"

"그렇습니다."

"어쩐지. 아들도 여까지 따라왔네."

"네?"

우리 부자의 눈이 동시에 커졌다. 박찬경은 피식 웃고는 고개를 홱 돌렸다.

"뭐 그런 것 갖고 놀라? 보이니까 보인다고 한 건데."

미처 정신을 차리지 못한 아버지 대신 장판집 아저씨가 말했다.

"저, 근데 선생님. 왜 우리를 안 보고 저쪽을 쳐다보면서 말씀하세요?"

"저기 그 아들내미가 있으니까."

사실이었다. 박찬경은 방금 정확히 내가 서 있는 곳을 향해 고개를 돌렸다.

"어, 그 눈은 또 왜 그러세요?"

장판집 아저씨의 호들갑처럼 박찬경의 두 눈은 어느새 심한 눈병에 걸린 사람처럼 새빨개져 있었다.

"귀신 볼 때마다 이래. 사람이 못 볼 거를 보니까 눈에 무리가 가는 거지."

정작 유령인 내가 귀신이라도 본 것처럼 박찬경에게서 눈을 뗄 수 없었다. 우리의 시선은 정확히 허공의 한 점에서 교차했다. 기분 탓인지 박찬경의 눈이 점점 더 시뻘겋게 충혈 되는 것 같았다.

"정말 아들놈이 여기 있습니까? 어떻게 하고 있습니까?"

인생관이 실사구시 그 자체인 아버지도 도저히 궁금증을 참을 수 없는 모양이었다.

"뭐 귀신이라고 다 소복 입고 주댕이에 피 질질 흘리고 그러는 줄 알았어? 그냥 평범해. 요즘 애들 많이 입는 모자 달린 검은색 티에 청바지 입었네."

너무 놀란 나머지 입을 다물 수가 없었다. 그는 1퍼센트의 오차도 없이 내가 죽었던 날의 차림, 그리고 지금도 입고 있는 차림을 고스란히 읊었다.

"악!"

갑자기 박찬경이 소리를 질러 모두가 움찔했다. 아버지가 황급히 물었다.

"왜 그러십니까?"

박찬경은 오른손을 배에 대고 커다랗게 원을 그리며 문질렀다.

"아픔이 전해져서 그래. 아저씨 아들, 여기가 아파서 죽었구나."

이런 사람을 만난 것도 생전 처음인데, 그 사람이 이토록 용하기까지 하니 아버지는 침만 꿀떡꿀떡 삼킬 뿐이었다. 대신 장판집 아저씨가 박수를 짝 쳤다.

"이야, 진짜 귀신이 따로 없네요. 맞습니다, 맞아요. 하나밖에 없는 아들 영풍이가 칼에 배를 찔려서…."

아들의 사인을 듣기 괴로운지 아버지가 한 손을 들어 아저씨의 말을 막았다. 아저씨가 헉 하고 입을 다무는 모습을 박찬경은 미소 짓는 얼굴로 보고 있었다. 한편 나는 금방이라도 정신을 잃기 직전이었다. 유령의 형태로 목적도 의미도

226

없이 5년 넘게 떠도는 동안 이렇게 용한 사람은 처음 만났다. 죽기 일보직전에 이도령을 본 춘향이도 나만큼 기쁘지는 않을 것이다.

'어쩌면 이 사람이야말로 나를 이 괴로운 신세에서 마침내 해방시켜줄 귀인인가 보다.'

연이은 적중으로 개선장군이 따로 없을 만큼 득의양양한 표정이었던 박찬경이 이내 분위기를 바꾸었다.

"사람이 죽으면 휘이휘이 저승으로 가서 이승과의 인연일랑 싹둑 끊어야 하는데 왜 여기서 떠돌고 있을까?"

'제 말이 그 말입니다.'

나도 모르게 고개를 주억거릴 때 아버지가 조심스럽게 물었다.

"그건 왜 그런 겁니까?"

"왜긴 왜야!"

느닷없이 호통을 친 박찬경이 빠른 속도로 말을 이었다.

"저이 애비 원망하니까 그렇지. 아저씨, 아들이랑 엄청 싸웠구만. 평생에 따뜻한 칭찬 한마디 없이 주구장창 혼이나 내고. 못한 것도 못 했다, 잘한 것도 못 했다. 애 가슴에 아주 멍이 단단히 들었어. 얼마나 한이 배겼으면 성불을 못 하고 여기서 이러고 있느냔 말이야."

아버지의 얼굴이 고통으로 일그러졌다. 호흡도 곤란한지

숨을 몰아쉬는 아버지의 등을 장판집 아저씨가 쓰다듬었다.

"그럼 형님이 어떻게 해야 영풍이가 마음 편히 성불을 합니까?"

"씻김굿을 해야지! 내가 굿을 하면 열흘 동안 쫄쫄 굶어 배때기 부여잡고 죽은 귀신도 극락왕생이야. 그깟 부자지간 원망 따위 못 풀어줄까."

여전히 쌕쌕거리는 거친 호흡으로 아버지가 힘겹게 말했다.

"저, 정말 그거 하면 아들놈이 행복해지는 겁니까?"

"그럼. 그날로 극락 간다."

박찬경의 단언에 아무도 대꾸하지 못했다. 나는 박찬경의 달콤한 말을 몇 번이고 곱씹었다. 어느 정도 진정이 된 아버지가 천천히 말했다.

"그… 당연히 비용도 들겠죠?"

"한 장."

박찬경이 천연덕스레 대답했다. 영적인 분위기가 갑작스레 자본주의화 돼가자 아버지는 머뭇거리기만 했다. 마침맞게 장판집 아저씨가 가려운 데를 긁어주었다.

"천만 원 말씀하시는 거죠?"

"1억."

이번에도 박찬경의 대답은 짧았다. 하지만 그 짧은 말의 충격은 상상 이상이었다.

'고작 굿 한 번이 뭐 이렇게 비싸!'

장판집 아저씨가 손을 비비며 비굴한 표정을 만들었다.

"장사도 안 되는 구멍가게 하는 집입니다. 어떻게 좀 안 되겠습니까?"

"집어치워! 하나밖에 없는 아들이 구천을 떠돌면서 아부지 추워, 추워, 하는데도 알량한 돈푼이나 따지고 있어! 그러니 아들이 죽어서도 애비를 원망하지. 이 자린고비 같은 양반아, 내 안 봐도 뻔하다. 당신네는 전생에서부터 원수였어. 이번 생에 풀어보라고 하늘에서 기껏 엮어줬더니 아직도 정신을 못 차리고."

박찬경이 자리에서 벌떡 일어나 문으로 향하자 아버지가 얼른 두 손을 뻗어 그의 다리를 붙잡았다.

"그냥 가지 마십시오. 저 혼자라면 마음대로 하겠지만 집사람과 상의를 해야 합니다. 최대한 빨리 연락드리겠습니다."

"내 굿 한 번 받으려고 저기 서울 명동까지 줄을 섰다. 마음 변하기 전에 얼른 연락 줘."

박찬경이 문고리를 잡고 열려 할 때 장판집 아저씨가 급히 말했다.

"어, 여기 뭐 놓고 가셨습니다."

박찬경은 성큼성큼 다가와 원래 그가 앉았던 자리의 발치에 놓여 있던 백화점 쇼핑백을 집어 들었다.

"대현이 놈은 왜 시키지도 않은 걸 준비해서 귀찮게 해. 사촌동생이 명절이라고 게장이랑 갈비랑 싸준 건데 놓고 갈 수도 없고."

쇼핑백을 챙긴 박찬경이 1호실 문을 열고 나갔다. 쥐 죽은 듯 침묵에 잠겨 있는 아버지와 장판집 아저씨처럼 나 또한 박찬경이 남기고 간 여운에서 쉽사리 헤어날 수 없었다. 얼마나 그러고 있었을까. 나는 퍼뜩 정신을 차렸다.

'박찬경의 대단한 신통력을 보긴 했지만 그렇다고 어떻게 덮어놓고 다 믿어. 좀 더 그에 대해 알아볼 필요가 있어.'

지금이야말로 지근거리에서 밤낮으로 목표물의 행적을 감시해도 절대 들키지 않는 유령의 유일한 장점을 발휘할 때였다. 나는 발바닥에 불이 붙은 사람처럼 황급히 문을 빠져나갔다. 멍 때리고 있느라 스타트가 제법 늦었다. 까딱하면 놓칠 판이라서 속이 탔다. 얼른 로비를 지나 노래방 유리문을 나섰다.

'다행이다. 아직 그렇게 늦진 않았어.'

박찬경을 보지는 못했지만 머리 위에서 탁탁 하는 그의 발소리는 똑똑히 들렸다. 막 1층의 건물 정문에 도착한 듯했다. 나는 한 번에 세 개씩 계단을 올라 얼른 건물 정문에 도착했다. 그리고 정문 밖으로 나갔을 때,

해가 져가는 가을 하늘 아래 그의 모습은 보이지 않았다.

이미 저녁때인 지금 시장으로 가는 사람은 한 명도 없었고, 시장에서 나와 집으로 돌아가는 대여섯 명의 뒷모습만 보였다. 그런데 그 속에서 박찬경의 화려한 꽃무늬 점퍼와 몸뻬 바지는 찾을 수 없었다. 올해는 추석이 늦은 탓에 다소 쌀쌀한 날씨라서 대여섯 명의 남녀가 전부 점퍼를 걸쳤지만 모두들 평범한 단색 점퍼였던 것이다.

'혹시 나보다 앞서서 정문을 나오자마자 어디 가게라도 들어갔나? 발소리 듣고 5초도 안 돼서 따라잡은 것 같은데…'

나는 주변을 둘러보았다. 추석 당일이었다. 다방, 고깃집, 옷 수선집 등 근처의 모든 가게가 문을 닫은 상태였다.

'하긴 원래는 노래방도 영업을 안 하지. 박찬경이 방문해서 근처 상인들 고민 해결해준다고 하니까 특별히 문을 연 거야.'

벌써 여러 번 놀랐지만 이번만큼 놀란 적은 없었던 것 같다. 말로만 듣던 축지법, 혹은 순간이동을 직접 목도하지 않았는가. 나는 박찬경의 신통력에 혀를 내두르며 몇 번이고 고개를 저었다.

<전설의 고향>에나 나오는 구미호에 홀린 기분으로 영풍상회에 돌아왔다. 혼란에 빠져 동네를 한 시간쯤 거닐고 온

뒤라 주변은 완전히 어두워졌다. 가게에 딸린 방에서 아버지와 엄마가 격렬하게 다투는 소리가 흘러나왔다.

"그렇게 용하다면서. 근데 왜 안 하겠다는 거야."

서른다섯 해를 살면서 엄마의 저 답답해하는 목소리를 몇 번이나 들었을까. 방에 들어가자 엄마가 속이 터진다는 양 가슴을 땅땅 치고 있었다. 아버지가 인상을 찌푸리며 말했다.

"1억이라잖아. 우리가 그런 돈이 어디 있어."

"왜 없어. 적금통장이 몇 개인데."

"그건 우리 노후자금이야."

"노후자금이 왜 필요해? 지금처럼 장사하면 생활비는 나오는데. 우리 늙은이 둘이 뭐 쓸 데가 있는 것도 아니고. 당신은 영풍이가 하도 억울해서 눈도 못 감고 이승을 떠돌고 있다는데 불쌍하지도 않아?"

"꼭 그렇다는 보장이 있는 것도 아니고…."

"당신 눈으로 직접 봤다며. 귀신같이 딱딱 맞추는 거."

"그렇긴 한데… 하여튼 안 돼. 장사도 이미 망한 거나 다름없고, 또 당신이나 내가 갑자기 병이라도 걸리면 어떡할 거야. 솔직히 나도 좀 혹했는데 죽은 자식 때문에 산 우리까지 거지가 될 순 없어."

원래도 과묵하기로는 둘째가라면 서럽고, 빈말은 절대 하지 않는 아버지는 입술을 한일자로 앙다물고 두 눈을 감았다. 실망이 썰물처럼 밀려왔다.

'일단 저 얼굴이 나오면 절대로 마음을 바꾸는 법이 없지.'

어린 시절부터 지금까지 아버지는 폭군이나 다름없었다. 열 살 무렵 또래 친구 모두가 갖고 놀던 BB탄 총을 사달라고 할 때도 바로 저 얼굴이었다. 아무리 울고불고 난리를 쳐도, 무릎을 꿇고 빌어도 한일자 입술이 나오는 순간 논의는 그대로 종료였다.

"영풍 아버지. 이번에는 나도 그냥 못 넘어가. 한 번만 다시 생각해봐."

"안 된다니까."

아버지의 단호한 거절에 눈물까지 글썽이는 엄마처럼 나도 할 수만 있다면 울고 싶었다. 1억, 큰맘 먹고 1억만 쓰면 아들이 영원한 연옥에서 벗어날 수 있다는데 그게 아까워서 안 쓰겠다니 박찬경 말대로 저런 자린고비는 이 세상에 둘도 없으리라.

아버지는 더 말을 섞기도 싫은지 가게로 나갔고, 엄마는 이불을 뒤집어쓰고 벽을 향해 모로 누웠다. 저것도 몇 백 번이나 본 풍경이다. 정말 보기 싫은 풍경.

아버지나 엄마에게 지금의 내 처지를 설명하고 제발 굿을 받게 해달라고 전달할 수만 있다면 천하의 아버지도 허락해줄 텐데 달리 방법이 없어서 미칠 지경이었다. 엄마 옆에서 안달복달하던 나는 일단 내 방으로 물러났다. 오늘 당장 인천으로 돌아가겠다는 결심은 산산이 부서진 지 오래였다.

'어떻게 만난 귀인인데 여기서 포기할 순 없지. 몇 달이라도 버티고 있다가 무슨 수를 써서라도 굿을 받을 거야.'

굿만 받으면 해방이라는 생각에 불 꺼진 천장을 말똥말똥 올려다보며 방법을 모색하다 별안간 이런 생각이 들었다.

'살아서도 용돈 한 번 못 주고 돈 안 주면 드러눕기까지 하면서 줄창 받아만 썼는데 죽어서까지 손을 벌리네.'

이건 아마도 이 세상 모든 자식들의 원죄가 아닐까. 뱃속에서부터 엄마의 골수를 빨아먹고 몸을 키우다가 세상에 떡 나와서는 부모의 재화와 자원을 끝없이 소모한다. 만족을 모르고 주면 주는 대로 영원토록 받아먹기만 하는 아귀 같은 존재가 바로 이 세상 모든 자식들이다.

'맞아. 나한테 들어간 돈만 없었어도 노인네들이 이렇게 궁색하게 살지 않았을 거야. 정말 자식이 원수다, 원수.'

울적한 마음에 못 피운 지 5년이 넘는 담배 생각이 났다. 놀랍게도 그동안 담배에 대한 욕구는 전혀 줄지 않았다. 나는 일부러 깊은 호흡을 내뱉으며 담배 피우는 흉내를 냈다.

"기왕 불효자로 인생 마감한 거 마지막으로 한 번만 더 도와주쇼. 1억이 중하긴 하지만 계속 이렇게 떠돌 수도 없잖아."

부모는 자식의 행복과 안녕을 무엇보다 원하는 사람들이 아니겠는가. 그리고 말 나온 김에 솔직히 결혼 비용이나 주택 마련 등 큰돈이 들어가기도 전에 죽었다. 어차피 나 결혼시키려면 1억쯤은 썼어야 할 텐데 그때 아낀 돈 지금 써도 된다는 논리로 죄책감을 방어했다. 그렇게 마음을 정리하고 홀가분해지려 할 때 퍼뜩 이런 생각이 떠올랐다.

'모든 자식이 부모의 재화와 자원을 끝없이 소모하기만 하는 건 아니야. 돈을 벌어서 드리기도 하고, 어려울 때 돕기도 하고, 오히려 재화와 자원을 보태주는 자식들도 많을걸. 그래, 세상에 어디 나 같은 놈만 있겠어. 결국 이 세상 모든 자식들이 아귀가 아니라 나만 아귀였던 거야. 자식이 원수가 아니라 그냥 이 허영풍만 원수인 거지.'

뒤늦게 반성했지만 어쩔 수 없었다. 이미 죽어버린 몸으로는 부모를 도울 길이 없으니까. 그저 살아 있을 때처럼 손을 벌리면서 목숨 같은 1억을 나를 위해 쓰기를 졸라 대는 것 말고는 할 수 있는 게 없으니까.

그 후로 일주일 넘게 본가에 머물렀다. 아버지의 성질을 알아 웬만해서는 한 번 거절당하면 다시 조르지 않는 엄마도 이번만큼은 결사적이라서 집안 분위기는 북극처럼 냉랭했다. 엄마는 꼭 필요한 얘기가 아니면 한마디도 하지 않았고 나는 그런 엄마를 뒤에서 소리 높여 응원했다. 제발 엄마의 압박이 먹히기를 빌고 또 빌었다.

그러나 아버지는 끈질겼다. 끝내 결심을 바꾸지 않아 초조감이 말도 못하게 커져가던 나날이었다. 아침에 어떤 할머니가 조미료 하나 사간 뒤 여지없이 공치고 있는 아버지가 한 시간 가까이 휴대폰을 들었다 놨다 하고 있었다. 버튼을 누를지 망설이면서 휴대폰을 들여다보고 있을 때 갑자기 전화가 울리자 움찔하는 아버지였다.

"누구십니까?"

"나 박찬경인데."

"어이쿠. 안녕하십니까. 안 그래도 전화 드리려고 하던 참이었습니다."

카운터에 앉아 있던 아버지가 무심결에 반쯤 엉덩이를 들었다. 얼른 아버지 곁으로 다가간 나는 귀를 쫑긋 세웠다. 박찬경이 피식 웃는 소리가 들렸다.

"내가 아저씨 마음속으로 내 뜻을 전달했거든. 전화해라, 전화해라 하고."

"아, 그러셨습니까?"

"그렇지. 아까부터 전화할 생각이 들었을걸. 근데 마침 시간이 나서 내가 그냥 먼저 걸었어."

아버지가 고개를 주억거렸다. 나는 진심으로 탄복했다. 텔레파시를 보내서 상대방의 의사까지 조종할 수 있다니, 역시 박찬경은 진짜다.

"참, 번호는 어떻게?"

"노래방 대현이한테 물어봤어."

"그러셨습니까. 저도 김 사장한테…."

"그건 중요하지 않고, 추석이 언제인데 왜 연락을 안 했어?"

가족한테 꼬장꼬장한 만큼 동네의 그 누구한테도 당당했던 아버지가 송구스럽다는 듯 어깨를 움츠렸다.

"그, 그게… 굿 못할 것 같아서요."

"왜?"

"그… 비용을 댈 수가 없어서."

"내 그럴 줄 알았다. 그 돈만 내면 아들내미 극락으로 훨훨 날아가는데 그게 아깝다 이거지."

"…."

"오호라. 돈도 돈인데 나를 못 믿겠다는 거구나."

"그건 아닙니다."

"아니긴 뭐가 아냐. 혹시 속아서 1억 날릴까 봐 그러는 거 아냐? 아저씨, 정말 자식이 구원받는다는 확신이 있는데도 1억 아낄 거야?"

"…아닙니다."

"거봐. 1억을 쓸 용의는 있는데 내가 사기꾼일까 봐 그게 겁나서 이러는 거잖아."

"아닌데…."

박찬경이 아줌마 같이 깔깔 웃었다.

"좋아. 내가 다시 한 번 능력을 보여줄게. 이번에는 저번보다 훨씬 더 센 걸로. 그러면 믿음이 좀 가지 않겠어?"

이미 기선을 제압당한 아버지는 박찬경의 화려한 말솜씨에 이리저리 끌려다니다 결국 내일 오후 2시에 직접 찾아가서 그의 능력을 보기로 약속을 맺었다. 전화를 끊은 아버지가 한숨을 내쉴 때 나 역시 길게 한숨을 내쉬었다.

'드디어 뭐가 좀 이뤄지려고 하네. 박찬경이 기가 막힌 능력만 보여주면 분명 아버지도 결심을 바꿀 거야.'

내일까지 기다리는 게 고역이었다.

천안시 서북구에 성환이라는 읍이 있다. 그나마 좀 발전한 천안 도심에 비하면 아직 깡시골에 가깝다. 물론 대부분이 농지였던 예전에 비해 편의점도 생기고 각종 필수시설도 들어왔지만, 주민들은 대체로 배 농사를 지어 먹고 산다.

'성환 배가 달긴 하지. 꿀 바른 것 같이 다니까.'

그 배나무밭 근처에 커다란 건물이 보였다. 스타렉스를 야외 주차장에 세운 아버지를 따라 차에서 내리고 건물을 올려다보았다. 철골에 패널을 붙여 만든 엉성한 벽을 보면 원래

용도는 농작물 창고임이 분명했다. 다만 개인 농가에서 쓰는 적당한 규모의 창고가 아니라 어디 조합 같은 데서 관리하는 듯한 거대한 창고였다. 건물 윗부분에는 기다란 플래카드가 붙어 있었다. 플래카드 상단에는 '병든 자여 내게로 오라'는 커다란 글씨가, 그 아래에 '전설의 김영자 할미만신이 천안에 부활하다'라는 내용이 조금 작게 쓰여 있었다.

'이런 것만 보면 영락없는 사이비인데, 능력은 분명 진짜란 말이지.'

아버지는 주뼛주뼛 건물로 다가갔다. 건물 안에서 누군가가 마이크에 대고 노래를 부르는 소리가 흘러나왔다. 웬 중년 남자가 목청껏 불러 젖히는 그 노래와 쿵짝쿵짝 하는 앰프 반주는 어이없게도 나도 잘 아는 유행가 트로트였다.

"어떻게 오셨어요?"

정문 앞에 책상과 의자가 놓여 있었다. 일종의 안내 데스크인 모양인데 둥글둥글한 얼굴에 부드러운 미소가 감도는 사십 대 후반의 여자가 아버지를 맞았다.

"박찬경 선생님 뵈러 왔습니다."

"아, 혹시 허장수 선생님?"

"맞습니다."

"아이고, 잘 오셨어요!"

여자는 아버지의 두 손을 덥석 붙잡았다. 금세 동정의 빛이 가득해진 눈에 눈물이 그렁그렁 맺혔다.

"얘기 들었어요. 저도 아들만 하나라서 그 마음 충분히 이해해요. 칼에 찔려서 그렇게 됐다고요?"

"네, 뭐."

"주변 사람이랑 다투다 그런 거예요? 요즘 애들 무섭잖아요. 친구끼리도 성질나면 확 찌른다면서요."

"아니, 그건 아니고. 연쇄살인범한테…. 그냥 들어가면 됩니까?"

여자가 얼른 아버지의 손을 놓고 말했다.

"아이고, 내 정신 좀 봐. 남일 같지 않아서 또 오버했네요. 선생님한테 맨날 혼나는데도 이 버릇을 못 고쳐요, 제가. 바로 들어가시고요. 끝까지 보시고 저한테 다시 오세요. 따로 선생님이랑 뵙게 해드릴게요."

고개를 꾸벅 숙인 아버지가 건물로 다가가 문을 열었다. 나는 긴장을 억누르고 아버지의 뒤를 따라 안으로 들어갔다. 건물 안은 백여 명쯤 돼 보이는 사람들로 꽉꽉 들어차 입추의 여지가 없었다. 전부 일어서서 손을 흔들거나 박수를 치는 사람들의 정면 끝에는 1미터쯤 높이의 무대가 마련되어 있었다. 파란색 반짝이 의상을 입은 중년 트로트 가수가 막 노래를 끝내고 고개를 숙이자 박수가 쏟아졌다.

"대단히 감사합니다. 우리 천안의 아들, 고정환 씨한테 우레와 같은 박수갈채 부탁드리고 앞으로도 많이 사랑해주십시오."

가수에게서 마이크를 넘겨받고 무대 중앙에 선 중년 남자는 머리카락 한 올도 용납하지 않는 올백 머리에 역시 화려한 벨벳 슈트를 입고 있었다.

'이 사람이 MC인가 보네. 무명 가수도 나오고, 이거 완전히 노인네들 등쳐먹는 약팔이랑 똑같잖아.'

나 못지않게 아버지도 회의적인 얼굴로 무대를 노려보고 있었다. MC가 두 손을 아래로 내려서 앉으라는 시늉을 했다.

"자, 다들 앉으세요. 편하게 앉아서 보세요. 이제 곧 선생님 나오십니다."

트로트 무대를 즐기느라 서 있던 사람들이 하나둘씩 앉으니 장내가 또렷이 보였다. 무대에서 조금 떨어진 관람석은 크게 봐서 좌우로 나뉘었으며, 양편에 각각 오십여 개의 파이프의자가 마련되어 있었다. 그리고 좌우 관람석의 한가운데 긴 통로에는 십여 대의 휠체어를 탄 남녀노소가 줄을 이루고 있었다. 일어서서 열광하던 관중들이 모두 앉은 뒤에야 가려졌던 그들을 알아볼 수 있었던 것이다.

"저쪽에 앉으시죠."

어디선가 다가온 진행요원이 뒤쪽의 빈 자리를 가리켰다. 관람석은 거의 꽉 찼지만 맨 뒷줄은 좌우에 몇 자리 남아 있었다. 아버지는 대답 없이 고개를 저었다. 아직 박찬경을 반신반의하는 아버지는 심리적으로나마 열광하는 관중들과 거리를 두고 싶은 듯했다. 진행요원이 더 설득하지 않고 자리를 뜨자 아버지는 조금 더 뒤로 물러나 벽에 등을 기댔고 나도 아버지의 곁을 지켰다. 관중들과 어떤 이유로든 다리가 불편해 휠체어 신세를 지는 사람들의 뒷모습이 한눈에 들어왔다.

"자, 박찬경 선생님 모시기 전에 먼저 우리 선생님에 대해 소개를 드리겠습니다. 어지간히 소식 둔하지 않은 분들은 다 아실 텐데 혹시나 처음 오시는 분들도 계시니까 입 아프게 또 소개를 합니다그려. 여러분들, 김영자 할미만신이라고 들어보셨습니까?"

MC의 말에 3분 1가량이 손을 들거나 '네'라는 대답을 했다.

"워낙 유명하신 분이니까 많이들 아시네. 그분은 해방 전부터 못 고치는 병이 없기로 유명하셨습니다. 병 고치는 부처님 있죠? 약사여래. 그 약사여래의 현신이라는 말까지 들은 분이에요. 한 명이라도 더 구하려고 결혼도 안 하고 평생 처녀의 몸으로 문둥병자, 폐병쟁이, 앉은뱅이, 소경, 하여튼 만지기만 하면 다 나았으니까. 그분 70년대 초에 돌아가셨을 때 조문객이 만 명이 넘었어요. 김영자 할머니한테 은혜를 입은 사람들이 어디 한둘이었어야지.”

말재간이 대단한 MC였다. 관중은 숨도 못 쉬고 그의 말에
빠져들었고 우리 부자도 예외는 아니었다.

“우리 박찬경 선생님은 젊었을 때부터 뜻한 바 있어서 설
악산, 지리산, 내장산, 하여튼 산이란 산은 다 다니면서 도를
닦았어요. 그런데 수행하기엔 물 맑고 공기 좋고 지세가 좋
은 계룡산이 딱인 거라. 그래 거기 암자를 짓고 20년간 불경
이란 불경 다 읽고, 공자 맹자도 터득하고, 심지어 성경까지
줄줄 외웠습니다. 우리 인간이란 무엇인가? 왜 세상에 왔는
가? 도와 진리란 무엇인가? 그걸 깨치기 위해서 말입니다.”

뻔한 무협소설이나 슈퍼히어로 영화의 기원담 같은 전개에
슬슬 제정신으로 돌아왔다.

‘재미는 있지만 그 할머니랑 박찬경이 도 닦는 거랑 무슨
상관이지?’

이어지는 MC의 설명이 나의 의문을 풀어주었다.

“딱 10년째 되는 날이었습니다. 촛불 하나 딱 켜놓고 명상
을 하는데 갑자기 어떤 목소리가 선생님의 이름을 부르더래
요. 그럼 지나가던 사람이 불렀느냐? 당연히 아니죠. 마음속
에서부터 그 목소리가 들렸답니다. 자세히 들어보니 글쎄, 할
머니 목소리예요. ‘이놈, 박찬경아’ 하기에 ‘왜요, 할머니?’ 했
더니 ‘알량한 공부는 그만하면 실컷 했다. 당장 내려가서 병

들고 힘든 사람들이나 돕거라' 하더랍니다. '저한텐 그런 힘
이 없습니다.' 하니까 '누가 너보고 하라고 했느냐. 이 김영자
할미가 다 치료해줄 테니 너는 그저 이 할미를 믿고 중생을
구제하는 데 전념하거라. 네가 태어난 이유는 바로 나의 그
릇이 되기 위함이니라.'"

관중 사이에서 무릎 치는 소리와 '아' 하는 찬탄 등이 쏟아
졌다. 나도 깊게 감탄해서 고개를 끄덕였다.

'와, 두 얘기가 이렇게 연결이 되네.'

슬슬 주인공이 등장할 때가 됐다고 느꼈는지 MC의 톤이
확 높아졌다.

"여러분 앞에 김영자 할머니의 모든 능력을 전수받으신 박
찬경 선생님을 모십니다! 박수로 맞아주세요!"

건물 뒷문이 열리고 문제의 박찬경이 들어왔다. 그가 무대
뒤의 계단을 올라오는 동안 장내는 흡사 인기절정 록스타의
콘서트장을 방불케 했다. 아무리 그럴싸한 설명을 들었다고
해도 처음 보는 사람이 이렇게까지 열광할 리는 없으니 최소
한 한두 번쯤 그의 능력을 본 사람들이 대부분인 것 같았다.

"감사합니다, 감사합니다."

MC가 무대를 내려가기 전에 마이크를 건네받은 박찬경은
예의 그 자신만만한 웃음을 입가에 흘리고 두 손을 치켜들어
화답했다. 처음 본 그날처럼 그의 옷차림은 화려하기만 했다.

하늘하늘한 보라색 실크 블라우스와 검은색 7부 바지에는 오늘도 꽃이 만발이었다.

"왜? 옷이 이상해?"

자신을 처음 본 몇몇이 특이한 옷차림에 수군거리는 듯하자 박찬경은 깔깔 웃었다.

"나도 죽겠다. 우리 김영자 할마씨가 이런 옷에 환장을 해서. 이런 옷 안 입으면 토라져서 힘을 안 보태주니 내가 어떡하겠어."

짐짓 울상을 지으며 너스레를 떠니 관객석에서도 폭소가 터져 나왔다.

'왜 여자 옷만 입나 했더니 저런 비하인드가 있었구만.'

한동안 느긋하게 관객들이 웃는 모습을 지켜보던 박찬경이 별안간 팍 인상을 썼다. 돌변한 분위기에 아직까지도 산발적으로 나오던 웃음이 뚝 멎었다.

"이야, 오늘 아주 마귀 잔치로구나. 마귀 냄새가 아주 코를 찔러. 이거 이러고 있을 때가 아니네."

박찬경은 무대 앞에서 뛰어내려 관객석으로 내려갔다. 갑자기 벌어진 일에 관객들이 웅성거리는데도 박찬경은 거침없이 오른쪽 관객석으로 향했다. 맨 첫 줄에 앉은 환갑쯤 되어 보이는 남자 앞에 선 박찬경이 그의 얼굴에 삿대질을 했다.

"암마귀가 들었구나. 폐가 아주 시커매. 한 1년 전에 마귀가 폐를 살살 문지르고 갔어."

벌떡 일어난 남자의 시커먼 얼굴에 눈물로 두 줄기 밭고랑이 생겼다.

"어, 어떻게 아셨습니까? 맞습니다. 1년 전에 폐암 선고받고 이제 3개월 남았습니다."

"잘 왔어. 내가 싹 고쳐줄게."

박찬경이 남자에게 가까이 다가서서 마이크를 들이댔다.

"아저씨, 나 본 적 있어?"

"단 한 번도 없습니다. 오늘 처음 왔습니다."

"맹세할 수 있어?"

"맹세합니다."

박찬경이 남자에게서 마이크를 치우고 봤냐는 듯 의기양양한 얼굴로 좌중을 둘러보았다. 관객석 전체에서 찬탄이 터진 건 당연했다.

'와, 저 양반 뜸 안 들이고 시원시원하게 치료부터 시작하네.'

박찬경은 한 손으로 폐암 노인의 등을 붙잡아 고정시키고 다른 손으로 가슴을 거세게 밀었다. 시한부라 안 그래도 고통이 심할 노인의 얼굴이 일그러지고 땀이 비오듯 쏟아졌다.

"가만 있어봐. 암마귀 밀어내고 있는 거니까. 아파도 조금만 참아."

"으으으."

"이까짓 것 아프다고 난리야! 그럼 죽든가!"

"아, 아닙니다."

약 1분간의 치료가 끝나자 노인은 초주검이 돼서 의자에 털썩 주저앉았다. 박찬경이 바지 주머니에서 손수건을 꺼내 묘하게 여성스러운 태도로 이마의 땀을 톡톡 닦았다.

"폐암은 이미 절반 사라졌어. 다음에 한 번만 더 와."

다음 치료 대상은 오른쪽 세 번째 줄에 앉은 중년 여자였다. 한눈에도 해골같이 마른 얼굴에 병색이 완연했다. 박찬경은 그 여자 앞에서 코를 싸쥐었다.

"어휴, 여기도 암마귀가 꼈네. 너 췌장암이구나."

"살려주세요!"

"오냐. 보아하니 네 명줄은 아직 끝나지 않았다. 이 할미가 꼭 살려주마."

이번에도 자신과 사전에 접촉하지 않았다는 증언을 이끌어 내고 똑같이 가슴을 밀어내는 치료가 시작됐다. 방금 폐암 환자보다 더 위중해 보이는데도 여자는 신음 한 번 내지 않았다. 오직 생존을 위한 일념으로 이를 악물고 참으면서 꿋꿋이 버텼다. 치료가 끝나고 박찬경은 엄지를 치켜세웠다.

"요즘은 어째 사내새끼들보다 기집애들이 더 당차. 애 하는 거 보고 다들 배워."

추가로 세 명의 치료가 더 이뤄졌다. 매번 같은 패턴이었지만 정확한 진단이 이뤄지고 사전에 일절 접촉하지 않았다는 증언이 더해지면 여지없이 찬탄의 박수가 쏟아졌다.

"아이고, 되다."

다섯 번이나 가슴에 손을 대고 전력으로 밀었던 박찬경의 얼굴은 지쳐 보였고, 잔뜩 핏발이 선 눈도 붉게 충혈되었다.

"다섯 명 살려줬으니 이만하고, 지금부터는 앉은뱅이 일으켜 세워줘야겠다. 이 좋은 세상 한 번 밟아보지도 못하고 죽으면 얼마나 억울해. 내 전국에서 앉은뱅이 다 데려오라고 했다. 지금부터 내가 싹 일으켜 세워주마."

"오오!"

함성이 말도 못했다. 눈에 보이지 않는 병마를 몰아내는 것은 아무래도 시각적인 충격이 덜하지만 하반신 장애인을 일으켜 세우는 것은 즉석에서 확인이 가능하다. 사람들이 열광하는 건 당연한 일이었다. 아버지도 궁금증을 참을 수 없는지 벽에서 등을 떼고 슬쩍 앞으로 나아갔다. 나 역시 아버지를 따라갔다.

"몇 년 됐어?"

박찬경이 첫 번째 휠체어에 탄 남자에게 물었다. 여기서는 뒷모습만 보여서 얼굴을 알아볼 순 없지만 목소리가 젊었다.

"태어나면서부터 이랬어요."

"걱정 마라. 오늘부터 넌 걸을 수 있다."

박찬경은 밀어내기 치료법과 달리 남자의 다리를 가볍게 쓰다듬었다. 입으로는 뭐라 뭐라 주문 같은 걸 중얼대고 있었지만 마이크를 대지 않아 잘 들리지 않았다. 약 1분간 그러고 있던 박찬경이 남자의 다리에서 손을 떼고 마이크에 소리를 질렀다.

"일어나라!"

"못 걸어요."

"걸을 수 있어. 날 믿고 한 발만 떼어봐라."

남자가 두 손을 휠체어 팔걸이에 대고 힘겹게 엉덩이를 뗐다. 금세라도 쓰러질 듯 위태로워 보이는 남자의 움직임에 관객석에서 일제히 '아' 하는 탄식이 쏟아졌다. 간신히 두 발로 서는 데 성공한 남자가 조심스레 한 발을 움직였다. 흔들리는 발이 무사히 땅으로 착지했을 때 탄식이 환성으로 바뀌었다. 믿어지지 않는다는 양 몇 발을 더 뗀 남자는 점차 걸음에 익숙해지는 듯했다. 남자가 몸을 돌려 관객석을 마주보았다. 처음으로 본 이십 대 청년의 얼굴에는 눈물이 줄줄 쏟아지고 있었다.

"여러분, 이건 진짜입니다! 태어날 때부터 지금까지 한 걸음도 못 걸은 제가 지금 걷고 있어요! 이게 다 박찬경 선생님 은덕입니다!"

청년의 입에서 명백한 증언이 나오자 광기에 가까운 열광에 건물 안이 들썩였다. 특히 같은 처지의 하반신 장애인들은 두 손을 번쩍 들고 빨리 나도 걷게 해달라고 외쳤다. 모두의 휠체어 등받이에 그려진 비둘기 로고처럼 자유롭게 거리를 거닐고, 가고 싶은 곳을 마음대로 가고 싶어 하는 열망이 손에 잡힐 듯 생생히 전해져 눈시울이 뜨거워지는 기분이었다.

박찬경은 하반신 장애인들의 열망을 외면하지 않았다. 순서대로 열 명을 모두 고쳐주었고, 그때마다 치료 집회의 분위기는 제어가 불가능할 정도로 뜨겁게 달아올랐다. 모든 치료를 마친 그가 다시 무대 위에 올라갔다.

"저기 박스 쌓아놓은 거 보이지? 봤다시피 내 손에서는 만병을 치료하는 신비한 기름이 쏟아진다. 원래 팔지 않는 거지만 여기 못 오는 사람들도 있으니까 내 특별히 그걸 좀 담았다. 필요한 사람 있으면 갈 때 사가거라."

마지막까지 알뜰하게 홍보하고 박찬경은 퇴장했다. 박찬경이 보여준 신비한 능력에 홀딱 반한 관객들은 앞서거니 뒤서거니 건물 한쪽에 자리한 성유(聖油) 판매대로 달려갔다.

안내 데스크 여자가 몸소 인도해준 건물 뒤편에 벤틀리가한 대 서 있었고, 그 옆에 박찬경이 보였다. 아버지를 맞은 박찬경이 씩 웃으며 물었다.

"어때? 이젠 좀 믿음이 가?"

"네…."

전쟁의 상흔이 미처 회복되기 전인 50년대생치고 키가 무척이나 큰 아버지는 거의 180센티미터에 달했다. 그런 아버지가 160센티미터를 겨우 넘는 박찬경 앞에서 잔뜩 조아린 모습이 너무나도 작아 보여 한숨이 나왔다.

"굿 받을 거야?"

"그럼은요!"

"오케이. 다음 주 중에 날짜 잡자고. 연락 줄게."

박찬경이 벤틀리 뒷자리에 타자 운전기사가 곧 출발 준비를 했다. 나는 충동적으로 벤틀리의 조수석으로 들어갔다.

'아직 확실하지는 않지만 뭔가 석연찮은 구석이 있어. 특히 집회에서 본 어떤 것이 내 마음을 계속 어지럽히고 있거든. 박찬경을 따라가서 좀 더 조사해보자.'

운전기사는 아까 건물 안에서 본 진행요원이었다. 박찬경이 고용한 직원으로 다양한 잡무를 보는 모양이었다. 차가 출발하고 뒤를 돌아보자 아버지는 여전히 흙먼지를 날리는 벤틀리 꽁무니에 대고 90도로 인사를 하고 있었다.

박찬경의 '할매 만신당'은 천안 시내에서 살짝 벗어난 곳에 있었다. 2층짜리 건물을 통으로 쓰고 있었는데, 촛불이 가득 켜진 1층은 온갖 불상과 탱화, 옥황상제를 비롯한 여러 도교 풍 조각상, 커다란 북과 부채 등 전형적인 점집 분위기였다.

"7시에 홍소은이 온대요."

집회에서 안내 데스크를 보던 중년 여자가 2층 계단을 오르고 있는 박찬경의 등에 대고 말했다. 박찬경의 비서 노릇도 하는 듯했다. 그는 여자를 돌아보지도 않고 대답했다.

"그래? 오면 2층으로 올려 보내."

2층은 박찬경의 개인 공간이었다. 널찍하고 채광이 잘 돼 시원스러워 보이는 거실 안의 모든 가구는 최상급 명품들이었다. 거실 한쪽에 비치된 시계장에 롤렉스를 풀어놓을 때 보니 수천만 원짜리 시계도 열 개가 넘었다. 박찬경은 콧노래를 부르며 시계장 옆에 놓인 여러 개의 서랍이 달린 보석 서랍장에 다이아몬드 반지와 금팔찌도 풀었다. 온갖 금붙이와 에메랄드, 사파이어, 진주 등의 보석류가 서랍장에 한 가득이었다.

'대체 돈을 얼마나 번 거야?'

샤워를 마친 박찬경은 연신 하품을 하며 안방으로 향했다. 수많은 사람들을 치료하고 목청 높여 집회를 이끌었으니 피곤하기도 할 터였다. 암막 커튼을 치고 잠이 들어버리자 물리력이 없는 나로서는 달리 조사할 방법이 없었다.

'7시에 누가 온다고 했지. 그 사람 올 때까지 마냥 기다리는 수밖에.'

두 시간 남짓 기다렸을 때 벨소리가 들렸다. 끙끙 대며 침대에서 일어난 박찬경이 남색 파자마 차림으로 현관문을 열어주자 낯익은 얼굴이 보였다.

"안녕하세요."

"응. 들어와."

홍소은이라는 여자는 주뼛대며 거실로 들어왔다. 아무리 믿고 의지하는 박찬경이라도 남자 혼자 있는 집이다. 표정에 경계심이 가득했다. 박찬경은 홍소은을 거실 소파에 앉게 하고 자기도 곁에 앉았다.

"오늘은 기운을 많이 써서 피곤해. 편한 곳에서 암마귀 퇴치해보자. 준비는 됐어?"

"네."

"자, 그럼 벗어."

"네?"

홍소은의 얼굴에 당혹한 빛이 감돌았지만 박찬경은 천연덕스레 대꾸했다.

"암 걸린 데를 봐야 치료를 해줄 거 아냐? 너 유방암 걸렸다며?"

그렇다. 홍소은은 박찬경을 처음 만난 노래방에서 아버지

직전의 손님, 즉 유방암 환자였던 것이다.

"부끄러워할 거 없어. 난 남자지만 남자가 아냐. 할매의 혼이 들어왔다니까."

홍소은은 입술을 질끈 깨물고 티셔츠를 벗었다. 레드브라운 컬러의 브래지어가 드러났지만 박찬경은 말없이 고개를 저었다.

"다요?"

박찬경이 고개를 끄덕이자 어쩔 수 없이 브래지어도 벗었다. 원래도 흰 홍소은의 피부가 부끄러움에 살짝 홍조를 띠었다.

"유방암 마귀를 끌어내줄게."

박찬경은 홍소은의 맨 가슴에 얼굴을 갖다 댔다. 홍소은이 기겁을 하며 놀라니 두 팔을 써서 그녀의 몸을 붙잡는다.

"가만있어! 이게 다 치료야. 입으로 암마귀를 빨아내는 거란다."

"그래도…."

굴욕감에 홍소은의 얼굴이 일그러졌지만 눈이 벌게진 박찬경은 아랑곳하지 않고 30분 넘게 그녀의 가슴 전체를 침 범벅으로 만들어 놨다.

"아주 독한 놈이 들어와서 몇 번 더 와야 쓰겠다. 병원 가봐야 고운 가슴에 상처나 남는다. 나한테만 오면 돼."

"수고하셨어요. 너무 감사합니다."

곤욕을 치렀지만 그럼에도 유방암을 하루 빨리 털어버리고 싶은 홍소은은 연방 감사 인사를 남기고 집을 나섰다. 만족스런 얼굴로 주방으로 간 박찬경은 위스키와 육포를 가져와 한 판 벌리기 시작했다.

반면 나는 혼란스러운 기분에 머리가 다 어질어질할 지경이었다. 오늘 하루 지켜본 이놈은 도저히 정상적인 무속인이나 치료 능력을 가진 자가 아니었다. 그보다는 전형적인 사이비, 게다가 순진한 여자를 속여 성적인 추행이나 일삼는 범죄자에 가까웠다.

'그렇다면 내가 본 능력은 뭐지? 분명 그건 가짜는 아니었는데….'

날 이 가련한 처지에서 벗어나게 해줄 유일한 사람이라 믿었고 지금도 그 믿음이 진짜이기를 간절히 바란다. 하지만 내 마음이, 본능이 이 자는 아니라고 말하고 있었다.

'중생구제? 그런 놈이 저따위 짓을 하고 돈을 저렇게 받아먹어? 아니야. 이 새끼는 절대 그럴 위인이 못 돼.'

나는 불쾌한 얼굴로 TV를 보고 있는 박찬경을 한심한 눈길로 내려다보았다. 심지어 혼자 있을 때는 여자 목소리 흉내도 내지 않았다. 예능 프로그램을 보면서 깔깔거릴 때마다 녀석의 목소리는 분명히 굵은 남자 목소리였다.

늦은 밤, 본가에 돌아오자 아버지와 엄마도 TV를 보고 있었다.

"단돈 38,000원에 점퍼 두 벌이 생기는 것과 마찬가지입니다!"

아버지가 리모컨을 들어 홈쇼핑 채널에서 다른 채널로 돌리려 하자 엄마가 막았다.

"보고 있는데 왜 말도 없이 돌려?"

"또 옷 사 달라 그럴까 봐 그런다."

"안 사. 그냥 보기만 하는 거야."

"굿하기로 했으니 당분간 다른 데 쓸 돈 없다. 당신도 명심해."

"아이, 알았어."

내가 오기 전에 굿하기로 했다는 얘기를 전한 듯했다. 엄마는 소원이 이뤄진 게 어지간히 기쁜지 아버지가 뉴스로 돌려도 더 따지지 않았다. 엄마가 밝은 표정으로 물었다.

"고구마 삶아줄까?"

내 방으로 물러났다. 어제까지만 해도 나 역시 굿을 받는 게 소원이었지만 이젠 아니다. 저 수상한 자식에게 두 분의 노후자금 1억을 사기당한다는 생각만 해도 소름이 오싹 끼쳤다.

'어쩌면 사기가 아닐 수도 있지. 인성은 쓰레기이지만 능력

은 진짜일 수도 있으니.'

그런 의미에서 지금부터 박찬경의 능력에 대해 차근차근 생각해볼 것이다. 나는 손가락을 하나씩 접으며 그동안 그가 보여준 기적을 꼽아보았다.

첫째, 아버지와 나의 불화를 맞췄다. 둘째, 내가 배가 아파서 죽은 것이라고 비교적 정확한 사인을 댔다. 셋째, 내가 노래방에서 쫓아 나갈 때 문자 그대로 사라져버렸다. 넷째, 텔레파시를 통해 아버지의 마음을 움직여 전화할 마음을 들게 했다. 다섯째, 집회에서 일면식도 없다는 병자의 병명을 정확히 맞췄다. 여섯째, 하반신 장애인을 열 명이나 일으켜 세웠다.

'대충 이 정도인가? 그래, 크게 보면 이게 다야. 어차피 밤은 기니까 차근차근 따져보면 진짜인지 사기인지가 밝혀지겠지.'

옛날 같으면 한 시간만 생각해도 골이 아프다고 나가 떨어졌겠지만 지금은 유령에 불과하니 달리 할 것도 없다. 술을 마실 수도, 게임을 할 수도, TV를 켤 수도 없으니 생각할 시간은 무궁무진했다.

나는 밤의 명도가 점차 밝아질 때까지 생각을 거듭했다. 그리고 방 안이 완전히 밝아졌을 즈음 모든 생각의 정리를 마쳤다.

'그리하여 나온 결론은….'

당연히 박찬경은 사기꾼일 뿐이라는 것이었다. 나는 다시금 손가락을 하나씩 꼽으며 밤새 알아낸 사실들을 반추했다.

첫째, 아버지와 나의 불화를 맞춘 것은 사실 아무것도 아니었다. 대한민국에 가족 드라마에나 나올 법한 사이좋은 부자지간이 몇 명이나 되겠는가. 대다수의 부자는 서로의 가치관을 이해하지 못하고 노상 말다툼을 벌이기 일쑤이다. 그러니 적당히 찔러봐도 맞힐 확률이 높고, 만약 정반대로 사이좋은 부자지간이었다면 다른 변명을 주워섬기면 그만이다. '겉으로는 그래 보였지만 실제로 아들은 당신을 미워했다'라는 식으로. 어차피 아들이 죽고 없는데 무슨 말이든 하면 그만이니까.

둘째, 내가 배가 아파서 죽은 것을 맞췄다는 것도 간단한 방법이었다. 그때 박찬경은 정확한 사인을 말하지 않았다. 그저 배를 쓰다듬으며 아픈 시늉을 했을 뿐 후드티 복부의 핏자국이나 칼에 찔렸다는 얘기는 일언반구도 하지 않았다. 생각해보면 병에 걸리거나 다쳐서 손상을 입으면 생명까지 위중해지는 인체 장기는 대부분 몸통에 몰려 있다. 심장, 간, 폐, 신장, 췌장 등 주요 장기들 말이다. 그때 박찬경은 가슴이나 배, 다시 말해 몸통 전체를 포괄할 수 있도록 오른손을 배에 대고 커다랗게 원을 그리며 문질렀다. 만약 심장이 아파서 죽었다고 하면 가슴을 가리킨 거라고 하면 되고, 위장이나 창자 등 배 쪽의 장기가 원인이라면 원래 거기를 가리킨 거라고 하면 된다.

나는 박찬경의 사고 과정을 정확히 짚을 수 있었다. 아버지 나이로 짐작건대 아직 한창일 아들이 갑자기 왜 죽었을까? 병사 아니면 사고사인데 그중 어디가 문제일까? 생명과 직결되는 인체 부위는 뇌가 있는 머리와 주요 장기가 있는 몸통이다. 아무래도 뇌 하나보다는 다양한 장기가 있는 몸통 쪽이 얻어걸릴 확률이 높으니 그쪽으로 가자. 대강 이렇지 않았을까?

실은 이 문제를 해결할 수 있었던 데는 내 방탕한 과거가 한몫했다. 예전 인터넷 불법 도박에 심취했을 때 '맞대기'라는 것을 알게 됐다. 거기에는 내가 즐기던 야구 도박이 아니라 사다리 타기도 있었는데 A와 B 중 하나를 고르면 당첨과 꽝, 두 가지 결과가 즉석에서 나온다. 결과가 나올 때까지 세 시간은 기다려야 하는 야구와 달리 바로 결과를 볼 수 있으니 감질나지 않아 중독성은 최강이었다. 물론 잃을 때까지 세 시간은 기다려야 하는 야구와 달리 속전속결로 돈을 잃어버리니 그 폐해도 최강이었다. 결국 천만 원 잃고 손을 털었다.

'박찬경도 이지선다의 사다리 타기를 한 것에 불과해. 이번

엔 내가 배를 칼에 찔린 것에 당첨된 것뿐이지.'

셋째, 내가 노래방에서 쫓아 나갈 때 거리 한복판에서 사라진 일. 막상 당해보니 너무도 신비스러워 박찬경에 대한 믿음을 형성하는 데 가장 커다란 원인이었다. 하지만 결과적으로 유령인 줄 알았던 게 가까이서 보니 갈대가 흔들리는 것에 불과하더라, 는 식의 오해에 불과했다. 직전에 박찬경의 사기 행각에 단단히 속아서 나 혼자 북 치고 장구 치면서 스스로 신비 현상을 만들어낸 것뿐이다.

노래방에서 쇼핑백을 들고 나간 박찬경을 바로 쫓아가지 못한 게 문제였다. 약간의 시간차를 두고 뒤쫓는 바람에 노래방 정문을 나섰을 때 머리 위 1층에서 그의 발소리만을 들었다. 문제의 정문 옆에는 늘상 지린내가 코를 찌르는 화장실이 있다. 박찬경은 먼저 거기에 들러 바지를 벗었다.

'김영자 할머니의 혼이 씌었다는 말도 거짓말인 게 분명하고, 혼자 있을 때 보니까 요란한 꽃무늬가 아니라 평범한 남성용 남색 파자마를 입었더군. 여자 목소리도 아니었고. 그럼 그 모든 게 연기라는 건데 막상 멀쩡한 남자가 여자 옷 입고 거리에 나서는 게 얼마나 쪽팔리겠어. 몸뻬 바지야 벗는 데 2초도 안 걸리고 마침 쇼핑백도 있으니까 거기에 쑤셔 넣은 거지. 몸뻬 바지 속에는 평범한 남성용 바지를 미리 입고 있었을 테고.'

1층에서 들리는 박찬경의 발소리에 후다닥 달려 올라갔을 때 거리에 그의 모습은 보이지 않았다. 시장에서 집으로 돌아가는 대여섯 명의 뒷모습에는 꽃무늬 점퍼 대신 전부 단색 점퍼뿐이었다. 처음에는 바지처럼 꽃무늬 점퍼도 쇼핑백에 넣은 다음 다른 점퍼로 갈아입었다고 생각했지만 걸리는 게 있었다.

　'노래방 아저씨가 명절 음식을 담아준 쇼핑백에 갈아입을 점퍼가 있었다고 보기는 힘들어. 시키지도 않은 음식을 싸줘서 귀찮게 한다고 투덜댔던 걸 보면 갑자기 생긴 쇼핑백이니까. 그럼 쇼핑백 없이 갈아입을 점퍼를 손에 들고 왔다는 건데, 할머니 영혼이 들어와서 여자 옷을 입는다고 떠벌이는 사람이 남성용 점퍼를 들고 다니는 건 앞뒤가 안 맞지.'

　여기서 내 추리는 벽에 부딪쳤지만 의외의 곳에서 해답이 나왔다. 아버지와 엄마가 보고 있던 홈쇼핑 채널이 결정적인 힌트였다.

　"단돈 38,000원에 점퍼 두 벌이 생기는 것과 마찬가지입니다!"

　흘깃 봤을 뿐 별로 집중하지 않았다. 막연히 원 플러스 원으로 점퍼 두 벌을 주는 건가 보다 했지만 쇼호스트는 점퍼 두 벌이 생기는 게 아니라 생기는 것과 '마찬가지'라고 했다. 그 얘기인즉슨.

'안팎으로 색이 다른 양면 점퍼를 팔았던 거지.'

박찬경이 입은 꽃무늬 점퍼도 실은 양면 점퍼였던 것이다. 화장실에서 바지를 벗은 그는 꽃무늬 점퍼를 벗고 안쪽을 바깥쪽으로 뒤집었다. 거리에 단색 점퍼만 있었던 걸로 봐서 안쪽은 단색임이 분명하다. 화장실에서 몸뻬 바지를 벗고 점퍼를 뒤집는 데는 1분이면 충분하지 않을까? 그 1분 차이로 엉뚱한 오해를 했다는 게 견딜 수 없이 분했다.

넷째, 아버지에게 텔레파시를 보냈다는 건 별로 언급할 가치도 없다. 아버지가 1억짜리 굿을 한다는 연락을 주지 않자 몸이 단 박찬경이 먼저 전화를 걸었을 때 아버지는 마침 전화 드리려던 참인데 신기하게도 먼저 전화를 주셨다고 했었다. 그러자 박찬경은 얼른 자기가 전화 하라는 뜻을 전달해서 그런 거라고 뻐겼다.

왜 살다 보면 가끔 그럴 때가 있지 않은가. 친구에게 전화를 할 생각을 하고 있을 때 딱 맞춰서 그 친구에게 전화 올 때가. 그럴 때면 참으로 신기한 일이라고 탄복하지만 한 번 생각해보라. 친구와 전화가 딱 일치할 때가 많은지, 친구에 대해서 별반 생각하지 않고 있는데 전화 올 때가 많은지. 아마도 후자의 비율이 압도적으로 높을 것이다.

'비슷한 예로 이런 것도 있지. 시계를 볼 때마다 4:44가 찍혀서 얼마나 식겁했는지. 이렇게 재수가 없으니 내가 하는 일마다 안 된다고 한탄했었지만 이것도 같은 원리야. 사람이 하루에 시계를 얼마나 많이 보겠어. 모르긴 몰라도 2:23이나 3:05 같은 숫자들을 수십 번은 보겠지. 다른 숫자들은 아무렇지도 않으면서 재수 없는 숫자라는 낙인이 찍혀 있는 4가 세 번 반복되니 이상한 의미를 부여하는 것에 불과한 거야.'

한마디로 별것도 아닌 일에 사람들이 알아서 의미를 부여하고 괜히 신기해한다는 뜻이다. 연락해주기로 한 지 일주일이 지나 오늘은 연락해야겠다고 마음먹었을 때 우연히 그쪽에서 먼저 연락이 오자 아버지는 몹시 신기해했고, 눈치 빠른 박찬경은 그 기회를 틈타 자신의 능력에 대한 믿음을 더욱 강화하는 데 성공한 것이다.

다섯째, 박찬경은 집회에서 일면식도 없는 폐암 노인과 췌장암 중년 여자의 병명을 정확히 맞췄다. 돌이켜보면 이것도 간단한 트릭이었다. 물론 박찬경 혼자의 힘으로는 불가능하고 도움의 손길이 필요했다. 2인3각으로 이뤄지는 이 트릭의 또 다른 주인공은,

'안내 데스크를 보던 박찬경의 비서 격인 중년 여자이지. 그 여자, 사람 좋은 얼굴로 다가와서 공감하는 척, 다 이해하는 척 연기가 기가 막혔지.'

그 연기에 속아 과묵하고 자기 얘기를 잘 하지 않는 아버지도 무심결에 "아니, 그건 아니고. 연쇄살인범한테⋯." 하면

서 내 정확한 사인을 털어놓지 않았는가. 아버지가 그럴 정도이니 병마로 몸과 정신이 많이 쇠약해진 환자들한테 정보를 빼내기란 식은 죽 먹기였을 것이다.

'집회 전에 미리 얻어낸 정보를 박찬경한테 전달하는 거야. 그럼 박찬경은 그걸 부지런히 외워서 병명 맞추기 쇼를 하는 거고.'

나는 그때 곧장 치료를 시작하는 박찬경을 보면서 '와, 저 양반 뜸 안 들이고 시원시원하게 치료부터 시작하네' 하고 감탄했었다. 지금 생각해보면 그 이유는 뻔했다. 시간이 지날수록 외운 걸 까먹으니 한 글자라도 더 기억하고 있을 때 치료 쇼를 벌여야 했던 것이다.

마지막, 하반신 장애인을 열 명이나 치료한 것이야말로 사기행각의 극치였다. 실은 이것이 바로 내가 박찬경에게 본격적으로 의심을 품게 된 계기였다.

'아직 확실하지는 않지만 뭔가 석연찮은 구석이 있어. 특히 집회에서 본 어떤 것이 내 마음을 계속 어지럽히고 있거든.'

이렇게 생각했던 이유는 간단했다. 박찬경은 하반신 장애인들 치료 전에 이들을 전국 각지에서 불러 모았다고 했다. 그런데 열 명 모두의 휠체어 등받이에는 하나같이 비둘기 로고가 그려져 있었다. 전국에 휠체어 생산업체가 딱 하나만 있는 것도 아닐 텐데 전국 각지에서 몰려온 사람들 모두가 같은 휠체어를 쓴다는 게 말이 되는가.

'말도 안 되지. 이 사람들은 전부 박찬경이 미리 섭외한 연기자들일 뿐이야. 휠체어는 어디 대여업체 같은 데서 열 대를 한꺼번에 빌려온 것일 테고. 그러니 같은 비둘기 로고가 열 대 모두 그려져 있는 거지.'

이상이었다. 이렇게 하나하나 되짚어보니 처음부터 박찬경이 사기꾼이라는 사실은 너무도 명백했다. 오직 유령 신세에서 해방되고 싶은 일념에 진심으로 그를 믿고 싶었고, 그 믿음이 내 눈을 흐려지게 했다.

'사실 처음부터 혹했지. 장판집 아저씨가, 박찬경이 이 동네에 자식 먼저 앞세운 사람이 있냐고, 그 자식이 구천을 떠돌고 있다는 말을 했다고 하니까 딱 내 얘기다 싶어서 정신이 나갔었거든. 그것도 뻔한 사기야. 찾아보면 천안 중앙동에 자식 먼저 앞세운 부모가 어디 한 둘이겠어. 한마디로 무차별 살포이지. 하늘에서 동전 만 개를 뿌리면 땅에서 누구 한 사람은 틀림없이 맞을 테니까.'

마침내 박찬경의 정체를 모두 깨달은 나는 두 주먹을 불끈 쥐고 굳은 결의를 다졌다.

할매 만신당으로 이동하면서 1억이라는 돈의 크기에 대해 생각했다.

'두 노인네가 허구한 날 손님도 거의 없는 어두컴컴한 구멍가게에 앉아서 새우깡 하나 팔아 100원 띠기 하면서 10년 이상 모은 액수야.'

이미 예순이 넘은 두 노인네가 지금은 건강해도 몇 년만 더 지나면 어떻게 될지 모른다. 병에 걸려서 치료비가 필요할 수도 있고, 장사가 힘에 부치면 빌라라도 마련해서 돌아가실 때까지 눈비라도 피해야 한다.

'안 돼. 어떻게든 굿을 막아야 해.'

이미 방법은 생각해두었다. 물리력을 발휘할 수 없는 유령이 유일하게 쓸 수 있는 무기를 사용할 요량이었다. 통할지 안 통할지는 미지수지만 전력을 다해 반드시 해낼 결심이었다.

'그나저나 우습네. 아버지와의 불화의 직접적인 원인이 이거였는데….'

박찬경에게 맞서 싸울 무기, 또한 아버지와의 불화의 원인이 된 것은 바로 연기(演技)였다. 철이 좀 들고 나서부터 고향은 내게 너무 작고 초라했다. 매일 보는 풍경은 매일 변함이 없었고, 한 시간을 걸어도 같은 소리, 같은 그림, 같은 사람 일색에 완전히 질려버렸다. 당시만 해도 천안은 지방 도시라기보다 시골에 가까워 서울처럼 놀이공원이나 패스트푸드점, 신기한 장난감 같은 것들은 구경도 할 수 없었다.

하루하루 지루함에 몸부림치던 어느 날, 고모가 주고 간 비디오테이프 레코더는 구원이나 다름없었다. 내 고향이 단조로운 무채색이라면 비디오에서 본 할리우드의 풍경은 총천연색이었다. 볼 것도, 놀 것도, 먹을 것도 많은 지상낙원. 80년대에 미국은 꼭 그렇게만 보였고, 영화에 나오는 미남미녀들은 하나같이 세련되고 멋이 넘쳐 어린이 눈에는 마치 인간 세상에 잠시 노닐러 온 신들처럼 보였다.

'그때부터 난 영화에 미쳤지. 그리고 배우들에게도.'

본인이 가장 좋아하는 걸 하고 싶어지는 게 사람인 모양이다. 나는 목숨을 바쳐서라도 영화에 나오고 싶었고, 그중에서도 하늘에 떠 있는 별보다 반짝반짝 빛나는 스타가 되고 싶었다.

"영풍이는 어째 커갈수록 더 멋있어진다. 신성일이 같아."

"아이, 오빠는. 요즘 애들이 신성일을 어떻게 알아. 김주승 같아, 김주승."

큰아버지와 고모의 칭찬은 내 열망을 더욱 부채질해주었다. 기실 나도 내 인물이 꽤 괜찮다는 자각은 하고 있었다. 중학교 때 바로 옆 여중생들이 정문에서 날 보고 가기도 했고, 이런저런 경로로 초콜릿이나 편지 같은 것도 적잖이 받았다. 영화에 무한한 애정이 있고, 인물도 촌구석에서는 알아주는 정도이니 마음만 먹으면 배우가 될 수 있겠다는 은근한 자신감이 있었다.

문제는 아버지였다. 아버지는 집에 있는 비디오로 단 한 번도 영화를 보지 않았다. 비디오테이프 대여 가격이 아까워서가 아니라 TV에서 공짜로 해주는 영화도 보는 걸 못 봤다. 한마디로 재미하고는 상극인 지루하기 짝이 없는 양반이었다.

'가끔 외식으로 기분 한 번 낸 적이 없지. 짜장면 먹고 싶다고 하면 짜파게티, 갈비 먹고 싶다고 하면 집에서 재어 먹지 왜 나가서 돈을 쓰냐고 하는 양반이니까.'

절대 헛돈은 쓰지 않고 비가 오나, 눈이 오나 카운터만 지켰다. 유일한 오락이라곤 동네 가게 아저씨들과 두어 달에 한 번 대포 한 잔. 그것도 그 아저씨들 가게 셔터 내리면 가게 안에서 안주를 사다놓고 먹었다. 전 국민이 열광하는 월드컵도, 올림픽도 관심이 없고, 장안을 떠들썩하게 하는 영화도 전혀 몰랐다. 우연히 60년대에 단체관람으로 딱 한 번 영화를 봤다는 얘기를 들은 적이 있다.

그런 아버지에게 영화배우를 꿈꾸는 아들은 반역자나 마찬가지였다. 고등학교 때 넌지시 연극영화과를 가고 싶다는 말을 하자 아버지는 밥상을 주먹으로 내리치며 욕을 했고, 처음으로 부모에게 고백한 꿈이 그따위 취급을 받은 것에 나는 가슴 깊숙이 상처를 입었다.

그날부터 공부를 작파하고 2년간 마냥 놀았다. 잘 사는 집 딸을 사귄 덕분에 개 돈으로 매일 노래방을 갔고, 술·담배도 일찌감치 배웠다. 중학교 때까지만 해도 전교 10등 안에서 놀았던 내가 이제는 반에서 꼴찌 10등 안에 들었다. 그렇게 하루하루 의미 없는 시간 속에서 입시가 코앞에 다가온 고등학교 3학년을 맞았다.

"그… 연극영화과 보내줄 테니까 지금부터라도 한 번 해봐라."

결국 아버지가 대책 없이 막 사는 아들에게 질려 두 손을 들었다. 눈이 번쩍 띄는 듯했다. 그날로 여자친구에게 이별을 통보하고 공부를 시작했다. 내 입으로 할 말은 아니지만 머리는 제법 있는 편이어서 금방 진도를 따라잡았고 매일 밤 코피를 쏟은 보람이 있어 성적도 나날이 수직 상승이었다.

워낙 논 시간이 길어서 최상급의 성적은 아니었지만 서울의 웬만한 연극영화과는 충분히 노려볼 만한 수능 점수를 받았다. 연극영화과 입시에서는 실기도 중요하지만 그쪽은 전혀 준비가 되어 있지 않았기에 실기와 무관한 연출 전공을 택할 계획이었다. 일단 연극영화과에 적을 두기만 하면 연출에서 배우 전공으로 옮기는 방법도 있지 않을까 막연히 생각하던 중이었다.

"애비가 암만 생각해도 연극영화과는 아닌 것 같다. 보나마나 백수될 게 뻔한데 아들놈 백수 만들자고 그 많은 돈을 쓸 수는 없어. 그냥 일반 대학으로 가. 취직 잘 되는 거로. 너 문과니까 영문과 어떠냐? 영어만 할 줄 알면 웬만한 회사에서는 다 뽑아줄 텐데."

"아니, 아버지. 약속하셨잖아요?"

"그거야 네가 하도 공부를 안 하니까…."

가슴속에서 천불이 타올랐다. 거짓말이다. 모든 게 거짓말이다. 아버지는 하나밖에 없는 아들에게 거짓말을 한 것이다.

혈육에게 배신당한 서러움에 아무 말도 나오지 않고 눈시울만 뜨겁게 달아올랐다. 내가 울먹이는 모습에 조금 부드럽게 다독이는 아버지였다.

"너무 실망하지 마라. 그런 거 하는 사람은 따로 있어. 원래부터 잘살고 잘난 사람들이 하는 거야."

더 말을 섞고 싶지도 않았다. 연극영화과 지망을 반대하는 것도 싫었지만 '그런 거 하는 사람은 따로 있다'는 말이, '원래부터 잘살고 잘난 사람들이 하는 거'라는 말이 더 싫었다. 평생을 따라다니는 가난으로 패배주의에 절은 한심한 인간이나 할 법한 말이다.

한심하게도 대학 진학을 포기하진 못했다. 솔직히 받아놓은 성적이 아까웠다. 아마 아버지도 이 점을 노렸을 것이다. 어떻게든 공부를 시켜서 성적만 잘 나오면 설마 대학에 안 가겠느냐는 비열한 계획이었을 터.

'따로 가고 싶은 과는 없어서 아버지 말대로 영문과를 갔지. 당시에는 문과에서 인기학과라서 인 서울은 좀 힘들었고 살짝 커트라인이 낮은 인천의 대학에 등록했지.'

나름의 계획도 없진 않았다. 아마추어 연극부가 없는 대학은 없으니까 거기서도 전공 수업은 포기하고 연기만 할 마음을 먹었다. 뻔한 결론이지만 세상사 내 마음대로 되진 않았다.

'수다쟁이 절친이랑 밤낮으로 술만 푸고, 여자애들 몇 명이랑 만나고 헤어지다 보니까 어느새 졸업이더라.'

연극부는 문턱에도 가보지 못하고 졸업했지만 이제는 대학에서도 벗어난 완전한 자유인이었다. 군대도 다녀왔고 의무적인 등교도 할 필요가 없는 지금이야말로 꿈을 실현하기 딱 좋은 시절이라고 생각했다. 나는 대학로를 찾아가 며칠을 매달린 끝에 조그마한 극단에 들어갔다.

"완전 마담 킬러 스타일이네. 잘생기긴 했는데 너무 늦게 태어났어. 아줌마들은 좋아하겠네."

"애, 남궁원 선생님 닮지 않았어요?"

잘생기긴 했지만 좀 느끼한 옛날 스타일의 미남, 한마디로 요즘은 먹히지 않는 얼굴. 이것이 천안에서 제법 유명했던 내 얼굴에 대한 평가였다. 별로 신경 쓰지 않았다. 배우는 얼굴도 중요하지만 연기력이 더 중요하지 않은가. 연기만 잘하면 얼굴이야 조금 부족해도 아무 상관없다고 믿었다.

호기롭게 시작한 극단 생활은 힘겨웠다. 무엇보다 수입이 너무 적었다. 통장에 찍힌 돈은 100만 원. 물론 월수입이 아니라 연수입이 그랬다. 잡일은 또 얼마나 많은지 온종일 포스터 붙이고 청소하고, 한여름에도 한겨울에도 모객하느라 길바닥에서 시간을 다 보냈다.

'제일 중요한 건 따로 있지.'

그놈의 연기력이 도통 올라올 생각을 안 하는 것이었다. 반년쯤 뒤에는 엑스트라라도 시켜줬지만 "서울역이 어디입니까?" 같은 문장도 제대로 소화하지 못했다. 영화를 그렇게 많이 봤으니 자연스레 내공이 쌓이지 않았을까 했던 근거 없는 자신감은 완전한 착각이었다. 끝내 극단 대표이자 대표 연출가는 나를 완전히 포기했고 1년이 지나고 나서는 알량한 회식자리에도 불러주지 않았다.

'역시 이런 거 하는 사람은 따로 있다는 아버지의 말이 옳았던 걸까?'

죽기보다 인정하기 싫었던 그 말을 받아들일 수밖에 없었다. 내게는 순식간에 다른 사람으로 변신하는 연기자의 끼나 재능 같은 것이 결여되어 있었다. 1년 만에 극단을 나올 때는 빈말로도 만류하는 이 하나 없었다. 그 뒤로 반 동거하는 애인 집에서 게임이나 하다가 그녀가 벌어오는 돈을 축냈다. 그녀에게도 버림받은 뒤로는 아르바이트나 하면서 한 달 벌어 한 달 쓰고 사설 토토나 불법 도박을 했다.

내가 봐도 이런 인간쓰레기가 없지만 그때는 그저 억울하기만 했다. 아버지만, 아버지만 아니었더라면 다른 결과가 나왔을 거라고 진심으로 생각했다. 처음부터 연극영화과만 갔었더라면, 기초부터 연기를 배웠더라면 나의 재능이 충분히 발현되었을 거라고 믿어 의심치 않았다.

'아버지가 반대하는 바람에 인생 망쳤다고 생각했지.'

지금은 안다. 나는 아버지 때문에 망한 게 아니라 나 때문에 망한 것이다. 내가 의지가 좀 더 투철했더라면 대학에서도 연기를 독학했을 테고, 쫓겨난 극단 대신 다른 극단을 찾아봤을 것이다. 나는 그저 나의 의지박약을 인정하기 싫었고, 나의 실패를 누군가의 탓으로 돌리고 싶었던 것뿐이었다.

'비록 1년차 배우 생활로 끝났지만 연기를 아예 못 배우지는 않았어. 지금부터 내가 그 연기를 보여주마. 아버지가 그토록 반대했던 연기로 아버지를 살려드릴 거야. 두고 보세요, 아버지.'

만신당 2층 박찬경의 살림집에서 그가 오기를 기다렸다. 느지막이 돌아온 그가 평소처럼 보석 서랍장을 열었을 때였다. 미리 위치를 잘 맞춰서 서랍장 안에 들어가 있던 나는 녀석의 움직임에 맞춰 머리를 확 움직였다.

"으악!"

박찬경의 시점에서는 무심코 연 서랍 속에서 사람의 머리가 튀어나온 꼴이었다. 그가 기겁을 하고 물러나자 나는 씩 웃고 도로 서랍장 안으로 숨었다. 박찬경은 가슴을 부여잡으며 놀란 심장을 진정시켰다. 조심스레 다시 열어본 서랍에 아무것도 보이지 않자 헛것을 봤다고 넘어가는 듯했다.

'과연 그럴까. 넌 죽었어, 이 자식아.'

화장실에도 쫓아 들어갔다. 박찬경은 욕조 속에 들어가 목욕을 하고 있었다. 곧바로 물속으로 들어가 수면으로 머리만 내밀었다. 그러고는 박찬경을 향해 빠르게 다가갔다. 박찬경이 지르는 비명이 음악처럼 감미로웠다.

"뭐, 뭐야!"

'뭐긴 뭐야. 유령이지.'

박찬경의 모든 능력은 전부 사기였지만 딱 하나 내 능력으로 파악하지 못한 게 있었다. 그는 노래방에서 내가 있는 곳을 정확하게 짚었으며, 내가 입고 있던 옷도 딱 맞췄다. 게다가 치료 집회장에서, 그리고 이 살림집에서 이놈을 염탐했을 때 전부 눈이 붉게 충혈되어 있었다.

"귀신 볼 때마다 이래. 사람이 못 볼 거를 보니까 눈에 무리가 가는 거지."

　녀석은 이렇게 말한 바 있다. 세 번이나 증명된 걸 보면 정황상 그 말은 사실인 듯했다. 아무래도 영적인 능력, 일종의 영감(靈感)이 아주 없는 놈은 아닌 것 같았다. 다시 말해 유령을 볼 수 있는 능력만큼은 거짓이 아니라는 것이다.

　다만 그 능력이 완벽한 것 같지는 않았다. 만약 내 모습을 사진처럼 뚜렷하게 볼 수 있었다면 아버지의 신뢰를 얻기 위해 후드티 복부의 핏자국이나 얼굴 등을 보다 정확히 묘사했을 터였다. 또 유령이 머리부터 발끝까지 확실하게 보이면 무서워서 어디 일상생활이나 제대로 할 수 있겠는가. 제대로 일상을 영위하고 있는 걸 보면 아마도 대중매체에 묘사되는 유령처럼 윤곽 정도만 흐릿하게 보이는 게 아닐까 싶다.

　'날 볼 수 있는 것 같으니 연기를 하기로 한 거지. 평소같이 사람한테 아무런 해도 끼치지 않는 착한 유령이 아니라 꿈에 나올까 무서운 악령 연기를 해줄 테니 톡톡히 기대해라.'

　그 후로도 나는 박찬경을 줄기차게 쫓아다니면서 괴롭혔다. 침대에 누워 옆자리의 그가 깨기만을 기다리면서 무시무시한 표정을 짓기도 했고, 좀 지저분하게 느껴지긴 하지만 그가 화장실에서 일을 볼 때 변기 밑에서 올라가기도 했다. 그때마다 박찬경이 놀라 자빠지는 꼴이 그렇게 흥겨울 수 없었다. 비록 흐릿한 모습일지라도 완전히 방심하고 있을 때 예상치 못한 곳에서 갑자기 튀어나오면 누구라도 혼비백산하지 않겠는가.

죄책감은 조금도 들지 않았다. 다음 날, 집회에서 봤던 췌장암 중년 여성의 가족들이 만신당으로 찾아와서 실랑이를 하는 광경을 보고 더욱 스스로의 행동이 자랑스러웠다.

"3억이나 받아놓고 우리 언니 왜 죽게 만들었어!"

"어허, 지금 나를 탓하는 게냐. 치료 시기가 늦었을 뿐이야. 한 달만 빨리 나한테 왔더라면 틀림없이 살았다. 너희들이 게을러터진 걸 왜 남 탓을 하느냐."

박찬경은 집회에서 봤던 폐암 노인에게도, 유방암의 홍소은에게도 절대 병원에 가지 말라고 했다. 병원에 가서 제대로 된 치료를 받고 혹시라도 병이 나으면 자신의 돈줄이 끊어지는 셈이니 기를 쓰고 말리는 것이다.

'진짜 악귀는 이놈이야. 돈을 위해서라면 환자가 어떻게 되든 신경도 쓰지 않는 사악한 악마. 더 이상의 피해자를 막기 위해서라도 이놈은 세상에서 없어져야 해.'

원래도 아주 젊은 놈은 아니다. 사흘 동안 괴롭히는 사이, 그의 안색은 점점 시꺼멓게 변해갔고 자주 기침을 했다. 너무 자주 소스라치게 놀란 탓에 심장에 무리가 가는 게 분명했다. 결정타는 닷새째 되는 날에 터졌다. 박찬경이 TV를 켜고 즐겨 보는 예능 프로그램으로 돌렸을 때 TV 안에 숨어 있던 내가 왁 하고 튀어나갔다.

"으으으…."

박찬경은 가슴을 부여잡으며 쓰러졌고, 입에서는 허연 침이 줄줄 쏟아졌다. 그나마 중년의 여자 비서가 일이 있어 올라와본 게 천만다행이었다. 안 그랬으면 틀림없이 죽었을 텐데 병원으로 옮겨져 목숨은 건졌다. 다만 뇌에 산소공급이 장시간 끊겨 언어능력을 상실했고, 두 발로는 걸을 수 없게 됐다. 제 의사로 움직이는 건 오로지 오른손뿐. 게다가 언젠가 홍소은의 가슴을 더럽혔던 침을 이번에는 죽을 때까지 자기 가슴에 질질 흘리게 됐다.

닷새 만에 박찬경을 퇴치한 덕분에 굿은 하지 못하게 됐다. 아버지와 엄마는 두고두고 안타까워했지만 정작 굿판을 벌일 당사자가 저 꼴이 됐으니 누굴 탓할 수도 없는 일이다. 이렇게 해서 두 노인네의 노후자금 1억 원은 지켜졌다. 나는 고구마를 까먹으며 이불을 깔고 앉아 TV를 보고 있는 두 분을 흐뭇하게 바라봤다.

"1억은커녕 100만 원도 드려본 역사가 없지만 죽어서라도 1억 드린 겁니다. 그 돈 잘 간직하셨다가 요긴하게 쓰세요."

아버지가 반대했던 연기로, 극단의 모두가 비웃었던 연기로 노인네들을 비롯한 사람들을 도울 수 있어 세상에 태어난 이래 제일 행복했다. 이 맛을 조금만 더 일찍 알았더라면, 조금만 더 노력을 했더라면 얼마나 좋았을까 후회했지만, 이젠 다 지나간 일이다.

아버지는 5년 뒤에 돌아가셨다. 계속 인천에 머무른 탓에 당연히 임종은 지키지 못했다. 추석 전날에 내려가 보니 엄마 혼자였다. 고모랑 통화하는 걸 엿듣고 아버지가 불과 한 달 전에 자다가 심장마비로 조용히 돌아가신 걸 알았다.

추석 당일에는 엄마를 따라 홍성에 있는 선산으로 갔다. 형제자매 많은 집 막내로 태어나서 변변한 재산도 못 받았지만 형제자매들이 서로 자기 거라고 다투는 통에 선산은 못 팔고 남아 있었다. 그곳에는 할아버지, 할머니를 합장한 산소가 제일 위쪽에, 그 아래에 자식들의 산소가 층을 이루고 있었다. 엄마는 아버지의 무덤 앞에서 술을 따라 올렸다.

한동안 무덤에 올라온 잡초들을 뽑아내던 엄마는 아래층의 3대 무덤으로 내려갔다. 아직 죽을 나이가 아닌 3대 자리에는 내 것과 교통사고로 고등학교 때 죽은 사촌동생 것밖에 없었다.

처음으로 본 내 무덤에 오만 생각이 다 들었다. 죽고 나서 여기 온 건 처음이었다. 왠지 내 무덤을 본다는 생각만 해도 기분이 이루 말할 수 없이 더러워져 한사코 피했었다. 아버지 것보다 몇 배나 길게 내 무덤의 잡초를 뽑던 엄마가 갑자기 주저앉았다.

"여기 왜 이런 게 들어 있어?"

무덤 앞에는 직사각형으로 된 넓은 돌판이 놓여 있었다. 성묘를 올 때 그 위에 제삿술과 제사상을 차리기 좋게 만들어놓은 것인데 네 개의 짧은 다리가 붙어 있었다. 엄마는 그 돌판 아래로 손을 깊숙이 집어넣어 뭔가를 끄집어냈다.

"설날까지만 해도 없었는데. 영풍이 아버지가 넣어놨나 보네."

엄마가 꺼낸 것은 책이었다. 돌판 위에 올려놓으면 비바람에 망가질까 봐 돌판 아래 숨겨놓은 듯했다. 나는 엄마에게 가까이 다가가 제목을 읽어보았다.

스타니슬랍스키의 <연기론>.

처음으로 아버지도 내심은 미안해하고 있었음을 깨달았다.

마더

Mother

또다시 9월 5일이 밝았다. 이로써 내가 죽은 지 정확히 20년이 흐른 셈이다. 나는 동터오는 9월 5일의 태양 아래 잠시 멈춰 섰다. 온갖 감정이 흘러넘쳐 복잡한 심경으로 하늘을 올려다보았다.

'참으로 길고 긴 세월이었어.'

날숨이 없는 한숨을 진짜처럼 내쉬며 지난날을 돌이켜보았다. 말 그대로 '유령처럼' 떠돌며 지내온 20년이었다. 처음 죽음이 확정된 직후에는 분노의 5단계 이론에 따라 나한테 이런 일이 생길 리 없다는 부정으로 시작해 분노, 타협, 우울의 각 단계를 충실하게 거쳐 결국 나한테 이런 일이 생기고 말았다는 현실을 수용하게 되었다.

그때부터는 나름대로 유령 생활을 즐긴 것도 사실이다. 동경해 마지않던 여자 연예인들의 사생활을 훔쳐보며 아무도 모르는 그녀들의 비밀을 하나씩 수집하는 짜릿함이 말도 못 했다. 재벌 회장, 정치인, 아나운서, 스포츠 스타 등 신문지상을 장식하는 수많은 유명인의 숨겨진 속사정이 모두 내 손 안에 있다는 것이 얼마나 흐뭇하던지 꼭 당대 제일의 저널리스트가 된 것만 같은 기분이었다.

'그때는 그것만으로도 하루하루 엄청 재미있었지. 어차피 지치지도 않으니까 되도 않는 사명감을 가지고 파파라치처럼 밤이고 낮이고 목표로 찍은 대상을 쫓아다녔어.'

그러나 새로 얻은 취미는 2년을 가지 못하고 시들해졌다. 아무리 유명하고 잘나가는 사람도 결론은 나 같은 갑남을녀와 별반 다를 게 없었다. 사랑하고, 화내고, 욕심내고, 다투고, 질투하고, 때로 법도 좀 어기고…. 그냥 스케일만 좀 크다 뿐이지 하는 짓들은 다 똑같았다.

그 후로는 지인들을 주로 관찰했는데 나와는 접점이 전혀 없는 유명인들보다 평소의 언행을 잘 아는 사람들의 위선을 목도하는 맛이 아주 그냥 끝내줬다. 특히 선비 스타일로 살아가며 유독 도덕적인 척하던 친구의 불륜 사실을 알았을 때의 통쾌함은 말로 형용할 수가 없다.

하루하루 성실히 살아가며 가끔 노력의 보상을 받는 평범한 일반인들의 삶에서 감동을 받기도 했다. 두 손 모아 응원했던 어느 취업 준비생의 면접에 입회하고, 취업이 확정된 날 집에서 혼자 축하주를 마실 때도, 떨리는 첫 출근 날에도 함께 가주었다. 마치 육성 시뮬레이션 게임을 하듯이 내가 점찍은 사람이 잘 돼가는 모습을 확인하는 기쁨은 평범한 사람은 죽었다 깨어나도 모를 것이다.

아, 물론 목숨처럼 좋아하는 영화도 실컷 봤다. 극장이 미어터져도 나한테는 아무 영향을 못 주니 늘 가장 좋은 자리에서 편하게 관람했고, 시청률 고공행진을 하는 드라마는 시간 맞춰 아무 집에나 들어가면 볼 수 있었다. 살아 있을 때는 영화, 일본 애니메이션, 게임, 미드 같은 것에 몰두하면서도 시간을 너무 낭비한다는 죄책감에 시달렸는데, 어차피 죽은 마당이니 그런 걱정도 할 필요가 없었다.

그렇게 어영부영 20년을 보냈다. 유령으로서 다양한 삶의 양상을 목격하고, 탁월한 창작자들이 공들여 만든 작품을 여유롭게 흡수하면서.

'이렇게 꼽아보니까 꼭 유령 생활을 권장하는 것 같네. 여러분들이 생각하는 것만큼 유령이 단점만 있는 건 아닙니다 하면서 말이지.'

당연히 누구에게도 이런 생활을 권할 수 없다. 공개하는 순간 한 달 열흘은 나라가 뒤집힐 만한 거대 스캔들을 알아봐야 발표할 수가 없고, 착하고 성실한 타인을 암만 응원하고 힘을 북돋아줘도 그 사람은 내 존재 자체를 알지 못한다. 멋진 영화를 보고 잔뜩 고양돼도 감상을 나눌 사람이 없으며, 영 별로인 드라마를 보고 내가 써도 이거보단 잘 쓰겠다며 모처럼 창작욕이 불타도 글을 쓸 방법이 없다.

친구나 관심 있던 동갑내기 지인도 이제 쉰다섯 살. 중늙은이들이 자기 살아가는 데나 바쁘지 죽고 없어진 지 20년이나 지난 나를 가끔이나마 언급하는 이들은 아무도 없다. 나한테나 아는 사람이지 그들에게서 나는 이미 까맣게 잊힌 존재인 것이다.

'그야말로 아무 의미도, 목적도 없이 세상을 공허하게 떠도는 것뿐이야. 세상에 이렇게 지독한 형벌이 또 있을까.'

이게 다가 아니다. 나로 하여금 유령 생활에 완전히 환멸을 느끼게 만든 진정한 이유는 따로 있었다. 나는 그 이유를 만나러 가기 위해 무거운 발걸음을 옮겼다.

인천에서 제일 알아주는 병원의 큰길 건너 별관 암센터 정문을 통과했다. 조금이라도 대면을 늦추기 위해 엘리베이터 대신 계단을 올랐다. 7층에서 철문을 빠져나가자 긴 복도가 이어져 있었다. 나는 중환자실 앞에서 무거운 한숨을 내쉬었다. 얼마나 그러고 있었을까. 의지가 더 흩어지기 전에 중환자실로 들어갔다. 감았던 눈을 천천히 뜨자 한 할머니가 잠든 것처럼 고요하게 침대에 누워 있었다.

'아, 엄마….'

몇 번을 봐도 믿어지지 않았다. 내 엄마가 SF영화에나 나올 법한 장치들을 주렁주렁 매달고 흰색 일색의 살풍경한 병실에 누워 있다는 것이. 가족 중 한 명이 난데없이 암에 걸려 울고불고 짜는 주말 드라마 같은 일이 내게 벌어졌다는 것이. 담배는 평생 입에 대본 적도 없는 엄마가 하필이면 폐암에 걸렸다는 것이.

나는 침대에 다가가 엄마를 가까이서 살펴봤다. 역시 모든 게 거짓말 같았다. TV에서 본 말기 암 환자는 전부 바짝 마른 몸에 안색도 거무튀튀해서 한눈에도 살날이 얼마 안 남아 보였는데, 엄마는 체중이나 피부가 발병 전과 특별히 다르지 않아 보였다.

'설마 오진 같은 건 아니겠지?'

의식이 없는 얼굴도 평화롭게만 느껴졌다. 입에 매단 인공호흡기가 좀 이질적이긴 하지만 그것만 제외하면 그냥 평범한 칠십 대 후반 할머니가 달콤하게 낮잠을 자는 장면일 뿐이었다. 너무도 안온한 얼굴에 더럭 겁이 났다. 잠든 상태에서 돌아가신 건 아니겠지? 침대 옆에 배치된 모니터링 장치를 확인하자 온갖 매체를 통해 익숙해진 심전도 그래프가 죽음을 의미하는 일직선으로 죽 이어지는 대신 뾰족뾰족한 파형을 정기적으로 그려주고 있었다.

'아마 이 평화로운 얼굴은 모르핀 때문이겠지. 모르핀에 취해 세상모르고 자는 거야.'

한시름 놓자마자 다시금 오갈 데 없는 분노가 치솟았다. 대체 왜 우리 엄마가 폐암 말기 환자가 돼야 한단 말인가. 여기 오면 늘 그렇듯이 나는 문제의 원흉으로 아버지를 선택했다.

'밥상마다 생선구이가 안 오르면 밥술을 뜨는 양반이 아니었지. 특히 그놈의 삼치랑 고등어. 싸고 양 많다고 근처 시장에서 사다가 매 끼니 구워 먹었으니까. 뱃속이 무슨 태평양도 아닌데 생선 천 마리는 들어 있을 거다.'

하루에 한두 번씩 반드시 생선을 굽느라 자연스레 폐 속에 들어간 연기가 폐암이라는 끔찍한 병으로 돌변했으리라. 그게 아니라면 평생을 살아온 우리 집 '영풍상회'가 문제일 수도 있었다. 70년대 지어진 주택이 대개 그렇듯이 지붕을 슬레이트로 했다. 방송에 나오는 의사들이 슬레이트에 들어가는 석면이 암 발생률을 높인다고 하지 않았는가. 어쩌면 10년 전에 아버지가 돌연사한 것도 그 탓일지 모르겠다.

'웬만한 남자들 평균 수명만큼은 사셨으니까 별로 이상하게 생각하지 않았지만 실은 그 이유 탓일 수도 있지.'

복잡한 문제가 가끔은 간단하게 풀리는 것처럼 진실은 생각보다 단순할 수도 있다. 그냥 노화에 따른 암 발병이라든지, 나와 아버지가 차례차례 죽고 없어지는 바람에 쓸쓸히 혼자 살아가는 데서 극심한 스트레스를 받고 그게 암으로 발전했을 가능성도 있다.

혹시 놓친 다른 가능성이 있을까 골똘히 생각하던 나는 고개를 세차게 흔들었다. 이건 문제의 원인을 찾는 척하면서 진짜 문제에서 눈을 돌리는 도피행위에 불과하다. 진짜 문제는 그래서 엄마를 어떻게 살릴 것이냐 하는 것이었다.

엄마를 어떻게 살릴 것이냐?

솔직히 답이 없었다. 내가 무슨 의사도 아니고, 유령이라고 신통력이 있어서 손짓 한 번에 아픈 사람을 치료할 수 있는 것도 아니다. 그냥 하루하루 죽어가는 엄마를 바라볼 뿐 어떻게 손써볼 방법이 전무했다. 그동안 현실 세계에서 아무것도 할 수 없는 유령이라는 존재의 무력감을 톡톡히 느껴왔지만 이번만큼 절절하게 느낀 적은 없었다. 가만히 놔두면 뻔히 죽을 거라는 걸 알면서도 해줄 수 있는 게 이토록 없을 줄이야.

'그나마 임종이라도 지킬 수 있으니 다행인 건가.'

천운이었다. 한동안 고향 천안에 발길이 뜸했다. 이젠 아버지도 없는 영풍상회에서 엄마 혼자 우두커니 앉아 하루하루 시들어가는 모습을 보는 게 끔찍해서 한 2년 귀향을 거른 탓에 엄마의 병이 이 정도로 심각했던 것도 몰랐다. 올해 설에 한 번 내려갔더니 영풍상회는 아예 문을 닫아 폐가가 된 상태였고 엄마도 찾을 수 없었다. 너무 놀라 온 친척집을 다 쏘다닌 뒤에야 겨우 인천 막내 이모네 집에서 엄마를 찾았다. 폐암 4기 진단을 받은 엄마는 천안 살림을 싹 정리하고 인천으로 상경해 치료를 받고 있었다. 두어 달은 통원을 했지만 병세가 심각해진 지난달부터는 아예 중환자실에 입원해서 매일같이 사경을 헤맸다. 사정을 파악한 나도 이모네 근처로 거처를 옮기고 매일같이 엄마를 보러오는 중이었다.

'엄마 나이가 일흔일곱 살이야. 요즘 기준에 장수는 아니지만 그렇다고 단명하시는 것도 아니니까. 어차피 살아 계셔봐야 독거노인의 외로운 삶이 연장되는 것뿐이니까 어쩌면 잘 된 걸 수도 있어.'

그렇게 스스로를 위안하고 있을 때 엄마의 이마에 땀에 젖은 머리카락 한 가닥이 눈에 들어왔다. 무심코 머리를 정리해드리려 손을 뻗었다. 내 손은 엄마의 이마를 그대로 통과해 그 안쪽 깊숙한 곳까지 들어갔다. 비록 만져지지는 않았지만 엄마의 뇌가 있는 곳이다. 그 뇌는 지금 무슨 생각을 하고 있을까? 이제 남편과 아들을 볼 수 있는 곳으로 갈 수 있으니 다행이라고 생각할까. 아직은 죽기 싫다고 절규하고 있을까. 한평생 고생만 하다가 몹쓸 병까지 걸린 운명을 저

주하고 있을까. 엄마의 작은 머리에 담긴 작은 뇌가 무슨 생각을 하고 있을지 미치도록 알고 싶었다.

'그러고 보면 한평생 고생만 하긴 했지.'

가난한 집에 시집 온 덕분에 구멍가게 카운터에서 꽃이 지천인 봄부터 함박눈이 소복소복 쌓이는 겨울 다 보내고 일생 즐거운 것 하나 모르고 살았다. 난산으로 죽음의 위기를 겪고 향후 다시는 아이를 낳을 수 없는 몸이 되면서까지 간신히 얻은 아들은 죽을 때까지 속 썩이다가 연쇄살인범한테 살해당하지를 않나. 게다가 말수 없고 멋대가리도 없는 아버지는 또 어쩜 그리 꼬장꼬장한지 슬리퍼 하나 마음대로 못 사게 했으니 엄마가 아닌 보살이라도 암에 걸리는 게 당연한 노릇이었다.

역시나 77년 동안 고통만 안겨준 이 세상을 하루라도 빨리 하직하는 게 엄마한테는 훨씬 좋은 일인 것 같았다.

'그래요, 엄마. 그만 고생하고 얼른 돌아가세요. 다음 세상에서는 부잣집에서 태어나 사랑 많이 받고 돈도 펑펑 쓰면서 재미나게 살아보슈.'

오늘은 이만 고통 받자 싶어 자리를 뜨려다가 새삼 엄마의 모습이 눈에 밟혔다. 아버지와 내가 불화가 심한 탓에 중간에서 스트레스를 엄청 받은 엄마는 마음은 내 편일지 몰라도 옛날 여자라 아버지를 쉽사리 거역하지 못했다. 내 편인가 싶다가도 결국에는 아버지 편을 들어 나의 화를 돋우기 일쑤였는데, 아버지 몰래 나를 도운 적도 없진 않았다.

주제에 안 맞게 되도 않는 연기하고 싶다고 성화를 부리던 고등학교 시절. 수능을 마치고 입학을 기다리던 겨울에 엄마가 아버지 몰래 연기학원을 끊어주었다. 딱 한 달 만에 아버지한테 들켜 못 다니게 되었지만 엄마의 유일한 반란이었다.

'그 반란도 본인을 위해서는 아니었지. 오직 아들, 나를 위해서만 그러셨어.'

갑자기 엄마에 대한 애정이 한여름 폭풍우를 몰고 오는 구름처럼 내 안에서 커져갔다. 눈물이 나올 것 같은 기분이었지만 지난 20년 동안 한 번도 흘려본 적 없는 눈물이 나올 리 없었다.

때마침 욕창을 방지하기 위해 몸을 닦아주러 온 간호사가 병실 문을 열었다. 갈비뼈가 툭툭 불거져 나온 가냘픈 몸뚱이를 지켜보다가 차마 더 볼 수 없어 밖으로 나갔다.

오후에는 유령들의 아지트인 인천 가족공원으로 마실을 갔다. 여기 오간 지도 20년째라 언젠가부터 별 재미도 없었지만 달리 갈 데도 없고, 그나마 말이 통하는 유령들을 만날 수 있는 유일한 곳이라 월급날 치킨집 가듯이 무심코 발길이 향했다.

"영풍 오빠 왔어요?"

얼마 전에 안면을 튼 이십 대 유령에게 살짝 목례하고 커피숍 구석 의자에 처박혔다. 정문 근처에 있는 이 커피숍의 열네 개 테이블에는 밖에서 20여 명의 유령과 왁자지껄하게 떠드는 대신 소수정예로 조용한 대화를 나누고 싶은 유령들이 나눠 앉아 있었다.

예전에는 아는 유령도 많았는데 지금은 대개 물갈이가 돼서 낯선 이가 더 많았다. 갑작스런 죽음을 맞게 되면 극도로 당황하는 게 인지상정. 자신의 사인에 대해 제대로 파악할 정신머리를 가지기 힘들다. 자기가 왜 하루아침에 죽었는지 납득을 못하니까 유령이 되는데, 그 신세로 며칠 머리를 식히고 어느 정도 주변을 파악하면 십중팔구는 죽음의 원인을 깨닫고 모든 걸 납득한 채 사라진다. 다시 말해 현실사회의 흉악사건처럼 해결을 빠른 시간 안에 하지 못하면 영구미제로 남을 가능성이 높다는 것이다.

'현실에서 시간이 흐를수록 증거가 사라지고 증인들이 별세하는 거랑 똑같지. 아무리 존경받고 사랑받는 사람이라도 죽은 지 한 10년 지나면 누가 기억이나 하고 언급이나 하겠어? 그러니 새로운 정보를 얻기가 갈수록 힘들어지는 거야.'

그럼 나는 어떤가? 나야말로 영구미제의 표본이었다. 20년이나 자기 죽음에 납득을 못하고 떠돌고 있으니 적어도 내가 아는 유령 중에서는 최장수 기록이다. 예전에는 대단한 기록이라고 꽤 우쭐한 적도 있었지만 지금은 아니다. 하루 전만해도 농담을 주고받던 동료가 다음 날 사라지고 공동묘지에오지 않으면 그렇게 부러울 수가 없었다.

특히 엄마의 생이 얼마 남지 않은 지금은 초조감이 말도못 했다. 이미 친구나 지인은 날 완전히 잊은 지 오래였고, 더는 이 세상에 어떠한 미련도 없다. <스타워즈 에피소드13> 개봉 소식에도, 이게 정말 사실이냐 싶은 스캔들에도눈곱만큼의 흥분도 생기지 않는다. 안부가 궁금한 사람도 온세상에 엄마 하나밖에 안 남았다. 그나마 날 기억하고 있는세상의 유일한 흔적인 엄마마저 사라지면 나 허영풍은 완전한 혈혈단신, 광대한 우주 속의 먼지 한 톨만큼 외로운 존재로 영원한 무의미를 헤매게 될 것이다.

'정말 그렇게 되면…. 어휴, 상상만 해도 끔찍하네.'

나는 그저 물컵 속의 설탕 한 알갱이처럼 완전히 녹아 없어지고 싶을 뿐이다. 다른 욕심은 이제 아무것도 없다. 하지만 그러려면? 나의 죽음에 대한 모든 것을 납득해야 한다.

'좋아. 이제는 정말 그동안 무의식적으로 피해왔던 내 죽음과 정면으로 맞설 때야. 더는 피하지 않는다.'

굳은 결심을 하고 찬찬히 내가 죽던 날에 대해 떠올려봤지만 놀라우리만큼 떠오르는 게 없었다. 한 시간쯤 끙끙대다가 머리를 싸쥐고 말았다.

　생로병사라는 인생의 과정 중에서 기실 내가 가장 충격적
으로 맞닥뜨린 것은 죽음밖에 없다. 태어난 순간은 기억이
나지 않고, 늙기 전에 죽었으며, 다행히 크게 병에 걸린 적도
없었다. 그러니 죽음이 내 인생의 가장 큰 이벤트였는데, 그
게 어디 보통 일인가. 아직 죽음이 너무도 멀게 느껴지는 서
른다섯 살, 그 한창때 삶의 여정이 느닷없이 끊어졌다. 웬만
한 보통 사람이라면 일생일대의 대사건에 정신이 혼미해지고
명확한 기억력을 유지하기 힘들지 않을까. 내 죽음의 순간에
대해 똑똑히 기억나는 게 별로 없으니 나도 보통 사람에 불
과한 모양이었다.

　'변명 같지만 다른 이유도 있어.'

　죽음의 충격이 가시기도 전에 유령 생활에 적응까지 해야
했다. 살아 있을 때와 하나부터 열까지 달라진 생활양식을
어느 정도 받아들이고, 그런 삶에서 나름대로 재미를 찾아
한 몇 년 어영부영 하다 보니 실낱같이 남아 있던 기억도 점
차 휘발되어 갔다. 그 상태로 20년이 흐른 지금은 그때 있었
던 일이 정말 나한테 일어난 일일까 하는 지경까지 와버렸
다.

　'그리고 남도 아니고 내 죽음에 대해서는 왠지 생각하기가
싫더라고. 생각하면 할수록 기분만 더러워지고 많고 많은 사

람 중에 왜 하필 내가 당했나 울분만 쌓여서 나중에는 아예 생각하는 걸 포기했지.'

게다가 내가 인천 서구를 공포로 물들인 연쇄살인범에게 살해당한 밤에 나는 몹시 취해 있었다. 주당이라면 늘 하는 말처럼 술이 원수인 셈인데 하도 취해서 나한테 무슨 일이 벌어진 건지도 모르고 죽었다.

'예전에 술 먹고 필름 끊기면 깨자마자 술집에서 무슨 추태를 벌인 건 아닌지, 같이 마신 친구랑 싸운 건 아닌지, 반동거했던 애인한테 새벽에 전화한 건 아닌지 걱정돼서 미칠 것 같았지. 아무리 술을 좋아했어도 어떻게 누가 날 죽이는 것도 모를 만큼 마실 수가 있냐, 이 덜떨어진 놈아.'

범인이라도 잡혔다면 문제를 해결하기 한결 수월했을 것이다. 비록 만취해서 기억이 없다고 해도 범인의 얼굴을 직접 보는 순간 의식 깊숙한 곳에 숨어 있는 자잘한 기억 하나라도 떠오를 게 아닌가. 안타깝게도 그 연쇄살인범 놈은 20년이 지난 지금까지도 잡히지 않았다. 사방이 뻥 뚫린 길처럼 보였는데 실제로는 네 방향 다 꽉 막혀 있는 것과 마찬가지라서 뭐라도 해볼 도리가 없었다.

엄마는 문외한인 내가 봐도 열흘을 넘기가 힘들어 보였다. 그 열흘 안에 어떻게든 내가 유령이 된 원인을 찾아 납득하고 사라져야 하는데 아무런 방법이 떠오르지 않아 미칠 지경이었다. 빈 한숨만 백 번도 넘게 쉬었을 때였다.

"영풍 군, 거기 있었는가."

고개를 들어보니 오래전부터 안면이 있는 교수님이 내려다 보고 있었다. 15년 전쯤에 유령이 된 교수님은 20년 경력의 나에 이은 인천 바닥 두 번째 롱런 유령이셨다. 전공은 밝히지 않아 잘 모르지만 얘기를 들어보면 정치, 사회, 종교, 경제 각 분야에서 모르는 것이 없었다. 돌아가셨을 때 일흔이 넘었음에도 여전히 부지런히 세상을 돌아다니며 지식을 섭렵하는 즐거움을 만끽하고 계신다.

'이분은 적극적으로 당신 죽음의 미스터리를 풀 의사가 없지. 영영 사라지면 지식을 얻지 못하니까. 워낙 똑똑하신 분이니까 작정하고 풀면 금방 이 세상을 떠나겠지만 아마 100년이 지나도 계속 머무르실 거야. 지식 탐구 그 자체가 목적이니까. 유령은 나 같은 놈보다 분명한 목적의식이 있는 이런 분만 돼야 하는데.'

"안녕하세요, 교수님."

"왜 그리 힘이 없나?"

대답 대신 멋쩍게 웃어 보였다. 지식만큼 인간이나 감정에는 별 관심 없는 교수님은 세상 다 산 것 같은 나의 표정에는 별 관심 없이 바로 용건을 꺼냈다.

"오면서 봤는데 TV에서 이번 주말에 자네 사건과 관련된 특집 프로그램 예고를 하더군."

"정말이요?"

"그래. 토요일 밤 10시에."

나는 고개를 숙여 감사를 표했다. 평소 같으면 금세 자리를 떴을 교수님인데 오늘따라 질문을 덧붙인다.

"왜 그리 관심이 없지?"

"그냥요. 지금까지 그런 프로 많이 있었는데 뭐 하나 새로 밝혀지는 건 없더라고요."

나를 포함해 반년 만에 아홉 명이나 되는 사람들이 살해당한 21세기 최대의 연쇄살인 사건이라 몇 년에 한 번 꼴로 각 방송사에서 교양 프로그램이 만들어지지만 백이면 백 흥미 위주의 얄팍한 내용을 재방송할 따름이었다. 남도 아니고 내 사건이라 처음 몇 번은 관심을 갖고 봤지만 '충격적인 실체', '독점 공개', '마침내 밝혀지는 그날의 진실' 운운하는 예고에 걸맞은 내용은 단 한 번도 없었다. 몇 년 전부터는 아예 시청을 포기했다.

"딱 20년 됐으니까 20주년으로 재탕하는 것 같은데요."

교수님이 신중하게 고개를 저었다.

"그보다는 내실이 있어 보이더군. 범인의 구체적인 신상도 방송에서 공개할 예정이라 하네."

"네? 그게 정말입니까?"

"음. 범인이 고백 편지를 제작진 측에 보낸 것 같더군. 분석 결과 꽤 신빙성이 있어 보인다고 했네. 뭐 봐야 알겠지만 예고에선 제법 자신감이 느껴졌어. 특별한 일이 없다면 한번 보는 것도 나쁘진 않을 것 같네."

"네, 꼭 보겠습니다. 밑져야 본전이니까요."

"그럼."

용건을 마친 교수님이 자리를 떴다. 나는 창밖으로 시선을 옮겨 부지를 관통하듯 흐르는 개천을 내다보았다. 일말의 기대와 더 큰 불안으로 깜깜해진 내 마음을 어두운 창밖 풍경이 대변해주는 것 같았다.

'곧 엄마가 돌아가시고 천애 고아가 될 나를 하늘에서 불쌍히 여겨준 건가.'

특별히 다를 이유도 없건만 왠지 이번만은 믿고 싶었다. 저주라도 받은 양 한평생 불행하기만 했던 내게도 단 한 가지쯤은 좋은 일이 있어야 하지 않는가. 분명 이번 프로그램이 그 좋은 일이 될 것이다.

애써 그렇게 믿으면서 사흘이 지나기를 기다렸다.

인생에서 가장 긴 사흘이 지나고 마침내 토요일이었다. 오전에 엄마를 보고 와서 아무 데도 안 가고 이모네 아파트에서 방송만을 기다렸다. 지난 사흘은 아무것도 아니었다. 오늘은 1분이 하루 같이 느껴졌고, 이모네 아파트를 몇 번을 왕복했는지 모른다. 영겁과도 같은 기다림 속에서 TV 위 벽시계가 9시 55분을 가리키자 프로그램 광고가 흘렀다.

"딴 데 돌린다. 드라마 봐야 돼."

이모부가 리모컨에 손을 뻗자 이모가 손등을 찰싹 때렸다.

"오늘은 안 돼. <미공개 사건 파일>에서 영풍이 사건 나온단 말이야."

"그래? 지금?"

"까마귀 고기를 먹었어? 내가 몇 번이나 말했는데 또 까먹었지."

친척의 죽음을 다룬다는 말에 이모부는 살짝 흔들렸지만 고집을 꺾지는 않았다.

"그거 뭐 맨 뻔한 얘기만 나올 텐데. 걔 그렇게 된 지가 벌써 20년이야. 이제 와서 범인이 잡힐 거면 그동안 백 번도 더 잡혔겠다."

"큰언니가 오늘내일하잖아. 혹시 알아. 우리 언니 편하게 눈 감으라고 하늘에서 이번 한 번은 도와줄지."

이모도 나와 비슷한 생각을 하는 게 재미있었다. 엄마와 열 살 차이 나는 막내이모는 나와도 열 살 언저리밖에 차이 나지 않았다. 결혼 전 멋쟁이 시절에도, 동갑내기 이모부와 티격태격 살 때도 늘 나를 조카가 아니라 막냇동생처럼 예뻐

해 주었다.

"하루에 1분도 제정신 못 차리고 누워 있는 사람이 뭘 알아. 범인이 잡히든 말든."

"하여튼 인정머리라고는….."

방송이 시작되기 직전임에도 입씨름이었다. 나로서는 인생이 걸린 일생일대의 순간인데 양쪽에서 떠드는 소리에 집중을 할 수 없었다. 어쩔 수 없이 평소 싫어하는 행동을 했다. 나는 소파에 앉은 상태에서 그대로 바닥을 향해 꺼졌다. 소파와 거실 바닥을 통과한 나는 한 층 아래의 아파트를 향해 쏟아져 내렸다. 유령이 자기 의지로 유일하게 결정할 수 있는 건 벽이나 문 등의 막힌 곳을 통과할 때뿐이었다. 다만 이런 식으로 머무는 층을 통과해 아래층으로 내려가면 롤러코스터라도 탄 것처럼 어지럽고 속이 울렁거리는 느낌이라 별로 좋아하지 않았다.

'예의에도 어긋나잖아. 남의 집에 들어갈 때는 정중하게 현관을 지나서 제대로 들어가야지.'

느닷없이 방문하게 된 802호는 전에 한 번 와본 것처럼 사십 대 이혼남 한 명이 살고 있었다. 퇴근 후 거의 매일 술을 마시며 TV를 보는 그는 토요일 밤에도 여지없이 TV 앞에 술상을 차려놓고 있었다. 술안주로 즐겨보는 프로그램은 늘 정치 평론이나 다큐멘터리, 교양 프로그램. 거처를 옮기면 언제든 이용하기 좋게 주변을 미리 탐문해두는데 마침맞게 이런 사람이 살고 있었다.

이혼남은 전자레인지에서 순대를 데운 접시를 부랴부랴 가져왔다. 마지막 광고라서 TV 오른쪽 위의 예고 자막이 사라져 있었다. 한 장면이라도 놓칠까 봐 서두르는 것이리라. 여기는 남동구 간석동이라서 서구와는 거리가 있지만 같은 인천에서 벌어진 대사건이다. 가뜩이나 교양 프로그램을 좋아하는 사람이 저리 호들갑을 떨 만했다.

"때때로 시간은 거대한 썰물이 그렇듯이 많은 것들을 휩쓸고 가버립니다. 기억도, 상처도, 슬픔도, 고통도 결국은 시간이 데려가주기에 우리는 살아갈 수 있을지도 모릅니다."

아무것도 보이지 않는 암전된 화면을 배경으로 남성 진행자의 내레이션이 흘렀다. 점차 화면이 밝아져서 사물이 보이기 시작했지만 어느 선 이상은 아니었다. 카메라가 밤거리의 후미진 골목을 비추고 있었던 것이다.

"그러나 어떤 사건은 우리의 가슴에 너무도 큰 아픔을 남겼기에 더없이 오랜 시간이 흘러도 고스란히 남아 언제까지나 우리를 괴롭힙니다. 바로 인천 서구 연쇄살인처럼 말입니다."

현장에서 인터뷰를 따온 PD가 마이크를 예순 초반의 여성에게 들이댔다.

"그때만 해도 내가 사십 대였어. 딸 둘 키우고 있어서 하루하루 얼마나 떨었는지 몰라요. 저 골목이 우리 집 가는 지름길인데 저기도 피해자가 있었거든. 지금까지도 빙 돌아서 가요. 비 오는 날이면 그때 생각이 나고요."

당시를 회상하는 몇몇 노인들의 인터뷰 뒤에 스튜디오의 진행자가 모습을 드러냈다. 지적인 이미지로 유명한 남성 아나운서였다.

"지금으로부터 정확히 20년 전, 인천 서구에서는 비가 오는 날이면 인적이 뜸했습니다. 비가 오는 날마다 살인사건을 일으키는 일명 '레인 킬러'가 온 도시를 공포에 질리게 했기 때문입니다."

오랜만에 들어본 별명을 입 안에서 굴려보았다. 레인 킬러.

'그래, 녀석은 비가 오는 날에만 살인을 했어. 인터넷에서 붙여진 별명이 하도 유명해져서 언론에서도 쓰게 됐지.'

"20XX년 6월 2일 첫 살인을 시작으로 레인 킬러는 마지막 11월 20일까지 무려 아홉 명의 시민을 칼로 무참하게 살해했습니다."

나는 고개를 주억거렸다. 내가 다섯 번째니까 딱 중간인 셈이었다.

"강력사건 전담 프로파일러들이 입을 모아 얘기한 것은 단 6개월 안에 이렇게 많은 사람을 살해한 예가 세계적으로 드물고, 또 그 6개월 이후에 범행이 완전히 단절된 예는 아예 비슷한 경우를 찾아보기 힘들다고 합니다. 연쇄살인범들에게는 살인이라는 범죄가 주는 쾌감과 흥분이 마치 마약과도 같아 자신의 의지로 끊기가 불가능에 가깝기 때문입니다."

카메라가 진행자의 얼굴을 클로즈업했다. 방금 전까지도 충분히 심각했던 진행자의 표정은 한층 더 굳어져 있었다.

"이렇듯 갑작스런 레인 킬러의 범행 중단에 대해 여러 가지 가설을 생각해볼 수 있습니다만, 가장 큰 지지를 받은 것은 그가 이미 사망했다는 것입니다. 이 세상에 존재하지 않으니 살인을 하고 싶어도 할 수가 없다, 마약과도 같은 살인 중독을 어느 날 갑자기 딱 끊은 이유도 거기에 있다는 게 전문가들의 일치된 의견이었습니다."

진행자는 일단 말을 끊었다. 살짝 고개를 숙였다가 든 그의 얼굴을 주목했다가 없는 심장이 벌렁벌렁 뛰는 기분이었다. 사건이 사건이니만큼 힘겹게 진지한 표정을 유지하고 있었지만 눈빛에서 참을 수 없는 흥분이 읽혔다. 세상을 뒤흔들 얘기를 터트리기 직전의 방송인이라면 모두 저런 눈빛을 보이리라.

"저희 제작진도 이 사망설을 지지하고 있었지만 안타깝게도 또 하나의 가능성을 간과하고 말았습니다. 아니, 저희가 완전히 틀린 것은 아닙니다. 분명 레인 킬러는 이 세상에 없

304

었기에 범행을 저지를 수 없었습니다. 하지만 꼭 죽음만이 이 세상과의 유일한 단절일까요?"

이제 진행자는 승리감에 도취된 얼굴을 숨길 생각도 하지 않는다. 나는 TV에 빨려 들어갈 듯 온 신경을 집중했다. 곧 폭탄이 터질 게 분명했다.

"그렇지 않습니다. 죽음 말고도 우리를 이 세상에서 단절시키는 것은…."

진행자가 양복 속주머니를 뒤적이며 편지봉투로 보이는 것을 꺼냈다. 이혼남은 허공에 치켜든 소주잔을 털어 넣지도 못한 채 TV를 뚫어져라 쳐다보았다.

"교도소입니다. 다른 범죄로 이미 수감되어 있어 20년째 세상 구경을 하지 못했다면 어떤 일이 벌어질까요? 바깥세상에서 범행을 하고 싶어도 할 수가 없게 되는 겁니다."

나는 입을 떡 벌렸다. 도대체 왜 아홉 명이나 죽인 연쇄살인범을 못 잡고 있을까, 별의별 생각을 다 해봤지만 그런 가능성은 상상조차 하지 못했다.

'충분히 말이 되는 얘기야. 아니, 그 가능성 말고 다른 건 생각하기도 힘들어.'

성공리에 폭탄을 투척한 진행자가 득의양양한 얼굴로 속주머니에서 꺼낸 편지봉투에서 종이 한 장을 꺼내 펼쳐 보였다.

"이것은 본인을 레인 킬러라고 주장하는 자가 저희 제작진에게 보내온 편지입니다. 인천 서구 연쇄살인과는 전혀 다른 살인으로 지금 교도소에 20년째 수감 중이라고 밝힌 이 편지의 주인공은 말기 암으로 죽음을 앞둔 상태에서 자신의 모든 죄를 고백하고 싶다는 뜻을 밝혀왔습니다."

그로기 상태에 빠진 복서에게 펀치 세례가 이어지듯 잇따른 충격적인 사실에 정신을 차릴 수 없었다. 아무 생각도 하지 못하고 진행자의 다음 말을 기다렸다.

"이 열한 장의 편지에는 그간 그가 저질렀던 아홉 건의 범행에 대한 구체적인 사실들이 적혀 있었습니다. 저희 제작진은 이 편지를 주의 깊게 분석하고 범죄 전문가들과 당시 사건을 수사했던 수사진에게 자문을 구했습니다. 그들은 이 편지에 실린 내용이, 범인이 아니면 모를 수밖에 없는 디테일로 가득 차 있으며 아직 세상에 공개되지 않은 미묘한 사실들과도 전부 일치한다고 증언했습니다."

나는 진행자의 얼굴을 순간적으로 스치고 지나간 한 줄기 아쉬움의 빛을 놓치지 않았다.

"시청자 여러분께서는 당장 이 편지에 어떤 내용이 실려 있는지, 그리고 무엇보다 이 편지를 보낸 사람의 정체가 누구인지에 대해 몹시 알고 싶을 것입니다. 그러나 안타깝게도 오늘은 시청자 여러분의 기대에 부응할 수가 없습니다. 저희 제작진은 생방송을 앞둔 오늘 오후까지도 고민을 거듭했지만 방송인이기 전에 국민의 한 사람으로서 경찰에 먼저 편지를 전달해야 한다는 의무를 받아들이기로 했습니다.”

“아, 뭐야!”

이혼남은 소주잔을 술상에 탕 내려놓으며 볼멘소리를 했다. 그는 들을 수 없었지만 나는 상욕을 했다.

“오늘은 인천 서구 연쇄살인에 대한 그동안의 수사 과정을 다시 한 번 되짚어보기로 하겠습니다. 경찰과 방송에 대한 협의를 끝내고, 더 정확한 사실 확인을 거친 다음 주에 편지와 편지 작성자에 대한 방송을 이어가겠다는 약속을 드리니 너른 양해 부탁드립니다.”

김이 탁 샜다. 사흘 내내 이것만 기다렸는데 정작 핵심은 다음 주라니. 앞으로 일주일을 또 이 고생을 해야 한다고 생각만 해도 우울했다. 더구나 일주일이면 엄마가 이 세상에 안 계실지도 모르는데….

“첫 번째 범행이 이뤄진 6월 2일, 택시 운전기사 남달영 씨는 그날 새벽 3시에 한 손님을 내려주고 소변이 급한 나머지 이곳 길가에 차를 세웠습니다.”

현장에서 찍어온 VCR에서는 얼굴을 모자이크로 가린 남자가 외진 2차선 도로의 길가를 향해 걷고 있었다. 웬만한 성인 남성의 허리보다 높은 잡초가 무성한 길가를 가리키며 자막에 남달영(가명)이라고 소개된 남자가 말했다.

"여기였어, 여기. 너무 마려워서 참을 수가 없었지. 여기서 해결하자 싶었는데 풀숲에 글쎄, 시체가 있는 거야."

기왕 보던 것이니 일단 끝까지 보기로 했지만 이미 흥미는 상당히 가신 뒤였다. 나는 크게 집중하지 않은 채 설렁설렁 방송을 보았다.

"42일간의 긴 장마가 이어지던 7월은 레인 킬러가 활동하기에 최적의 조건이기 때문이었을까요? 두 번째 범행에서 불과 사흘 만인 13일에도 그는 쉬지 않았습니다. 세 번째 사건이 발생한 장소는 승학산 언저리였습니다. 놀랍게도 이번 범행은 평일 오후에 벌어졌습니다. 오후 1시에 친정어머니와 통화를 마치고 저녁 반찬거리를 사러 나간 가정주부 이모 씨가 발견된 시간은 불과 한 시간 뒤인 2시였습니다. 어떻게 훤한 대낮에 평범한 주부가 살해를 당하고, 또 범행 장면을 아무에게도 목격당하지 않을 수 있었을까요?

당시 살해 장소는 산자락의 밭과 띄엄띄엄 자리한 빌라, 몇 채의 단독주택 말고는 인적이 뜸한 곳이었고, 아침부터 내린 폭우로 그날은 더욱 사람을 찾아보기 힘들었기 때문이었습니다."

범행 장소인 승학산 자락을 훑어가는 영상은 이미 본 것이었다. 연쇄살인이 벌어진 지 20년이 지나 웬만한 장소는 상전벽해 수준으로 모습이 바뀌었다. 범행 당시와 이질적인 그림을 보여주느니 예전에 방송됐던 영상을 재탕하는 게 낫다고 판단한 모양이었다.

'물론 새로 찍기 귀찮은 것도 있겠지. 기존 방영분이 한 트럭인데 적당히 재편집만 해도 한 시간 충분히 때우니까.'

네 번째인 공원 벤치에서 발견된 막노동 아저씨를 CG로 재현한 그림과 나이프에 찔린 후 시계 방향으로 돌린 몸통의 상흔이 똑똑히 확인되는 시신 사진, 그동안 발견된 모든 시신의 분석 결과 범인은 왼손잡이로 추정된다는 법의학 전문가 코멘트, 최초 발견자 인터뷰, 피해자의 당일 행적 등이 이어지며 네 번째 사건의 요약이 끝났다. 여기까지는 다 아는 내용이라 시들했지만, 이다음이 바로 내 사건이다. 아무래도 관심이 갈 수밖에 없어 자세를 고치고 화면에 집중했다.

"8월의 폭염이 지나가고 아침저녁으로 선선한 바람이 불기 시작한 9월 5일에 다섯 번째 희생자가 나왔습니다."

안면도 바닷가에서 대학 시절 절친과 어깨동무를 하는 내 사진이 나왔다. 사진 아래에는 허영풍(당시 35, 무직)이라는 자막이 달렸고 모자이크를 한 친구 얼굴과 달리 내 얼굴은 손대지 않았다. 덕분에 몇 번 인물도 훤칠한 사람이 아깝게 죽었다는 여자들끼리의 대화를 엿들은 적이 있었다.

"지금까지 파악된 허영풍 씨의 행적은 이렇습니다. 살해 전날인 9월 4일 허영풍 씨는 오전 9시에 집 근처 분식집에서 라면으로 아침 식사를 했습니다."

예전에 찍어놓았던 인터뷰 영상이 흘러나왔다. 비록 모자이크를 했지만 오랜만에 보는 분식집 아줌마의 모습이 무척 반가웠다.

"자주 왔어요. 거의 매일 와서 끼니 해결했죠. 젊은 사람이 집밥도 못 먹는 게 안타까워서 밥 한 숟가락이라도 더 줬는데…."

사실이었다. 바람난 남편이 집을 나가서 혼자 아들을 키우던 아줌마는 백반을 시키면 나한테는 원래 하나 나오는 계란 후라이를 두 장 부쳐주었다. 메뉴에도 없는 김치부침개 같은 걸 먹고 싶다고 하면 즉시 팔을 걷어붙이고 프라이팬에 기름을 둘렀다.

'그때는 이 아줌마가 나한테 흑심이 있어서 그러나 의심도 했었지. 마흔 중반이었으니까. 지금은 환갑이 넘었겠네.'

"특이한 점은 없었습니까?"

화면에 잡히지 않는 남자가 물었다. 인터뷰를 진행하는 PD인 듯했다.

"얌전해서 평소에는 조용하게 밥만 먹고 갔는데 그날은 다른 손님이랑 실랑이가 좀 있었어요. 크게 싸움 난 건 아니고 금방 정리됐어요."

그런 일이 있었나. 얼른 생각이 나지 않았다. 살해당하기 전날의 일이 무슨 상관이 있을까 싶었지만 지푸라기라도 잡는 기분으로 기억을 더듬어보았다.

'은하수 분식'은 내가 세 들어 살던 3층 주택의 바로 옆에 있었다. 1층을 분식집과 숙녀복을 파는 옷가게가 나눠 쓰고 2층은 주인집이 사는 전형적인 상가주택이었다. 계단만 내려오면 바로라서 하루 두 끼를 다 거기서 때웠다. 가깝고 값도 싸고 아줌마도 잘해주니 다른 곳을 갈 이유가 없었다.

그날은 아침부터 정신을 집중하고 9시에 열릴 메이저리그 게임을 분석했다. 어차피 코쟁이들 야구이니 따로 응원하는 팀은 없었고, 그저 이기는 편이 우리 편이었다. 주머니를 탈탈 털어 마련한 100만 원을 몰빵할 참이라 어느 때보다 집중해서 양 팀의 전력을 살폈다. 인생 최대의 결정을 하듯 신중, 또 신중하게 선택하고 피 같은 돈을 넣었다. 특정 팀이 이기고 지는 데 돈을 건 게 아니라 두 팀 합산 점수가 3점 이하면 내가 80만 원을 더 먹는 거고, 이상이면 한 푼도 남김없이 잃는 언오버에 모든 걸 걸었다. 지역 라이벌전이라서 점수가 많이 나지 않을 거라 예상한 것이다.

'결과는 어차피 9회에 나오니까 9시에 밥을 먹으러 갔지.'

서너 평이나 될 법한 작은 분식집에 테이블이라곤 두 개

311

뿐이었다. 늘 애용하는 문에서 가까운 자리를 고등학생쯤 돼 보이는 왜소한 녀석이 선점하고 있었다. 내가 그 자리와 앞 뒤로 나란한 테이블에 앉았을 때 주방에서 나온 아줌마가 양배추 샐러드와 마카로니 조금, 포크와 나이프를 얹은 돈가스 접시를 먼저 온 녀석에게 갖다 주었다. 출출할 때 고기 냄새를 맡으니 환장할 것 같았지만 가진 돈을 탈탈 털어 승부에 나선 입장에서 출혈을 줄여야 했다. 나는 라면을 주문하고 돈만 따면 패밀리 레스토랑에라도 가서 스테이크를 썰겠다는 결심을 했다.

음식이 나오기 전 뒷자리의 소음이 계속 신경에 거슬렸다. 뒷자리 손님의 버릇인 것 같은데 그는 10초에 한 번씩 스테인리스 물컵에 나이프를 부딪쳐 귀에 거슬리는 쨍쨍 소리를 내고 있었다. 나는 살짝 고개를 돌려 좀 조용히 해달라고 부탁했다.

얼른 귀가해서 경기를 보고 싶어 평소보다 서둘러 먹었다. 세 젓가락 만에 바닥을 보였으니 그냥 넘어갈까 했지만 여전히 계속되는 쨍쨍 소리에 불끈 화가 치솟았다. 좋게 말했는데도 달라지지 않는 행동이 나한테 한소리 듣고 열 받아서 고집을 피우는 것처럼 느껴졌다. 굳이 참을 필요를 느끼지 못했다. 덩치가 커다란 내 또래 남자였다면 참았겠지만 한 주먹거리도 안 되는 애송이가 아닌가.

"조용히 하랬지!"

나는 왼쪽으로 몸을 확 틀어 뒤를 돌아보며 소리쳤다. 거세게 몸을 돌린 데다가 삿대질을 위해 손을 뻗고 있었다. 테이블 간의 간격이 워낙 좁은 탓에 마침 녀석이 나이프를 들고 있던 팔과 앞으로 내민 내 손이 부딪쳤고 그 서슬에 나이프가 날아가 내 앞 대각선 오른쪽 방향의 카운터 근처 바닥에 떨어졌다. 고등학생인 줄 알았던 녀석은 성인이었다. 많은 나이는 아니고 대학생 정도. 50킬로그램도 안 돼 보이는 녀석의 마른 몸이 살짝 떨리는 걸 감지하고 일종의 승리감이 전신에 퍼져갔다.

"아이, 왜들 싸우고 그래."

카운터 뒤 좁은 주방 바닥에 웅크리고 앉아 고무장갑을 끼고 겉절이를 무치던 아줌마가 일어나서 말렸기에 거기서 그치고 별일 아니라고 말했다.

'실제로 별일 아니었어. 누구나 가끔 겪을 수 있는 일반적인 실랑이일 뿐이었지.'

다시 아까처럼 바닥에 주저앉는 아줌마를 쳐다보며 국물을 마시는데 뒤통수가 뜨끈한 느낌이었다. 부모의 원수라도 되는 양 나를 노려보고 있겠지. 신경이 쓰여서 그런지 고기 자르는 서걱서걱 소리에도 감정이 실린 것처럼 느껴졌다. 결국 끝까지 마시지 않고 자리에서 일어났다. 아줌마가 일어서려하기에 손사래를 치고 카운터에 돈을 놓고 문가로 향했다. 문을 열자 올 때까지만 해도 기미가 없던 가랑비가 추적추적 내리고 있었다.

'그때만 해도 그게 내 죽음을 예고하는 비일 거라고는 꿈에도 생각하지 못했지.'

레인 킬러 어쩌고 해도 남 일처럼 느껴졌기 때문이다. 낮이고 밤이고 게임, 영화, 토토라는 도돌이표 같은 일상을 살던 내게 죽음이라는 극단적인 비일상이 그날 갑자기 닥칠 거라고 미래를 보고 온 사람이 말해줘도 절대 믿지 않았을 것이다.

"…신 으뜸이네."

문을 등지고 앉아 있던 녀석이 고개를 돌려 나를 보며 나직이 뇌까렸다. 목소리가 작아 정확히 듣지 못했지만 앞말은 문맥상 '병신'을 뜻하는 것 같았다.

'병신 중에서 으뜸이란 뜻인가?'

화가 난다기보다 특이하게 말하는 놈이라는 생각이 먼저 들었다. 이딴 놈과 신경전을 벌이는 것보다 내 인생에는 훨씬 중요한 게 있다. 100만 원짜리 한판승부가 그것이었다. 나는 바로 집으로 돌아갔다.

"피해자는 당시 불법 스포츠도박에 빠져 있었습니다. 그날

100만 원을 잃은 피해자는 홧김에 집안을 난장판으로 만들어놓고 집을 나섰습니다."

재떨이를 벽에 던져 온 사방이 담뱃재와 꽁초투성이인 방 사진이 화면에 담겼다. 괜스레 얼굴이 붉어지는 기분이었다. 살아 있을 때 제대로 살아야 죽어서 창피를 안 당한다는 진리를 절감했다. 창피해서가 아니라 술기운에 얼굴이 살짝 붉어진 이혼남이 껄껄거렸다.

"병신 새끼, 죽은 게 차라리 다행이네."

이번에는 집주인 할머니가 모자이크로 얼굴을 가리고 등장했다. 살아 있다면 90세가 넘었을 터였다.

"아주 악귀같이 있는 대로 성질을 부리면서 계단을 내려오더라고. 마침 그 사람한테 온 우편물을 들고 있어서 건네줬지."

카메라 렌즈는 유흥가로 보이는 밤거리로 이동했다.

"피해자는 PC방에서 게임을 하며 9시까지 머물렀고, 그 이후에는 자주 드나들던 바로 향했습니다. 지금은 없어진 이곳에서 피해자는 문제의 9월 5일 새벽 3시까지 술을 마셨습니다. 피해자의 휴대폰에는 12시경에 잠시 어머니와 통화를 한 기록이 남아 있습니다. 피해자가 바를 나왔을 때도 여전히 비는 그치지 않은 상태였습니다."

다음 장면은 내가 살해당한 골목으로 이어졌다. 한 시간

안에 아홉 명의 사건을 전부 보여줘야 하므로 요약이 필수인 듯했다. 전에 봤던 프로그램에서는 당시 내 단골 바였던 '틱톡'의 바텐더 인터뷰도 있었는데.

'칵테일 기똥차게 만드는 제대로 된 바텐더는 아니었어. 토킹 바니까 그냥 말상대나 해주면서 술 더 시키게 꼬시는 데만 눈이 벌겠지.'

당시 내 주머니 사정은 말이 아니라서 통장 잔고는 150만 원이 전부였다. 그중 100만 원을 토토로 날렸으니 전 재산은 50만 원. 그 돈으로 애인을 사귀는 건 꿈도 못 꾸고 업소에 갈 수도 없었다. 좀 민망한 얘기지만 한창 나이의 남자에게 성욕 해소는 중요한 문제였다. 결국 내가 찾은 방법은 바텐더 공략이었다.

여성 바텐더를 여러 명 고용한 이런 류의 바에서는 물론 성매매를 하지 않는다. 하지만 바텐더 개개인이 마음이 동해 따로 손님과 만난다는 데 누가 뭐라 하겠는가.

'뭐라 하는 사람이 있긴 하지. 바로 사장들.'

돈이 있다고 성을 마음대로 살 수는 없으니 특정 바텐더가 마음에 든 손님들은 애가 탈 수밖에 없다. 그래서 하루가 멀다 하고 바에 드나들며 수백만 원어치 양주를 사먹고 오늘은 혹시나 하면서 기회를 엿보는 것이다. 인기 있는 바텐더를 보유한 곳은 단골이 부지기수로 생기니 사장들이 집중 관리하는 게 당연한데, 그 관리라는 것의 핵심은 바텐더가 손님과 따로 배를 맞추는 걸 절대 막는 것이다. 모두의 우상인 꽃이 고고하게 피었는데 누군가 그걸 홀랑 따버렸다? 아무래도 다른 상춘객의 기분이 팍 사그라들 수밖에 없는 노릇이다.

요컨대 이 장사의 요점은 줄 듯 말 듯 애태우면서 절대 주지 않는 데 있다. 그러므로 사장들은 장사의 사활이 걸린 바텐더 관리에 별의별 방법을 다 쓴다. 바텐더도 똑같은 사람이라 마음에 드는 손님이 생길 때도 있는데 그와 따로 나가는 걸 막기 위해 입구에 CCTV를 설치하기도 하고, 적발 시에 거액의 배상금을 뜯어내기도 한다.

'물론 방법은 있지. 세상에 암만 감시의 눈초리를 부릅떠봐라. 눈빛이 통한 남녀를 영원히 막을 방법이 있나.'

반반한 얼굴 덕분에 적은 돈으로 꽤 많은 바텐더를 따로 만난 나는 서구 일대의 바 여러 곳에서 출입금지를 당했다. 당시에 틱톡은 아직 내 악명을 모르는 곳이라서 다행히 나를 받아주었고 나는 이곳만큼은 조금 더 다니기 위해 마수를 드러내지 않고 있었다. 하지만 그날은 100만 원을 홀랑 날린 울분을 어떻게든 풀고 싶었다. 오늘은 작정하고 한 번 일을 벌여보자 결심하고 PC방에서 틱톡으로 향했다. 돈 날리고 격분해서 다짜고짜 나온 터라 우산은 없었지만 그때까지만 해도 적당히 맞을 만한 비였다.

주머니가 가벼우니 맥주만 몇 병 시켰다. 한 병에 만 원가량 하는 이 맥주 몇 병으로 젊은 아가씨와 동침을 할 수 있다면 가장 싸게 먹히는 셈이라고 스스로를 납득시켰다. 원래 바에서는 맥주 손님은 다른 손님이 전혀 없을 때나 상대해주다가 양주 손님이 오면 득달같이 철수해 혼자 홀짝이다 물러나는 게 일반적이다. 행운인지 불행인지 그 법칙은 내겐 통하지 않았다.

'세 시간 동안 맥주 다섯 병으로 개겨도 내 맞은편에는 바텐더 아가씨들이 늘 두셋은 붙어 있었지. 보다 못한 사장이 눈치를 줘도 무시했고, 끝내 한 소리 듣고 나서야 툴툴대며 자리를 옮겼으니까.'

나는 이마를 찌푸리며 그날 밤의 기억을 되짚었다. 그날따라 맥주로 도저히 이빨이 안 들어가서 가장 싼 양주 세트를 하나 시켰다. 중반 이후부터는 만취해서 잘 기억이 안 나지만 현재까지 가장 의미심장한 기억으로 남아 있는 한 가지 사건만큼은 또렷했다.

"야, 너! 왜 내 아가씨 함부로 데려가!"

쉰 가까이 돼 보이는 아저씨가 바 왼쪽 끝에서 내게 삿대질을 하며 소리쳤다. 고개를 돌려보니 블랙이니 블루니 하는 색깔로 구분되는 가장 비싼 양주를 시키고도 앞이 텅 비어 있었다. 그 아저씨 입장에선 기다란 바의 중간에 떡하니 앉아서 제일 싼 양주 한 병을 놓고도 아가씨 여럿과 대화를 즐기던 내가 촉석루의 왜장쯤으로 보이는 듯했다.

"참 나, 내가 왜 자기 아가씨야. 더럽게 재미없는 게 어디서 진상질이야. 문 열자마자 와서 네 시간 넘게 재미도 없는 인간 상대하는 것도 죽겠는데 짜증 제대로네. 신경 쓰지 마세요."

아저씨를 상대하던 바텐더가 나지막이 투덜거렸다. 마지막 신경 쓰지 말라는 말은 내게 한 말이었다. 속마음은 어찌 됐든 금세 자본주의 미소를 만든 그녀가 아저씨에게 목소리를 높여 말했다.

"재떨이 바꿔드리려고 잠깐 온 거예요. 금방 갈 거예요."

그러나 단단히 기분이 상한 아저씨는 높은 스툴에서 내려와 내게 다가올 준비를 했다. 얼마나 마셨는지 스툴에서 내려올 때 두 다리가 휘청했다. 연신 비틀거리며 도착한 아저씨의 입에서 나는 독한 술 냄새에 머리가 어질했다.

"어린놈의 새끼가 매너도 없이. 야, 이런 데서 남의 여자한테 눈독 들이면 칼침 맞는 거야."

무섭다기보다는 우스웠다. 정수리가 내 코보다도 낮은 단신에 몸도 제대로 못 가누는 사람이 칼을 쥐도 제대로 찌를 수나 있을까. 불쌍한 마음도 없진 않았다. 밖에서 일을 하는

지 시꺼먼 피부에 어디 하나 봐줄 곳 없는 뭉툭한 눈코입.
흉물이나 다름없는 노땅이라 수십만 원을 쓰고도 이런 대접
을 받는 게 아닌가. 어렸을 때 연애도 애로사항이 많았을 게
뻔하고, 웬만큼 나이 먹은 지금도 돈이나 있으니까 그나마
딸 뻘 되는 아가씨가 네 시간 동안 상대해주는 것이다.

"아저씨 그냥 가세요. 술 적당히 드시고요."

사랑에 있어서도, 인생에 있어서도 패배자의 기운을 물씬
풍기는 아저씨가 가엾어서 좋게 말해주었다. 그래도 정신을
못 차리고 육두문자를 섞는 그를 중년 여성 사장이 좋게 달
래가며 내보냈다. 이상이 그날 바에서의 잊지 못할 기억이다.

'미치고 환장하겠는 게 이 얘기가 그동안 어디에서도 안
나왔다는 거야.'

이유는 있었다. 합법적인 영업장이지만 그래도 유흥업소에
가까운 영업 행태를 보이는 곳이다. 애초에 경찰이 드나드는
걸 좋아할 리가 없다. 물론 파장이 워낙 대단한 사건이니 당
연히 경찰이 몇 번이고 찾아갔을 테지만 내 짐작에 사장 이
하 바텐더들이 일치단결해 이 얘기를 전혀 언급하지 않은 것
같다. 각 방송사에서 때마다 만든 특집 프로그램에서도 마찬
가지였다.

'대부분 방학 때 아르바이트하는 여대생이거나 이제 갓 고
등학교 졸업한 애들이 바텐더 하는데 아무리 모자이크 해줘

도 방송 같은 데 나와서 얼굴 팔리고 싶겠냐고.'

그 아저씨가 나한테 칼침을 놓겠다고 공언까지 했는데 사람이랑 말이 통하지 않으니 어딜 가도 고할 수가 없었다. 경찰 중에 영감이 뛰어난 사람이라도 있으면 좋으련만 이 둔해 빠진 족속들에서는 그런 사람도 찾아볼 수 없었다.

'결국 지금까지로 봐서는 이 사람이 가장 큰 용의자야. 유감인 건 그 용의자를 이 세상에서 유령인 나만 알고 있다는 거지만.'

이쯤에서 내 사건이 정리될 줄 알았는데 아니었다. 다음 장면은 내가 못 본 것이었다.

"저희에게 15년 전에 허영풍 씨로 추정되는 인물이 새벽 3시경에 살해 장소인 골목으로 들어가는 장면을 목격했다는 증인의 연락이 있었습니다."

깜짝 놀랐다. 지금으로부터 5년 전에 만들어진 프로그램에서 이런 내용이 추가된 모양인데 그전부터 레인 킬러를 다룬 방송을 전혀 보지 않는 바람에 까맣게 몰랐다.

"그때 제가 고등학생이었는데요. 부모님 몰래 술을 마시고 왔는데 집에 불이 켜져 있는 거예요. 그래서 불 꺼질 때까지 덜덜 떨면서 기다렸어요. 그때 바로 앞 골목으로 젊은 남자가 휘청휘청 하면서 들어가더라고요."

모자이크와 음성 변조로 신원을 철저히 감춘 '이지영(가명)' 씨는 그때의 여고생에서 중년 부인이 되어 있었다. 진행자의 내레이션이 이어졌다.

"당시에는 거리에 CCTV가 지금처럼 많지 않아 정확히 확인되지는 않지만 피해자가 바에서 나온 시간과 사망 추정 시각을 따져보면 시간상으로 허 씨가 틀림없어 보입니다. 역시 사망 추정 시각과 흘러내린 혈액의 양으로 역산했을 때 범인은 피해자를 곧바로 따라 들어가서 범행을 저지른 것으로 추정됩니다. 그렇다면 혹시 허 씨를 살해하러 골목에 들어온 범인의 모습도 볼 수 있지 않았을까요?"

가슴이 뛰었지만 안타깝게도 이지영의 대답은 부정이었다.

"그땐 제가 담배도 피우고 있었거든요. 가로등 안 비치는 어두운 데로 숨은 다음에 담배 피우느라 다음 장면은 못 봤어요."

녹화된 VCR에서 스튜디오의 진행자로 장면이 넘어왔다.

"제작진은 이지영 씨가 무의식중에 범인을 볼 수도 있지 않았을까 하는 의문을 떨쳐버리기 어려웠습니다. 그래서 이지영 씨의 동의를 받아 최면 전문가에게 최면을 의뢰했습니다. 물론 최면 진술의 법적인 효력은 없지만 이지영 씨의 잠재의식 속에 실낱같은 실마리라도 존재할 가능성을 부정할 수는 없으니까요."

이번에는 긴 의자에 누운 이지영이 최면을 받는 장면이었다.

"아, 봤어요! 라이터가 잘 안 켜져서 고개를 숙이고 불을 붙였거든요. 그때 옆눈으로 흘깃 보인 것 같아요."

"뭐가 보이던가요?"

최면 전문가의 질문에 이지영은 두 손을 허공으로 치켜들며 흥분했다.

"남자요. 키 작은 남자가 금방 술 취한 남자가 들어간 골목으로 따라 들어갔어요."

"시간 간격은요?"

"한 30초 정도?"

충격적인 내용이었다. 최면이 사실이라면 최초로 레인 킬러가 목격된 것이다. 그동안 알지 못했던 새로운 증언에 나의 의식에 반짝 불이 켜지는 듯했다.

'맞아…. 지금까지는 조금도 기억하지 못했지만 얘기를 듣고 보니 분명 그런 사람을 본 것 같아. 아니, 분명히 봤어!'

만취로 흐릿했던 기억이 조금씩 밝아지는 느낌이었다. 그러자 수많은 잠들어 있었던 기억들이 물밀듯이 쏟아졌다.

앗, 하는 사이에 자빠져버렸다. 나는 거꾸로 뒤집힌 거북이 마냥 발버둥을 치며 일어나보려 했지만 두 다리에 영 힘이 들어가지 않았다. 일어서려는 노력을 깔끔히 포기하고 뒤의 벽에 등을 붙여 허리만 세웠다. 하루 종일 내린 비로 진창이 되어버린 땅바닥에서 축축한 물기가 엉덩이를 적시고 있었다. 평소 같으면 꽁지에 불붙은 사람처럼 튕겨 일어났겠지만 만취한 지금은 왠지 바지 입고 오줌을 싼 것 같은 기묘한 해방감에 쿡쿡 웃음이 나왔다. 흠뻑 취한 눈으로 둘러보는 밤의 더러운 뒷골목도 평소와는 달리 아늑하고 포근한 느낌이었다.

그때 내가 들어온 뒷골목 입구 쪽에서 발소리가 들렸다. 고개를 돌려보니 네이비색 비옷의 후드를 머리끝까지 눌러쓴 남자가 걸어오고 있었다. 바닥에 골목 옆 선술집에서 내놓은 쓰레기봉투와 소주 박스, 개똥, 전단지 등이 널려 있었지만 남자는 미끄러지듯 부드럽게 장애물들을 피해가며 내 쪽으로 다가오고 있었다.

혼자라면 몰라도 누군가에게 이런 추태를 보이는 건 달갑지 않았다. 나는 왼손으로 바로 옆에 있던 대형 플라스틱 쓰레기통을 붙잡고 훌쩍 엉덩이를 뗐다. 하지만 거의 비어 있던 쓰레기통은 내가 가하는 힘을 이기지 못해 오히려 내 쪽으로 쓰러지고 말았다.

"괜찮으세요?"

비옷 남자가 다시 한 번 우당탕 자빠진 나를 향해 다가오며 말했다. 후드에 가려져 얼굴이 보이지 않는 남자가 불길하게 느껴져 일어나려 했던 건데 예상 외로 호인이었다. 나는 취객 특유의 헤벌레한 웃음을 지으며 나를 도와주려고 두 손을 뻗는 남자에게 입을 벌렸다.

"어휴, 고맙습…."

말을 끝마치기도 전에 어마어마한 통증이 명치 근처에서 폭발했다. 만취한 상태에서는 보도블록에 넘어지거나 가로수에 부딪치는 일 따위는 아픈 느낌조차 없다. 그러나 지금은 그 정도 통증이 아니었다. 서른다섯 해를 살아오면서 단 한 번도 겪어본 적 없는 강렬한 아픔에 나는 근원지인 명치를 내려다보았다. 골목 너머의 수은등 말고 다른 조명이 없어 몹시 깜깜한 가운데서도 내 명치에 꽂힌 시퍼런 칼날이 또렷하게 보였다.

"으으으…."

막상 칼을 보자 통증과 함께 공포까지 더해져 온몸이 부들부들 떨리고 신음밖에 안 나왔다. 한쪽 무릎을 꿇고 나를 말 없이 지켜보던 비옷 남자는 왼손을 움직여 내 명치에 꽂힌 칼을 시계 방향으로 천천히 돌리기 시작했다. 또다시 시작된 무지막지한 고통에 손 써볼 여지도 없었다. 나는 두 눈을 크게 부릅뜬 채 내 뱃속을 온통 휘저어놓는 칼의 움직임을 그저 쳐다볼 수밖에 없었다.

완벽하게 잊혔던 기억의 완벽한 복원이었다. 20년 만에 내가 죽던 순간의 구체적인 기억을 떠올린 나는 흥분으로 몸을 떨었다.

'오, 이제 뭐가 좀 되려나. 역시 세상에는 안 되는 일이란 없어. 막상 하려고 마음먹으니까 금방 뭐가 되잖아.'

조금만 더, 여기서 조금만 더 하면 더욱 커다란 게 잡힐 것 같아 혼신의 사투를 벌였다. 그러나.

"저희는 최면 결과를 경찰에 전달했지만 안타깝게도 수사에 별다른 진전은 없었습니다."

나 역시 별다른 진전은 없었다. 범인이 비옷 후드로 얼굴을 가린 탓에 아무리 노력해도 후드 속의 얼굴이 분명하게 떠오르지 않았던 것이다.

'작은 키라고 했지. 죽기 몇 시간 전에 나하고 다툰 그 아저씨 키가 엄청 작았잖아. 칼침 먹인다고도 했고. 그럼 분명 그 아저씨가 바에서 물 먹고 혼자 나온 나를 죽인 건데 어떻게 폭로할 방법이 없네.'

이제 방송 내용은 여섯 번째 보험설계사 아주머니의 사건으로 넘어갔다. 나하고는 전혀 상관이 없는 데다가 기를 쓰고 노력해도 별로 달라진 게 없는 현실에 절망해 나머지는 눈에 들어오지 않았다. 나는 긴 한숨을 쉬고 이혼남의 집을 나왔다.

방송을 본 이후 첫날에는 실망감이 말도 못했지만 곰곰이 생각해보니 예전보다 상황이 나아진 건 부정할 수 없었다. 무엇보다 일주일만 기다리면 레인 킬러 사건 2부가 방송된다는 게 컸다. 내가 지금 세상을, 역사를 바꿀 편지를 이 손에 들고 있다는 흥분이 생생히 전해지던 진행자의 표정이 왠지 이번만은 다를 거라는 희망을 주었다.

'어쩌면 제작진에게 편지를 넘겨받은 경찰이 먼저 공개해 버릴 수도 있을 거야.'

범인의 정체가 백일하에 드러난다면 내 죽음에 대한 진상도 명명백백하게 밝힐 수 있지 않을까. 아마 범인이 나를 죽인 동기에 대해서도 밝혀질 것이다. 그렇다면 하필 내가 죽어야만 했던 이유에 '납득'하게 될 가능성도 높아진다.

여기까지가 근거 없는 낙관이라면 부정적인 전망도 해볼 수 있다. 범인의 정체와 그가 피해자들을 고른 동기가 드러나도 아무것도 바뀌지 않을 수도 있다. 그냥 운 나쁘게 좋지 않은 시간에 좋지 않은 장소에 있다가 좋지 않은 놈을 만난 거였다면? 딱히 내 죽음에 납득할 만한 사정이 발견되지 않는다면? 지금처럼 영원히 유령으로 머물러야 한다면?

상상만 해도 몸서리가 쳐졌다. 나는 메트로놈의 바늘처럼 기대와 걱정의 양쪽을 공평하게 오가며 신산스런 하루를 보냈다. 다음 날인 월요일에도 오전에 이모와 병원에 다녀온 후 이모네 집에 머물렀다. 혼수상태인 엄마와 얘기를 나눌 수도 없는데 특별한 일이 없으면 매일 병원에 다녀오고, 산소호흡기를 제거하자는 이모부의 제안도 일언지하에 거절한 이모가 그저 고마웠다. 마음이 복잡해 공동묘지로 마실을 나가는 것도 내키지 않아 식탁 맞은편에서 이모가 라면으로 점심을 때우는 모습을 물끄러미 바라보고 있을 때였다.

거실 탁자에 올려놓은 휴대폰에서 벨소리가 울렸다. 중환자를 병원에 입원시킨 가족이라면 뜬금없이 오는 전화에 가슴이 철렁 내려앉는 기분을 알 것이다. 이모도 왠지 오늘이라는 예감이 든 것 같다. 천천히 젓가락을 식탁에 내려놓은 이모가 거실로 가서 전화를 받았다.

"네. 지금 가겠습니다."

예상대로였다. 바로 오늘이 엄마의 일흔일곱 해의 삶이 종언을 고하는 날이었다.

이모와 함께 택시를 타고 서둘러 병원에 갔다. 도저히 유언 한마디도 기대할 수 없는 상태였건만 이모는 혹시 회광반조(回光返照)라도 생겨서 1분이라도 정신이 맑아지기를 기대하는 듯했다. 중환자실에 들어가자 그 기대가 얼마나 말도 안 되는 것이었나를 깨달았다. 의사와 간호사들에 둘러싸인 엄마의 얼굴은 평소의 부드러운 표정이 아니라 밀랍인형처럼 딱딱하게 굳어 있었다. 아직 실낱같은 호흡은 유지하고 있었지만 이미 80퍼센트쯤은 저세상에 가 있는 것과 진배없었다.

"어떡해, 언니!"

이모가 엄마의 고목같이 뻣뻣한 팔을 붙잡고 오열했다. 콧날이 시큰해지는 걸 느끼며 고개를 돌렸다. 막연하게 임종이라도 지킬 수 있어 다행이라고 생각했었지만, 평생 엄마 속만 썩인 나 같은 불효자는 돌아가시는 엄마를 똑바로 볼 수도 없었다.

'그동안 미안했어요, 엄마. 다음에 다시 태어나거들랑 나 같은 놈은 절대 낳지 말고… 아니, 아예 남자로 태어나서 이런 고통 다시는 받지 마세요.'

그런 생각을 하고 있을 때였다. 미약한 숨소리가 짐승이 그르렁 대는 듯한 소리로 바뀌었고, 으으윽, 끄으윽 하는 듣기만 해도 고통이 느껴지는 호흡이 힘겹게 이어졌다. 고개를 돌려보니 엄마의 몸이 경련하기 시작했다. 영화에서 본 것처럼 요란한 경기가 아니라 살짝 떨리는 정도에 그쳐 평소 조용했던 성품처럼 죽음도 얌전히 맞는구나 싶었다.

잠시 후, 엄마의 경련이 멎었고 몸이 뻣뻣하게 굳어갔다. 간헐적으로 이어지는 호흡도 더는 유지되지 않았다. 곧바로 삐이 하는 소리가 들려 환자 모니터링 장비에 시선이 갔다. 저승으로 통하는 길을 표시하듯 긴 일직선이 오른쪽을 향해 끝없이 흘러갔다.

"9월 11일 14시 35분 운명하셨습니다."

이모는 젊은 의사의 기계적인 선고를 듣지도 않은 채 엄마의 시신을 향해 몸을 날렸다.

"언니, 언니! 눈 떠봐, 언니!"

나이 차이가 많이 나서 엄마가 결혼 전까지 목욕도 시켜주고 밥도 걷어 먹인 이모의 절규가 너무 처절하게 느껴져 나도 모르게 다시 고개를 돌리고 말았다. 가슴속에 회한이 가득했다. 조금만 있으면 나를 죽인 범인이 잡힐지도 모르는데 며칠을 못 참고 돌아가신 게 안타까워 견딜 수 없었다.

'그나저나 이제 나와 세상과의 연결고리가 완전히 끊겼구나. 오늘부로 이 넓은 세상에 나 혼자만 남았어.'

세계가 붕괴한 듯 암담한 기분을 느끼고 있을 때였다. 왼쪽 시야 끄트머리에 무언가 움직임이 잡혔다. 그곳에는 방금 운명한 엄마의 병실 침대 말고 다른 것은 없었다. 혹시 엄마가 아직 죽지 않았나 싶어 얼른 고개를 원위치로 돌린 내 눈에 들어온 것은….

55년 동안 사람과 유령으로 살아오면서 온갖 부조리한 것들을 보아온 내 경험을 통틀어도 이보다 충격적인 건 없다고 단언할 수 있다.

엄마의 침대에서 죽은 엄마가 꾸물꾸물 움직이고 있었다.

나는 입을 떡 벌리고 그 믿어지지 않는 광경에 시선을 고정했다.

엄마는 두 손을 침대 허리께에 대고 영차 몸을 일으켜 앉았다.

침대에 일어나 앉은 엄마의 아래에는 숨이 끊어진 엄마의 시신이 고스란히 누워 있었다.

"아아아…."

비슷한 경험을 해본 내 입에서 절로 신음이 새어 나왔다. 엄마는 시선을 아래로 깔아 당신의 몸을 내려다봤다. 엄마의 어리둥절한 얼굴에서 당혹감을 엿볼 수 있었다. 나는 입술을 질끈 깨물었다. 누구나 그렇다. 막 유령이 된 시점에서는 지금 무슨 일이 일어난 건지 얼른 실감이 나지 않는다.

그렇다. 내 엄마는 하나밖에 없는 아들인 나처럼 유령으로 다시 태어난 것이다.

"어, 엄마…."

나직한 목소리로 엄마를 불렀다. 목소리를 따라 내 쪽으로 고개를 돌리기 무섭게 엄마의 입에서 비명 같은 고함이 터져 나왔다.

"영풍아!"

엄마가 단숨에 침대에서 뛰어내렸다. 제 발로 걸어본 지가 몇 달이 넘었지만 의아하다는 생각도 못하는 것 같았다. 20년 만에 내 얼굴을 본 엄마는 본능적으로 나를 향해 달려왔다.

"영풍아! 진짜 영풍이 맞아!"

엄마는 나를 얼싸안으려 했다. 하지만 우린 둘 다 육체가 없는 존재. 엄마의 두 손이 허망하게 내 몸을 통과했다. 엄마의 얼굴이 충격으로 굳었다.

"엄마."

"이게 어떻게 된 거야? 나 죽은 거니?"

"네…."

한동안 이곳저곳 방황하며 당신의 시신, 여전히 오열하는 이모, 의료진들을 둘러보던 엄마의 두 눈동자가 조금씩 안정의 빛을 되찾았다.

"내가 지금 귀신이 된 거야?"

"맞아요. 저처럼."

엄마는 살짝 고개를 끄덕였다. 이미 말기 암 판정을 받은 터라 죽음을 각오한 지 오래였고, 외톨이로 몇 년 더 사는 것보다 죽는 게 차라리 다행이라고 생각했던 모양이었다. 금세 당신의 죽음을 받아들인 엄마의 얼굴이 기쁨으로 환하게 빛났다.

"이 에미가 얼마나 좋은지 모르겠다. 무슨 복이 있어 20년 만에 널 다 만나고. 한 번만 더 우리 아들 보는 게 소원이었는데 이젠 죽어도 여한이 없다."

너무도 행복한 나머지 벌써 죽었다는 걸 까먹은 듯했다. 나는 엄마에게 활짝 웃어 보였다.

"저도요. 엄마랑 꼭 한 번만 더 얘기해보고 싶었는데 이런 날이 오네요."

"그렇게 영풍이 한 번만 볼 수 있게 해달라고 빌었더니 지성이면 감천이라고 하늘이 도와준 게지. 안 그러냐?"

애매하게 고개를 끄덕였지만 내심의 의문은 남아 있었다. 경험상 아무리 간절하다고 해도 자기 마음대로 유령이 될 순 없다. 뭔가 '납득'이 가지 않는 강력한 의문이 있어야 하는데….

엄마가 다시 내 얼굴로 손을 뻗었다. 허공을 통과하는 두 손을 야속하게 바라보았다.

"아, 한번 쓰다듬어주고 싶은데 그건 안 되나 보구나. 앗, 그러고 보니 네 얼굴이 옛날이랑 똑같네!"

"죽었을 때 얼굴로 고정이에요."

"진짜 딱 서른다섯 살 때 얼굴이네. 아유, 우리 잘생긴 아들 얼굴, 여전하네."

흐뭇하게 내 얼굴을 들여다보던 엄마가 갑자기 두 손을 당신의 얼굴로 홱 올렸다.

"왜 그래요?"

"그럼 이 엄마 얼굴도 지금 얼굴이겠네."

"그럼요."

"많이 흉할 텐데. 엄마 폭삭 늙었지?"

"아이, 노인네들이 다 그렇지."

"병만 안 걸렸어도 좀 나을 걸 몹쓸 병에 걸려 가지고 다 망쳤다."

"지금도 보기 좋아요."

"좋기는 뭐가 좋아. 흉물이지."

말은 그렇게 하지만 아들의 칭찬에 기분이 좋아 보였다. 한편 어느 정도 정신을 차린 이모가 다른 친척들에게 연락을 돌리고, 의료진도 엄마의 시체를 영안실로 옮길 채비를 하고 있어 부산스러웠다. 엄마에게 좀 더 안정을 찾아주기에는 이곳은 영 아닌 것 같았다. 여기는 소란스러우니까 조용한 곳에서 밀린 얘기나 실컷 나누자고 하자 엄마는 신바람을 내며 몇 번이나 고개를 끄덕였다.

"내 발로 걸으니까 이렇게 좋을 수가 없구나. 어찌나 몸이 가벼운지 젊었을 때로 돌아간 것 같아."

열여덟 살 소녀로 돌아온 것처럼 사뿐사뿐 걷는 엄마를 보기만 해도 즐거웠다. 그런 한편으로 머릿속에서는 풀리지 않는 의문을 계속 생각하고 있었다.

'유령은 숨이 끊어지는 순간의 모습으로 고정인데 엄마는

입원 전으로 돌아간 모습이잖아. 왜 엄마만 다르지?'

그러나 유령세계의 거대한 섭리를 나 따위가 알 수 있을 리 없었다. 혼수상태 그대로 유령이 되면 의식도 없이 허구한 날 누워만 있어야 하니 굳이 유령이 돼야 하는 이유도 없을 것이다. 죽음과 마찬가지인 상태의 유령을 굳이 탄생시킬 필요가 없어서 그렇지 않나 어렴풋이 짐작할 따름이었다.

머리를 싸매봐야 알 수도 없는 문제를 포기하고 병원 근처의 인천시청 앞 광장공원에 도착할 때까지 엄마에게 유령 생활에 있어서의 원칙들을 자세하게 가르쳐주었다.

"어휴, 모처럼 걸었더니 힘들다. 잠깐 앉자."

나는 쓴웃음을 지었다. 살아 있을 때도 엄마에게 뭔가를 설명하는 일은 고역이었다. 암만 가르쳐줘봐야 돌아서면 까먹거나 제대로 알아듣지도 못하면서 그런 척하니 불뚝불뚝 화가 치솟곤 했다. 옛날 같으면 버럭 소리를 질렀을 테지만 20년 만에 보는 엄마한테 그러긴 싫었다.

"우린 힘들고 그런 거 없다니까 그러네. 그냥 기분 탓이야. 1년을 꼬박 걸어도 안 힘들어."

"맞다. 그랬다고 했지."

사람이 있는 곳에 겹쳐 앉아도 되는데 엄마가 낯설어 해서 굳이 빈 벤치를 고르느라 조금 더 걸어야 했다. 우리는 광장 주변의 벤치에 나란히 앉았다. 광장 중앙에 설치된 스크린

맞은편이었는데, 스크린에서는 시정 홍보 영상이 흘러나오고
있었다.

"참, 밥은 먹었어? 밥은 먹고 다녀?"

"밥 안 먹어도 된다니까!"

오늘만큼은 참으려 했는데 결국 화를 내고 말았다. 몇 번
이나 설명해줘도 딱 알아먹지 못하는 것도 짜증났지만 그놈
의 밥 타령이 방아쇠를 당긴 것이다. 예전부터 그랬다. 잠깐
극단에 있을 때 일이 잘 안 풀려 하소연을 하려 전화해도
밥, 올해 명절은 내려가지 않는다고 전화해도 밥, 월세가 없
다고 전화해도 밥. 엄마에겐 그놈의 밥이 인생의 전부인 것
같았다.

"맞다. 밥 안 먹어도 된다고 했지."

주눅이 들어 목소리를 낮추는 엄마를 보며 언성을 높인 걸
후회했다. 20년 만에 엄마를 다시 만난 날이 아닌가.

"뭘 그렇게 봐?"

"보고 또 봐도 좋네. 진짜 꿈만 같다."

혼이 난 것도 금방 잊고 내 얼굴에 시선을 고정하는 엄마
였다. 갑자기 엄마가 박수를 치며 말했다.

"참, 네 아버지는? 아버지는 어디 있어?"

설명하기가 난감했다. 어디서부터 어떻게 설명해야 할지
모르겠다.

"엄마, 사람이 죽는다고 다 유령이 되는 게 아냐."

"그럼?"

"글쎄, 나도 정확히는 모르지만 어떤 이유가 있어야 돼."

"그렇구나."

엄마는 아쉬운 얼굴로 고개를 끄덕였다.

"네 아버지도 너 봤으면 엄청 좋아했을 텐데."

"그러게."

나도 망연히 고개를 끄덕였다. 엄마처럼 아버지도 한 번만 더 볼 수 있으면 얼마나 좋을까 생각하면서.

"앞으로는 어디 가지 말고 평생 엄마랑 같이 있자. 알았지?"

"응…."

엄마의 말에 무심코 답하다 말고 바짝 굳어버렸다. '평생'이라는 단어가 주는 울림이 올가미처럼 나를 꽁꽁 얽어매는 느낌이었다.

'평생. 그래, 평생이야. 엄마를 다시 볼 수 있다는 게 너무 좋아서 잠깐 잊고 있었지만 나처럼 엄마도 언제 끝날지 모르는 유령 생활을 해야 하는 거잖아. 모자가 떠돌이 유랑단마냥 정처 없이 이 세상을 떠돌면서 지옥과도 같은 허무 속에서 영원히 허우적거린다?'

나도 모르게 고개를 흔들었다. 그건 엄마에게도 너무 잔인하고 끔찍한 일이다. 지금이야 나를 보는 게 좋아서 저러지만 나처럼 한 20년 유령으로 지내보면 그 끝없는 방황과 공허에 넌더리가 날 것이다. 차라리 죽는 게 낫겠다고, 아예 사라지게 해달라고 빌고 또 빌게 될 것이다.

"계속 이렇게 살아야 하는데? 맛있는 것도 못 먹고, 아무 것도 못 만지고, 나 말고 아는 사람도 없는데?"

"엄마는 그래도 좋아. 너만 있으면."

가슴속에 살짝 달콤한 기운이 찼다. 어쩌면 그렇게 사는 것도 나쁘지 않을지 모른다. 앞으로 쭉 엄마를 모시면서 생전에 못해본 효도도 하고, 재미난 것도 같이 보고, 공동묘지에서 엄마 또래 친구도 찾아주고….

'안 돼. 아니야, 그건 정말 아냐.'

나는 거세게 고개를 흔들어 나를 사로잡으려 하는 유혹을 떨쳐내려 애썼다. 겉으로는 달콤한 케이크처럼 보이지만 실상은 구역질나는 음식 쓰레기일 뿐이다. 한입 맛보기에는 좋지만, 많이 먹으면 반드시 탈이 나는 독물에 불과하다. 누군가와 의미 있는 관계를 맺을 수도, 꿈도 희망도 존재하지 않는, 하루하루 주변부를 떠돌기만 하는 삶은 사는 것 같아도 사는 게 아니다.

'그런 삶을 엄마에게 줄 수는 없어. 반드시, 내가 반드시 그걸 막아야 해.'

이것이 내 방식의 처음이자 마지막 효도이리라. 나는 굳은 결심을 하고 또박또박 엄마에게 물었다.

"엄마, 혹시 죽기 전에 뭐가 제일 납득이 안 됐어?"

"그게 뭔 소리냐?"

"그동안 살면서 왜 이런 일이 생겼는지 도저히 이해가 안 가는 게 있었을 거 아냐?"

"아, 그런 거. 그런 건 있지."

"뭔데?"

"왜 하필이면 그 많고 많은 사람 중에 내 아들이 그 나쁜 놈한테 걸렸는지. 너무 억울하고 분해서 밤마다 하늘에 대고 물었어. 왜 그게 내 아들이어야 했냐고…."

순간적으로 정신이 멍해졌다. 엄마가 왜 유령이 됐는지 그 이유가 손에 잡힐 듯이 분명하게 다가왔다. 엄마는 당신 문제가 아니라 순전히 나 때문에 유령이 됐다. 하루아침에 그토록 사랑했던 외아들이 죽고 없어진 현실이 도저히 '납득'되지 않았던 것이다.

'어쩐지. 엄마는 좀 가난한 집에서 쪼들리며 산 것 말고는 특별히 인생에서 납득되지 않는 건 없었어. 죽음의 원인도 다른 사람들도 많이 걸리는 암 때문이었고. 나만 아니었다면, 내가 그렇게 죽지만 않았더라면 아무 문제없이 편안하게 저승에 갔을 거야.'

유령이 된 이유마저도 당신 자신의 문제가 아니라 못난 아들 때문이었다. 아니, 그건 평생 일관된 엄마의 사고방식 그 자체였다. 당신이야 어떻게 되든 말든 오직 아들만을 신경 쓴 분이다. 숨이 끊어지면서까지 계속되는 엄마의 사랑이 너무도 벅차서 말을 잊기 힘들었다.

나는 두 주먹을 불끈 쥐었다. 한결같은 엄마의 사랑을 깨닫자 절대 엄마를 유령으로 둬서는 안 된다는 투지가 더욱 끓어올랐다.

"그리고 꼭 사과하고 싶은 것도 있었지."

"응?"

"그때 못 도와줘서 미안하다고."

"무슨 소리야?"

"그날 밤에 네가 전화했었잖아."

"그랬나."

그러고 보니 지난주 토요일 방송에서 내가 바에서 엄마에게 전화를 건 기록이 남아 있었다고 했다. 방송에서도 추가적인 언급은 없었고, 나도 만취한 탓에 기억은 전혀 없지만.

"내가 뭐라고 했는데?"

"혀 꼬부라진 목소리로 다음 달 월세 좀 내달라고. 이미 보증금도 다 까먹고 통장에 50만 원밖에 안 남아서 엄마가 안 도와주면 노숙해야 된다고 했어."

그 야심한 밤에 술에 취해 엄마한테 전화해서 고작 그런 얘기를 했단 말인가. 까면 깔수록 한심해지는 나라는 놈이다.

"그래서 어떻게 했어?"

"너 그날 세금 못 냈다고 연체료 고지서 같은 거 엄청 받았다며? 딱 한 번만 더 도와달라고, 돈 백만 더 보내 달라고 했는데 에미가 눈 딱 감고 거절했다. 몇 달에 한 번씩 네 아버지 몰래 돈 보내는 것도 눈치 보이고, 자꾸 도와줘봐야 버릇만 나빠지게 할까 봐…."

그때 도와주지 못한 게 아직껏 미안한지 풀이 죽은 엄마의 목소리가 물속에서 듣는 것처럼 웅웅거렸다. 나는 엄마가 무심결에 얘기하고 지나친 것에 전 신경을 집중하고 있었다.

"그게 무슨 소리야? 연체료 고지서라니?"

"그날 네가 그랬어. 점심때 받았다고. 전기요금, 가스요금도 못 내서 전기랑 가스도 끊길 거고, 의료보험료도 2년인가 못 내서 통장 압류한다고 경고장 받았다고 분명히 그랬어."

"정말이야? 정말 내가 그런 말을 했어?"

"그렇다니까."

나는 천천히 고개를 끄덕였다. 명확한 기억은 아직 떠오르지 않지만 20년 내내 그날을 되새기고 또 되새겼을 엄마의 증언은 틀림이 없을 것이다.

'맞아. 방송에서 내가 오후에 집을 나서면서 집주인 할머니

한테 우편물을 받았다고 그랬지. 어쩌면 그게 혹시…'

연체료 고지서 뭉치와 통장 압류 경고장이 아니었을까? 나는 눈을 감고 기억을 되짚어보았다. 지금 철벽같이 기억을 막고 있는 단단한 댐에 자그마한 균열이 갔다. 조금만 더 노력하면 실금 같은 그 균열이 주먹만 해지고 나중에는 댐 전체를 무너뜨릴 구멍으로 커져갈 것이다.

"엄마가 뭐 잘못 말했어? 왜 말이 없어?"

내가 말이 없자 화났다고 생각했는지 엄마가 조심스럽게 물었다. 나는 눈을 뜨고 천천히 고개를 끄덕였다.

"엄마 말이 맞아. 이제 다 생각났어. 나는 그날 주인집 할머니한테 그런 것들을 받았어. 대충 주머니에 쑤셔 넣고 있다가 술집에서 뜯어봤지. 평소 같으면 쪽팔려서라도 전화 못했을 텐데 술김에 엄마한테 전화한 거야. 술 마시면 뻔뻔해지니까."

"엄마가 그냥 도와줬어야 하는데. 돈 보내주고 얼른 집에 들어가라고 했으면 그 망할 놈 안 만났을 텐데…"

나는 손을 들어 엄마의 말을 막았다. 엄마가 잘못한 건 하나도 없었다. 서른다섯 살에 돈 보내달라고 엄마한테 사정하는 놈이 잘못이지. 그보다 중요한 건 따로 있었다. 여기가 사실상의 승부처다. 나는 내게 일어났던 사건의 전모를 거의 파악해가는 중이었다. 엄마의 얘기에 귀를 기울일 여유가 없었다.

"어, 저게 뭐냐! 저기 좀 봐라!"

갑자기 엄마가 손가락을 앞으로 뻗었다. 사건의 재구성에 집중하느라 귀찮았지만 무심결에 시선이 엄마의 손가락을 따라갔다. 광장 중앙의 스크린에서 속보가 흐르고 있었다.

'인천 서구 연쇄살인범 20년 만에 잡혀'라는 자막 위에는 휠체어를 탄 깡마른 남자가 플래시 세례를 받고 있었다. 소리 없이 그림만 나오는 스크린이라도 계속 교체되는 자막 덕분에 핵심을 파악하는 데는 문제가 없었다.

'한 집에 살던 형 부부가 고교 졸업 후 직업 없이 무위도식한다고 구박', '울분을 풀기 위해 반년 동안 비 오는 날마다 아홉 명을 살해', '20년 전 겨울에 형 부부마저 살해하고 체포되어 무기징역형에 처해짐', '레인 킬러의 종적이 갑자기 끊긴 이유는 20년째 수감 중이었기 때문', '3개월의 시한부 인생을 선고받고 모든 걸 고백하기로 결심' 이런 자막들이 꼬리를 물고 이어졌다.

예상대로 경찰에서 방송사에 스포트라이트를 양보할 이유가 없었다. 경찰이 방송사보다 먼저 발표해버린 것이다.

"저, 저 죽일 놈! 아무리 구박받았다고 죄 없는 사람을 아홉 명이나 죽여! 천금 같은 내 아들을!"

엄마의 노기 띤 목소리를 흘려들으며 휠체어에 탄 레인 킬

343

러의 얼굴에 시선을 고정했다.

내 눈에 비친 그 남자는 역시 내가 아는 얼굴이었다.

지난 20년의 세월과 병마에 침식당해 많이 상했지만 틀림없이 알아볼 수 있었다.

속보가 나오기 직전 내가 결론내린 것처럼 은하수 분식집에서 나와 다퉜던 왜소한 남자였다.

마침내 나는 모든 걸 알게 되었다.

마치 동서남북 네 방향의 고속도로가 정중앙의 휴게소에서 만나듯 네 가지 분명한 단서가 있었다.

동쪽에서 온 길은 분식집의 저 남자가 레인 킬러처럼 왼손잡이라는 것이었다. 저 남자는 내 뒤에서 돈가스를 먹으면서 버릇처럼 스테인리스 컵에 나이프를 부딪쳐서 귀에 거슬리는 소리를 냈다. 그때 나는 어쨌는가? 듣다듣다 못 참고 몸을 휙 돌리는 바람에 녀석의 팔과 부딪쳤다. 그때 나는 어느 방향을 향해 몸을 돌렸는가? 왼쪽이었다. 왜 왼쪽이었을까? 아마도 왼쪽에서 그 듣기 싫은 소리가 나서였기 때문이 아닐까. 소리가 오른쪽에서 들렸다면 본능적으로 오른쪽을 향해 몸을 돌렸을 것이다.

돈가스를 비롯한 서양 음식, 나이프와 포크를 쓰는 서양 음식의 표준적인 에티켓은 왼손에 포크, 오른손에 나이프이다. 왼손잡이는 그 반대로 한다. 그런데 저 남자는 왼손에 나이프를 드는 바람에 테이블 왼쪽에 놓인 물컵에 자꾸 나이프를 부딪쳤다. 내가 몸을 왼쪽으로 홱 돌렸을 때도 저 남자의 왼팔과 부딪쳐 손에 들고 있던 나이프가 날아갔다. 이게 바로 저 남자가 왼손잡이라는 뚜렷한 증거였다.

서쪽에서 온 길은 지금 생각해보면 놓친 게 한심했다. 돈가스를 썰던 나이프가 나로 인해 날아가 버린 뒤 살벌해진 분위기를 카운터 뒤쪽 주방에서 겉절이를 담그던 주인아줌마가 일어나 말렸다. 덕분에 별 문제는 없었지만 그때 난 어떤 기분을 느꼈던가? 나를 노려보는 게 분명해 뒤통수가 뜨끈한 기분이었다. 게다가 남은 돈가스를 써는 서걱서걱 소리에 섬찟함을 느끼지 않았는가.

주인아줌마는 주방에서 웅크리고 앉아 일을 해서 우리의 다툼을 제대로 목격하지 못했다. 우리를 말릴 때도 그 자리에서 일어나기만 했을 뿐 홀로 나오지는 않았다. 바닥에 떨어진 나이프를 새것으로 교체해준 일은 결단코 없다. 저 남자 또한 일어서서 바닥에 떨어진 나이프를 줍는 기적을 보이지 않았다. 나이프는 내 오른쪽 대각선 앞에 떨어졌기 때문에 주우려 했다면 내가 보지 못했을 리가 없다. 물론 숟가락이나 젓가락을 놓는 통에 나이프와 포크도 없었다. 분식집에 들어설 때 저 남자가 시킨 돈가스 접시에 나이프와 포크가 없어져 있는 걸 분명히 보지 않았는가.

어디서도 날아간 나이프를 대체할 물건이 없는데 어떻게 저 남자는 고기를 서걱서걱 썰 수 있었을까? 아주 잘 드는 다른 나이프를 항상 구비하고 다녔다면 문제가 없다. 아마 저 남자는 형과 형수처럼 자신을 구박하는 내게 보여주기 위해 평소 지니던 살상용 나이프를 꺼내들고 고기를 썰면서 위협을 가했을 것이다. 더 이상의 시비를 피하기 위해 내가 돌아보지 않아 그의 위협은 저 혼자만의 퍼포먼스로 끝났지만 그때 나는 분명 1차적인 죽음의 위기를 맞고 있었다.

'얼른 경기 보러 가야 해서 나갈 때도 저 남자 테이블을 제대로 보지 않았지. 그때 눈여겨봤더라면 분명 무시무시한 나이프도 볼 수 있었을 거야.'

남쪽에서 온 길은 다소 희극적이었다. 내가 카운터에 돈을 놓고 분식집 문을 열었을 때 직전까지 오지 않던 가랑비가 내렸다. 그때 저 남자는 '…신 으뜸이네'라고 웅얼거렸다. 워낙 조용하게 말해 '신' 앞의 말은 제대로 듣지 못했지만 정황상 내게 욕을 하는 거라고 판단하고 '병신'이라는 단어를 내 스스로 완성했다.

하지만 그 말이 '병신'이 아니라 내가 들은 그대로 '신'이었다면? '신 으뜸이네'라는 말은 생각하기 어려우니 문장을 다소 말이 되게 변형시켜보자. '신으 뜸이네'도 어법에 맞지 않는다. 그럼 '신의'는 어떨까? 이건 딱히 이상하지 않다. 다만 뒷말이 문제였다. '신의 뜸이네'라는 말은 세상에 없으니까.

나직하게 중얼거린 말이라서 처음부터 끝까지 제대로 듣지 못했다. 앞의 '병신'에 맞춰 뒷말도 대충 '으뜸이네'라고 적당히 해석한 것에 불과했다. 그런데 앞이 '신의'라면 이어지는 '뜸이네'도 비슷하게 들리면서 훨씬 말이 되는 다른 말로 교체해볼 수 있을 것 같다. '뜻이네'라고 하면 어떨까?

그렇게 해서 최종적으로 나온 문장은 '신의 뜻이네'다. 나는 '신의 뜻이네'라는 말을 '…신 으뜸이네'로 오해해서 들은 것이다.

저 남자의 입장에서 무엇이 신의 뜻일까? 직전까지만 해도 비가 오지 않았는데 마침 나와 실랑이를 벌인 직후에 비가 내리고 있었다. 비 오는 날만 사람을 죽이고 다닌 레인 킬러에겐 충분히 신의 뜻처럼 느껴졌으리라.

'만약 비가 오지 않았더라면 아무리 나에 대한 원한이 깊었더라도 나는 살았겠지. 그러고 보니 정말 나는 신에게도 버림받은 존재였네.'

마지막 북쪽에서 온 길은 남쪽 길과 연속적인 흐름에 있었다. 분식집에서의 실랑이로 나를 형이나 형수와 겹쳐본 레인 킬러는 때마침 비까지 내리자 이 모든 게 신의 뜻이라는 생각에 기필코 나를 죽이기로 결심한다. 그 마음을 먹은 뒤로 하루 종일 나를 뒤따랐던 게 아닐까.

분식집 바로 옆의 집으로 들어가는 걸 확인하고 내가 나오기만을 기다리다가 PC방에 이어 바까지 나를 따라왔다. 오직 나를 죽이려는 일념 하나로 추적추적 비가 오는 날, 비옷을 입고 언제까지나 나를 쫓아다닌 것이다.

새벽 3시경 만취한 내가 바에서 나오자 쾌재를 불렀겠지. 그는 내가 지름길인 뒷골목으로 진입하자 얼른 쫓아와 나를 살해하는 데 성공했다.

'계속 바에서 나와 다툰 중년 아저씨를 레인 킬러라고 생각했어. 나보다 먼저 바에서 쫓겨난 뒤 나를 쫓아왔다고 믿었지.'

하지만 저번 주 방송에서의 최면 장면을 보고 복원된 기억이 그 가설을 부인했다. 최면 장면을 통해 떠오른 기억이 어땠는가? 레인 킬러가 쓰레기봉투와 소주 박스, 개똥, 전단지 등의 장애물을 미끄러지듯 부드럽게 피해 가면서 내 쪽으로 다가오지 않았는가. 중년 아저씨는 바 문을 열자마자 와서 나와 다툴 때쯤 꽤나 취해 있었다. 코를 찌르는 술 냄새와 비틀거리는 걸음걸이가 그 사실을 증명했다. 나 못지않게 만취한 사람이 어떻게 쇼트트랙 선수처럼 그 장애물들을 요리조리 피해 가면서 나를 향해 다가올 수 있겠는가.

각각의 증거는 하나하나로는 파괴력이 약했지만 하나로 합쳐지면 분명히 분식집에서의 저 남자를 가리킨다.

나는 그 사실을 알고 있었다.

지금이 아니라 바로 그때.

내가 살해당하던 순간에도 말이다.

죽음의 충격과 만취로 인한 일시적인 기억상실로 확신할 수는 없지만 분명 나는 알고 있었다. 막 골목길로 들어온 남자가 전날 오전 분식집에서의 그 남자이고, 그가 바로 레인 킬러라는 것을.

이따금 술에 취했을 때 정신이 더욱 날카로워질 때가 있다. 그날 내가 바로 그런 상태였을 것이다. 지금처럼 그때도 내 머릿속에선 동서남북 네 가지 생각의 갈래가 뇌 정중앙을 향해 줄달음을 쳐왔을 것이다. 정중앙에서 만난 네 가지 단서들은 나에게 저 남자의 위험성을 확실하게 경고했을 테지만….

나는 피하지 않았다.

잠시 후로 예고된 분명한 죽음을 피하지 않았던 것이다.

'아주 오랫동안 그 이유를 몰랐지. 도통 기억이 나지 않아서.'

바로 그 이유가 나를 유령으로 만들었다. 모든 걸 알고 있으면서도 나는 죽음을 피하지 않았다. 어쩌면 해방감마저 느끼지 않았을까. 레인 킬러가 나를 그토록 괴롭히던 절망에서 나를 구원해줄 구세주처럼 보이지 않았을까.

그 절망의 근원을 오늘에서야 깨달았다. 월세와 미납 요금, 연체료 통지서와 통장 압류 경고장. 사람에 따라 그런 것들을 대단치 않게 생각할 수도 있을 테고, 나 역시 비슷했다. 사설 토토만 한 번 터지면 단숨에 갚을 수 있는 것들이라고.

그러나 그날 나는 그토록 믿었던 사설 토토에 배신당했고 술값으로도 적잖이 썼다. 유일한 희망이었던 엄마한테의 지원도 거부당했다. 아마 나는 내 생각보다 훨씬 지쳐 있었던 게다. 매달 꼬박꼬박 날아오는 고지서 뭉치와 내가 정상적인 사회인의 범주에서 너무도 멀어져 있음을 뚜렷하게 각인시켜주는 압류 경고장 같은 것에. 이미 내 힘으론 해결할 수도, 해결할 의지도 사라진 그것들이 주는 압박감에.

물론 내가 자초한 것이기에 입이 열 개라도 할 말이 없지만, 어쨌든 나는 그 모든 걸 뭉뚱그린 단 한 마디, '가난'에 완전히 지쳐 있었던 것이다.

내게 다가오는 사람이 레인 킬러라는 걸 의식적으로나 무의식적으로나 깨달았지만 나는 적극적으로 피하지 않았다. 도움을 요청하거나 발버둥을 치지도 않았다.

'그때 나는 여기서 죽어도 좋지 않을까, 생각했었던 거야. 어쩌면 제발 나를 죽여주기를, 삶의 고통을 여기서 끝내주기를 간절히 빌었는지도 모르지.'

레인 킬러는 내 간절한 바람에 응답해주었다. 적어도 내 사건에 있어서 그의 죄는 그것뿐이었다. 다시 말해, 내 죽음은 살인이자 자살이었던 것이다.

죽은 직후에 대부분의 기억을 잃으면서 자살의 가능성에 대해서는 생각이 미치지 못했다. 나는 그저 내가 살해당했다고만 생각했다. 내 머리로는 살해만을 생각하는데, 내 의식 깊숙한 곳의 본질은 자살을 주장했다. 그 두 가지 이견이 서로 다투는 바람에 나는 자연히 내 죽음의 원인을 '납득'하지 못했고, 그래서 유령이 되고 만 것이다.

바로 이 결론 이외에는 다른 답을 찾을 수 없었다.

이제 나는 완전히 내 죽음에 대해 '납득'했다.

엄마를 쳐다본 내 얼굴이 일그러졌다. 나는 으헝, 하면서 짐승 같은 소리를 냈다.

"죄송해요, 엄마. 나 실은 저 사람한테 그냥 살해당한 게 아니라 자살한 거예요. 저 사람이 범인인 줄 알았으면서도 적극적으로 피하지 않았어요. 죄송해요. 죽을 고생을 하면서 힘들게 날 낳아주고, 번듯하게 키워주셨는데 고작 자살이나 생각하고 있었어요."

눈물이 나지 않는 게 한스러웠다. 55년의 인생을 통틀어 지금처럼 부끄러울 때가 없었다. 차마 엄마를 볼 면목이 없어 고개를 폭 수그린 채 눈을 질끈 감고 연신 엄마에게 잘못을 빌었다.

"미안해하지 마. 이 에미가 더 미안해. 부잣집에서 낳아줬으면 그런 생각도 안 했을 텐데. 찢어지게 가난한 집에서 태어나게 해서 평생 마음고생만 시켰구나."

"그런 말씀 마세요. 다 제가 잘못해서…."

"넌 잘못 없어. 잘못한 건 다 우리 부부가 못나서…."

이상한 기분이 들어 퍼뜩 눈을 떴다. 엄마의 목소리가 점점 작아지고 있는 것이다. 내 눈에 들어온 엄마의 맨 팔이 점점 희미해져 가고 있어 경악했다.

잠시 후 그 이유를 깨달았다. 내가 납득한 것처럼 엄마도 내 설명을 듣고 내 죽음에 대해 '납득'했던 것이다.

유령이 납득이 되면 존재의 이유를 잃는다.

곧바로 사라지는 것이다.

팔을 들어 살펴봤다. 내 팔 역시 실루엣만 간신히 보일 만큼 점차 흐릿해져가고 있었다. 나는 벤치에서 튕기듯 일어나 엄마 앞에 섰다. 이미 엄마의 하반신은 사라지고 없었다.

나는 사력을 다해 몸을 아래로 숙였다. 엄마가 완전히 사라지기 전에 꼭 해야 할 것이 있었다. 땅바닥에 무릎을 꿇은 나는 두 손을 땅에 대고 결사적으로 큰절을 했다. 제발 절을 마치기 전에 나와 엄마가 사라지지 않기만을 빌었다.

'신이시여, 저 평생 나쁜 짓만 한 나쁜 놈입니다. 지옥에서 영원히 벌을 주셔도 좋으니 이 절만큼은 끝까지 마치게 해주세요.'

두 손이 완전히 투명해져 겨우 손의 형체라는 걸 알아볼 수 있을 지경이었지만 천만다행으로 절을 마칠 수 있었다. 나는 엎드린 채 외쳤다.

"엄마, 다음에도 꼭 제 엄마로 태어나주세요. 그때는 진짜 달라질게요. 절대 지금처럼 되지 않을게요. 그러니까 엄마도 저 포기하지 말고 꼭 한 번만 더 기회를 주세요."

머리 위에서 엄마의 끊어질 듯 가냘픈 목소리가 들렸다.

"그런 말 하지 마라. 엄마는 오늘 이 하루, 선물 받은 걸로 다 됐다. 아무것도 바라는 것 없다. 다음이 아니라 이번 생에도 넌 이 엄마한테 이루 말할 수 없는 행복을 줬어. 꼭 다시 만나자, 영풍아."

고개를 들었을 때는 엄마가 사라지고 없었다. 나는 무릎을 꿇은 채로 눈부신 빛의 명멸과 함께 허공 속에 흩어져가는 내 몸을 서글프게 바라보았다.

이상이 내 유령 생활의 기록 전부이다. 돌이켜보면 사람으로 살았던 서른다섯 해도 유령이나 마찬가지였다. 어떤 의미 있는 일도, 보람을 느낄 만한 행동도 하지 않고 순간의 쾌락

만을 탐닉하며 인생을 허비했다. 살아 있되 살아 있지 않은 시체 같은 삶.

사람이되 유령이었던 삶.

다시 한 번 기회가 주어진다면 이번만큼은 달라지리라 백 번이고 천 번이고 다짐했지만 유령 너머의 삶까지는 알지 못한다.

그곳에도 삶이라는 게 있기를, 한평생 원망만 했던 신에게 염치없이 또 빌었다.

신이시여, 부디 단 한 번만.

<제목 참고>

1장. 내 친구의 집은 어디인가
(Where Is The Friend's Home?, 1996)
압바스 키아로스타미

2장. 사랑과 영혼
(Ghost, 1990)
제리 주커

3장. 말 없는 사나이
(The Quiet man, 1952)
존 포드

4장. 영능력자 배틀 로열
(劇場版 Trick 靈能力者 バトルロイヤル, 2010)
츠츠미 유키히코

5장. 마더
(Mother, 2009)
봉준호

<작가의 말>

창작을 업으로 삼는 사람이라면 누구나 그렇겠지만 가끔 일이 잘 되지 않을 때가 있다. 내게는 2017년부터 2019년이 딱 그런 기간이었다. 그즈음 안팎으로 머리를 복잡하게 하는 일도 많았던 데다가, 무엇보다 쓰기도 어렵고 내기도 어렵고 팔기는 제일 어려운 무명 소설가로서의 삶에 완전히 지쳐버렸기 때문이다.

약 2년간 의미 있는 글은 단 한 줄도 쓰지 못했고, 슬럼프를 핑계로 넘쳐나는 시간을 이용해 탁월한 창작자들이 공들여 만들어놓은 영화, 소설, 게임 등에 심취했다. 전생에 올빼미 아니면 야경꾼이었는지 느지막이 일어나 까만 밤에 그 모든 것들을 섭렵하다 보니 자연히 낮의 세상과는 멀어져 갔다. 어느 날, 여느 때와 같이 새벽 5시경에 무심코 창밖을 내려다보았다. 온통 불이 꺼져 있는 세상을 홀로 내려다보고 있는 사십 대 남자가 창문에 파리하게 떠 있었다. 그 순간이었다. 스스로가 마치 유령 같다고 느껴진 것은.

신으로부터 받은 작은 재능을 전혀 쓰지 않고 남이 해놓은 것만 소비하면서 주로 낮에 자고 밤에 활동하는 내가 유령이 아니면 누가 유령이란 말인가. <유령생활기록부>는 당시의 경험을 바탕으로 쓰게 되었다. 어떤 의미 있는 일도, 보람 있는 일도 하지 않은 채 순간의 쾌락에만 몰두하는 한심한 인간 허영풍이 20년간의 고통스런 유령생활을 통해 한 뼘쯤 성장하고 반성하는 얘기를 꾸역꾸역 눌러 쓰면서 작가인 나 역시 그렇게 됐으면 하는 바람을 담았다.

한편으론 슬럼프 및 고통스런 자기혐오도 새로운 창작의 원동력으로 삼는 스스로에게 쓴웃음을 짓기도 했다. 소설가란 원래 그런 인종이 아닐까. 이용할 수 있는 건 뭐든지 이용하는.

<유령생활기록부>는 전작 <상처>에 이은 필자의 여섯 번째 책이다. 아무도 관심 없겠지만 지난 다섯 권을 나의 1기 소설들이라고 한다면 <유령생활기록부>를 2기의 시작으로 부르고 싶다. 2기부터는 완성도에 더욱 힘을 기울여 국내

뿐 아니라 해외의 독자를 만나고 싶은 마음 간절하다. 몇 년 전부터 K컬처라는 이름으로 우리나라의 우수한 영화나 드라마, 음악, 게임 등이 절찬리에 해외로 수출되고 있는데 K미스터리나 K스릴러도 그러지 못하리란 법은 없지 않은가. 모처럼 창작의 심지에 불을 당겨준 건 나만 잘 쓰면 더 넓은 세상의 더 많은 독자를 얼마든지 만날 수 있으리라는 기대감 때문이었다.

특히 정조준하고 있는 나라는 매년 뛰어난 추리소설들을 쏟아내고 있는 일본이다. 내 세대의 추리소설가들이 대개 그렇듯 일본의 신본격이나 사회파, 특수설정 미스터리 등을 읽으며 자양분을 쌓아온 걸 부정할 수 없는데, 우리 한국의 추리소설가들도 만만치 않다는 걸 슬슬 보여줄 때가 되지 않았나 싶은 것이다.

물론 여전한 수준 차이를 느끼고 좌절할 때도 많지만 추리소설 저변의 차이나 독서시장의 규모 등을 운운하며 매번 변명만 늘어놓고 시작하지 않는다면 영원히 따라잡을 수 없다. 시작이 반이라는 옛말처럼 일단 시작하면 그리 멀지는 않다. 다시 말하지만, 기왕 시작한 이상 그리 멀지는 않다.

2021년 10월
나혁진

유령생활기록부

1판 1쇄 인쇄 2021년 11월 13일
1판 1쇄 발행 2021년 11월 20일

지은이 · 나혁진
발행인 · 주연지

편집인 · 석창진 편집 · 박영심
디자인 · 김지영 일러스트 · 백진연 이찬영
마케팅 · 허은정 최동완

펴낸곳 · 몽실북스 출판등록 · 2015년 5월 20일(제2015 - 000025호)
주소 · 서울 관악구 난향7길52
전화 · 02-592-8969 팩스 · 02-6008-8970
이메일 · mongsilbooks@naver.com
네이버 포스트 · post.naver.com/mongsilbooks_kr
인스타그램 · instagram.com/mongsilbooks

ISBN 979-11-89178-48-2(03810)

● 잘못된 책은 구입하신 서점에서 바꿔드립니다. ● 책값은 뒤표지에 있습니다.

몽실북스에서는 작가님들의 원고를 기다리고 있습니다. 자신만의 이야기를 책으로 만들고
싶다 하시면 언제든지 mongsilbooks@naver.com으로 연락처와 함께 기획안을 보내주세
요. 몽실몽실하게 기대하며 기다리겠습니다.